# LA PETITE FAMILLE

ISHMAEL BEAH

# LA PETITE FAMILLE

roman

*Traduit de l'anglais*
*par Stéphane Roques*

ALBIN MICHEL

*« Les Grandes Traductions »*

*Ce livre est publié sous la direction*
*de Francis Geffard*



*Édition originale parue sous le titre :*
LITTLE FAMILY
Publiée par Riverhead Books,
une marque de Penguin Random House LLC, à New York, États-Unis

*Pour mes filles, Kema et Farah,*
*et mon fils, Kailondo.*
*Merci de m'avoir donné la possibilité*
*de réévaluer ma masculinité, et tendu un miroir*
*pour regarder au plus profond de moi*
*à travers votre innocence.*
*Vous m'avez agrandi le cœur d'une façon inimaginable.*
*Je vous aime de tous les muscles de mon être.*

*Et pour ma remarquable épouse,*
*Priscillia, ma muse, mon tout.*
*J'ai vécu mille vies grâce à toi.*
*Mon âme sœur,* دوستت دارم.

« Pour ceux qui n'ont pas de voix,
le silence reste une vérité immuable.
Et parfois, ce silence est déchiré
par un rugissement. »

Proverbe mendé, Sierra Leone

Si vous marchez en direction d'un champ à la lisière de la petite ville de Foloiya après le réveil du soleil dans le ciel, vous entendrez la brise siffler sur les herbes hautes, écartant leurs brins secs et verts au fil de son avancée. À moins que vous ne pensiez qu'il s'agit du bruissement d'une personne cachée dans les vastes fourrés. Au bout de ce champ, vos yeux se posent soudain sur le visage d'un garçon au milieu des herbes, lequel est plongé dans l'observation de quelque chose. Vous tentez de savoir quoi, de suivre son regard à la trace, mais vous ne remarquez rien.

« Bonjour », lui dites-vous. L'enfant ne réagit pas, il plisse seulement les yeux face au vent. Vous scrutez son visage, où la jeunesse a pris racine dans quelque chose de grave et d'ancien, des histoires que vous souhaitez connaître. Vous retentez votre chance.

« Bonjour. » Vous ne savez pas quoi dire d'autre. La vigilance l'emporte sur la curiosité : vous sentez qu'il ne faut pas aller plus loin. Le garçon ne réagit pas. En vérité, rien dans son comportement ne suggère qu'il soit même conscient de votre présence.

Vous examinez son visage une dernière fois. Puis vous

poussez un soupir et poursuivez votre chemin. Mais tout en vous éloignant, vous regardez derrière vous, toujours dans l'espoir qu'il vous réponde. Et là, au moment précis où vous renoncez et reportez votre attention sur la route, vous l'entendez siffler. En réponse, plusieurs sifflements emplissent aussitôt l'air. Vous êtes déconcerté. Faut-il continuer ou retourner auprès de lui ? Votre peur est désormais plus tangible, et en même temps une excitation prudente brûle au creux de votre ventre. Vous ne savez plus à quel sentiment vous fier.

Pendant ce moment d'hésitation, les buissons se lancent dans une danse effrénée. Et quand vous posez de nouveau les yeux à l'endroit où se trouvait le garçon, il n'est plus là, sans que vous l'ayez entendu partir. Vous ravalez votre peur et empruntez tous les sentiers visibles, mais aucun ne mène où que ce soit. Chaque fois, vous retombez à l'endroit où le garçon était assis, les brins d'herbe s'étirant comme pour se redresser là où le poids de son corps les a aplatis.

# 1

Kpindi se frotta les mains sur les feuilles des branches basses de l'arbre sous lequel il était assis, et la rosée du matin humidifia ses paumes. Pris d'un frisson, il s'essuya le visage – encore juvénile, mais dont la peau était déjà tannée – de ses mains mouillées. Cette tentative de réveiller des yeux qui ne demandaient qu'à sommeiller fut infructueuse. Il s'accroupit, talons sur les fesses, et progressa de cette manière vers un petit arbre entouré d'herbes hautes, au croisement de sentiers rouges et poussiéreux. Ainsi, il pourrait entendre et voir de loin tous ceux qui approchaient, ce qui lui laisserait le temps nécessaire pour décider comment réagir.

Satisfait de son champ de vision, il étira son corps efflanqué, sa cage thoracique se détachant de son ventre svelte, et s'assit bien droit, le regard énigmatique pour inspirer la peur, la curiosité et la perplexité chez ceux qui croiseraient sa route. Une telle rencontre n'avait encore jamais eu lieu, et Kpindi s'en réjouissait. Il ne voulait pas être trouvé. Pas par ceux qui cherchaient quelque chose, en proie à la douleur, au tourment ou à la peur. Et encore moins par ceux qui lui décochaient un sourire bienveillant, mais dont les yeux trahissaient un mépris si coutumier qu'ils ne s'en rendaient même plus compte.

Bien décidé à rester aux aguets, Kpindi se concentra tour à tour sur chacun de ses sens, de sorte que la moindre odeur de fumée s'élevant d'un feu tout juste allumé pour frire les plantains du petit-déjeuner, que chaque battement d'ailes d'un oiseau sur les branches, que chaque raclement de balai dans les feuilles sèches d'un jardin, que chaque cliquetis de seau entre les mains d'un porteur d'eau l'arrache aux griffes du sommeil.

Puis Kpindi entendit un bruit de pas qu'il ne reconnut pas. Il étouffa le son de sa respiration jusqu'à ce qu'il soit moins fort que celui de la brise.

« Elle m'emmenait ici tous les matins, même quand elle ne pouvait presque plus marcher. » Lorsqu'un souffle de vent secoua les herbes, Kpindi se hâta aussitôt vers une nouvelle cachette. De là, il distingua la vieille dont la voix lui était parvenue. Elle était assise sur une grande pierre plate, une jeune femme à ses côtés. Son visage aux rides gracieuses était illuminé par le souvenir.

Perdues comme elles l'étaient dans les joies ou l'amertume du passé, Kpindi sut qu'elles ne représentaient pas une menace. Distraitement, il tira une noix de kola de la poche de son pantalon et mordit dedans, pour rester en éveil et réactif. L'odeur de la noix et le rituel familier de sa mastication lui rappelèrent sa grand-mère – elle qui ne cessait de plaisanter, malgré les malheurs dont la vie l'avait accablée. C'était agréable de revoir son visage. Il mordit de nouveau dans la noix de kola, sans quitter les deux femmes du regard.

« Ah, peu importe comment tu es venu au monde, lui

disait sa grand-mère. Tu as été amené ici pour vivre. Alors vis ! » Et ce fut tout ce qu'il obtint jamais d'elle.

Le vent était retombé et, dans le silence, chaque son s'en trouva amplifié. Il semblait à Kpindi que ses oreilles vibraient. Depuis sa cachette dans les buissons, il imagina un contexte pour chaque son qui lui parvenait, son passe-temps favori. Parfois, il restait ainsi trois ou quatre heures aux aguets. Soudain, il entendit un cri, suivi d'un éclat de rire. Il se dit que les sons devaient venir d'une maison voisine, où un père de famille se préparait pour la journée à venir. Sa femme et ses cinq enfants s'étaient lavés avant lui, utilisant toute l'eau chaude, et quand était venu son tour d'utiliser la salle de bains, la froideur de l'eau lui avait fouetté le corps. « Pourquoi faut-il que je souffre ainsi tous les matins ? » avait-il hurlé, comme chaque jour. Et la famille entière, le visage luisant de vaseline, les enfants dans leurs uniformes d'écoliers et leur mère élégamment vêtue pour aller tenir sa boutique du front de mer, avait plaisanté et discuté comme elle le faisait, là encore, chaque matin.

Était-ce une famille dont il se souvenait, ou ne faisait-il que l'imaginer ? Kpindi ne savait plus trop. Il attendit que lui parvienne le son suivant, prêt à rêver un nouveau scénario.

La vieille se mit debout avec une agilité étonnante et reprit la route de la ville. La jeune femme regarda autour d'elle, mais ses yeux glissèrent sur Kpindi et se portèrent vers le ciel. Puis elle suivit sa compagne. Pas besoin d'avertir les autres, décida-t-il.

Les bruits du marché emplissaient l'air. La journée avait commencé. Quand il se leva pour embrasser la matinée, le vent lui souffla quelques feuilles au visage. C'est alors qu'il entendit le sifflement secret. *Propriété du roi, propriété du roi, tout est en ordre.*

À quoi il répondit : *Propriété du roi, propriété du roi, tout est en ordre.*

# 2

En général, Khoudiemata se rendait au marché entre l'aube et la première apparition du soleil. Il y avait comme une pause à ce moment-là, un soupir, quand ceux qui se réveillaient hésitaient encore entre se rendre utiles ou adopter un comportement destructeur. Sac en raphia à l'épaule, bonnet sur la tête, cette jeune fille énergique de dix-huit ans, aux pommettes saillantes et lisses, choisissait habituellement de rester en suspens entre ces deux états, comme le lui dictaient les circonstances.

Elle était attirée par la beauté cachée de ce lieu délabré, qui repeignait les mauvais souvenirs lui troublant l'esprit aux couleurs simples et intrigantes de ses étalages. Elle glissait entre les marchands, les écoutait et les regardait haranguer le chaland, lui indiquer ce qu'il voulait, ce qu'il devait absolument acheter. *Madame, j'ai un cadeau unique pour votre adorable fille.* Ou : *Monsieur, n'aimeriez-vous pas rentrer chez vous avec un cadeau qui exprime ce qu'il est impossible de dire avec des mots ? C'est justement ce que j'ai pour vous.* Les marchands avaient de belles paroles pour presque tout le monde, mais quand Khoudiemata passait devant eux, ils ne disaient rien. Comme si elle n'existait pas. Elle n'était pas invisible – les regards se posaient sur elle –, mais on l'oubliait aussitôt qu'on l'apercevait.

Cela ne dérangeait pas la jeune fille. Grâce à son invisibilité, les gens autour d'elle parlaient librement de leurs peurs, de leurs espoirs et de leurs rêves. Parfois, c'est ainsi qu'elle glanait des informations importantes, informations qui lui permettaient de continuer à vivre en marge de leur existence. Certains matins, elle s'attardait simplement sur les visages, s'appropriant les émotions dont ils étaient porteurs – tantôt exceptionnellement heureux, tantôt pensifs, ou encore d'une tristesse inouïe. Imaginer la vie de ces gens l'aidait à demeurer ouverte à tout et à tourner à son avantage ce qui lui arrivait.

Elle vit ce matin-là une marchande de fruits jongler avec une mangue rouge rosâtre, une papaye jaune et une goyave verte avant de les poser sur un plat aussi coloré que sa robe fleurie. Khoudi observa le rouge luisant de l'huile de palme, le vert profond du manioc et des feuilles de patate douce constamment arrosées pour éviter qu'elles ne perdent leur fraîcheur au soleil, la main noire brillante qui en prenait soin, les foulards des femmes, si négligées et pourtant si élégantes, le fleuve bleu à proximité, le sable rose de ses rives. Elle ne se lassait jamais du plaisir d'être emportée par de telles visions, ravie que leur ravissement ne tarisse jamais. Comment ne pas trouver en elles de quoi tolérer ce que la vie vous infligeait ?

Puis survint le moment du soupir, et le lieu tumultueux se pétrifia un instant. Les marchands s'arrêtèrent de parler au milieu d'une phrase, l'écho des derniers mots prononcés se répercuta dans l'atmosphère. Leur main essuyant la sueur de leur front s'immobilisa à mi-geste, leurs lèvres se figèrent dans l'esquisse d'un sourire éclatant, leurs sourcils fripés dans l'expression du chagrin. Khoudi prit des instantanés avec ses yeux pour les regarder plus tard, quand elle aurait besoin d'autre chose que de sa seule existence. Puis, avant que cette vision touche à sa fin, elle s'empara de toute la nourriture et de tout l'argent que ses mains pouvaient attraper, les cacha dans son sac et quitta le marché.

Normalement, elle ne s'arrêtait pas, mais ce jour-là, elle vit une scène étrange. Un homme était assis par terre en chemise blanche à manches longues, chaussures marron, short et casquette kaki. Il ressemblait à ces Blancs qu'il y avait dans les livres qu'elle avait lus quand elle allait encore à l'école et qu'elle était hébergée par une famille d'accueil. Elle mit ce souvenir de côté pour se concentrer sur l'image qui lui venait à l'esprit, tirée d'un de ces ouvrages oubliés depuis longtemps. Ils contenaient toujours des photos de Blancs à la proue d'une embarcation, sur laquelle ramait un homme à la peau noire si brillante qu'il devenait le seul point d'intensité de la photo. Sur chaque cliché, l'embarcation semblait descendre ou remonter une rivière – à la découverte de quoi, elle n'en savait rien, ni alors ni maintenant. En tout cas, cet homme-là n'était pas blanc, mais sa présence semblait tout aussi incongrue. Il examinait un vieux plan de Foloiya, chose étrange en soi, vu que personne ici n'avait l'habitude de consulter un morceau de papier pour savoir où il se trouvait. Le document claquait au vent entre ses mains, comme s'il voulait s'envoler, se sachant inutile. Comment un vieux plan pouvait-il aider quelqu'un à trouver son chemin dans un lieu qui changeait constamment, telle la direction du vent ?

L'homme s'interrompit et lui fit signe d'approcher sans même lever les yeux. Elle hésita, mais le comportement de l'inconnu ne faisait pas planer la menace qu'elle avait l'habitude d'observer chez les hommes qui s'adressaient aux jeunes filles comme elle.

« Sais-tu où se trouve cette maison ? » Il lui tendit le plan, montrant son extrémité. « Je suis allé partout sauf à cet endroit. » Il ne quittait pas le morceau de papier des yeux, le fouillant du regard à la recherche d'une réponse tandis qu'il claquait toujours plus violemment dans le vent.

« Cette maison n'existe plus. Elle s'est effondrée après les dernières pluies, répondit Khoudiemata sans hésitation.

– Tout s'explique. » Il tira un stylo rouge de sa poche de veste, où étaient alignés d'autres stylos de différentes couleurs, et barra l'emplacement de la maison concernée. Puis il replia le plan avec un soin qu'elle trouva exagéré. « Sais-tu ce que sont devenus les gens qui habitaient là ? »

Une voiture aux vitres fumées et aux pneus de luxe, trop lisses pour le terrain, zigzaguait sur la route, tâchant sans succès d'éviter les nids-de-poule. L'égaré se leva et fit le salut militaire, ce qui amusa Khoudi, qui avait aperçu l'emblème. Ce n'était pas un véhicule officiel.

« Pourquoi est-ce que vous saluez ? Rolls-Royce, vous connaissez ? » lui demanda-t-elle en riant.

L'homme ne répondit pas, mais resta au garde-à-vous jusqu'à ce que la voiture disparaisse lentement au bout de la route défoncée. Puis il reposa sa question. « Sais-tu ce que sont devenus les gens qui habitaient là ?

– Pourquoi vous voulez savoir ? » Le soupçon monta en elle, même si son instinct lui disait que ce Blanc était inoffensif. *Mais les inoffensifs travaillent pour des patrons vicieux*, songea-t-elle.

« Parce que je m'occupe du recensement. Je fais le compte exact de tous les habitants de cette ville. » Il semblait agacé, et montra de l'index son torse et ses épaules comme pour signifier que les badges et décorations de son costume auraient dû la convaincre de son importance.

« Ah bon ? » fit Khoudi, qui se retint de rire tant il se prenait au sérieux. Elle était prête à parier qu'il n'avait pas trouvé beaucoup de maisons, ni beaucoup d'habitants disposés à lui ouvrir leur porte à cette heure matinale. De fait, la plupart étaient déjà partis, en quête des rêves qu'ils ne faisaient plus jamais la nuit.

Pour la première fois, l'homme leva les yeux vers Khoudi, et il la traversa du regard comme s'il y avait quelqu'un juste derrière elle. Puis, sans ajouter un mot, il se dirigea vers la maison dont elle venait de lui dire qu'elle n'existait plus.

Il y avait longtemps que Khoudi ne se souciait plus de ce que les gens voyaient ou pas quand ils la regardaient. Peut-être leur rappelait-elle la fragilité de leur propre existence. « Vous ne voulez pas me compter dans votre recensement, monsieur ? » lui cria-t-elle d'une voix moqueuse, mais même son ombre lui avait tourné le dos. Elle était habituée à ce que les gens pensent qu'une fille de son genre ne sait rien, mais il y avait une chose qu'elle savait avec certitude : le recensement n'avait aucune importance. Ce n'était qu'un stratagème des personnes au pouvoir pour se donner l'illusion de faire quelque chose. Elle avait beau être jeune, elle avait vu plus d'une fois l'Histoire déployer ses ailes et s'envoler dans la mauvaise direction.

Au bout du champ derrière Foloiya, Khoudiemata compta les pas, grâce à sa mémoire musculaire davantage qu'à sa tête. Elle jeta un dernier coup d'œil autour d'elle, puis s'engouffra à gauche dans un mur de buissons. Elle y glissa son corps svelte et se releva de l'autre côté, face à un haut mur de béton surmonté de rouleaux de fil barbelé. Elle le longea par la droite, s'arrêtant devant une brèche étroite. Passa d'abord la tête pour vérifier, puis entra. Après quoi elle humecta ses lèvres et siffla la phrase secrète pour annoncer son arrivée. *Propriété du roi, propriété du roi, tout est en ordre.* Immédiatement la réponse lui parvint, une même phrase sifflée deux fois, comme ils en étaient convenus, pour se garder des imposteurs. *Tout est en ordre, tout est en ordre.*

Elle reconnut l'inflexion caractéristique de Kpindi, ce que lui confirma la question mélodique qui suivit : *Quelque chose pour nous ? Quelque chose pour nous ?* Personne d'autre dans leur groupe ne faisait ça.

*Retrouvons-nous à la maison. Retrouvons-nous à la maison,* siffla Khoudiemata en regardant les herbes osciller tandis que le garçon faisait ses dernières rondes.

Sautant par-dessus des brindilles éparses pour éviter de faire du bruit, elle atterrit sur le petit sentier, à peine plus large qu'un corps, entre les murs de buissons. Ce sentier, c'était le sien, c'était le leur. L'autre, large et facile à trouver, ne faisait que ramener le promeneur, de virage prometteur en virage prometteur, vers la croisée des routes ou vers la ville. Elle et les autres avaient délibérément créé ces détours pour renvoyer d'où ils venaient tous ceux qui étaient à leur recherche.

« Namsa, fit Khoudi à voix basse, tu as appris à marcher si discrètement… J'ai à peine entendu le bruit de tes pas.

– Comment as-tu su que je venais dans ta direction, alors ? répondit la fillette, sa voix frêle portée par le vent jusqu'à Khoudi.

– C'est mon nez qui me l'a dit.

– Comment ?

– Tu te laves toujours avec des herbes qui sentent le citron. »

Et à l'instant où Khoudi entendit Namsa essayer de renifler l'odeur de son propre corps, celle-ci apparut au tournant. Leurs visages s'illuminèrent quand elles se virent. Puis Namsa passa le bras autour de la taille de son aînée et leva les yeux vers elle, son petit visage anguleux n'arrivant même pas à hauteur des épaules de Khoudi. Elles firent le reste du chemin comme cela, Namsa sautillant parfois, leur corps effleurant les branches de chaque côté.

Le sentier finissait par une clairière ceinte de palmiers et de baobabs. Au milieu, la carcasse d'un avion de taille moyenne était posée sur le ventre. Des plantes grimpaient sur la majeure partie de son fuselage, lui procurant un camouflage naturel. Presque tous les hublots de l'avant étaient intacts ; à l'arrière, où plusieurs vitres avait disparu, ils étaient recouverts de carton et de plastique pour empêcher les serpents et autres animaux d'y entrer. On discernait l'emblème d'Air Lyoa à moitié effacé sur le fond vert, blanc et bleu. Dans la clairière, devant l'avion, un vieux réfrigérateur délabré reposait sur le flanc. Khoudiemata posa son sac en raphia dessus, puis Namsa et elle traînèrent deux seaux en plastique retournés. Elles s'assirent face à face, Khoudi gardant les yeux rivés sur le sentier. Le vent souffla en rafale sur les buissons et les herbes, soulevant des tas de déchets non loin de là. Une page de journal s'envola devant l'une des ailes et, l'espace d'un instant, on aurait presque cru que l'une des hélices était en train de tourner et que le vieil appareil, dont le moteur avait disparu, s'apprêtait à décoller.

Ndevui apparut soudain, émergeant d'un autre sentier caché qui menait jusqu'à la plage. Il allait courir chaque matin, une serviette blanche autour du cou et ses écouteurs enfoncés dans les oreilles, comme s'il avait peur d'entendre les promesses que le nouveau jour faisait à certains. Il glissait les fils de ses écouteurs sous son T-shirt et dans son short de football, pour que personne ne voie à quoi ils étaient connectés. À vrai dire, ils n'étaient connectés à rien, mais ça ne l'empêchait pas de reprendre les chansons qu'il avait entendues dans la rue ou chez les marchands de disques. À quoi bon un lecteur quand on avait un esprit capable d'enregistrer des morceaux et de les écouter gratuitement ?

« Tu es allé jusqu'où, aujourd'hui ? » lui demanda Khoudi, retroussant les manches du pull trop grand qu'elle mettait quand elle sortait dans le monde afin de cacher les courbes de son corps et de rester en sécurité. Mais Ndevui, qui était occupé à chanter ce que sa mémoire jouait dans sa tête, ne répondit pas. Il essuya la sueur de son large front et fit craquer ses doigts. Puis il retira les écouteurs et se tourna vers elle.

« Tu as éteint ta musique ? lui demanda Khoudi, par respect pour ses lubies. Tu as couru longtemps ?

– Plus de deux heures aujourd'hui, sans m'arrêter. » De ses longs doigts, il montra l'autre côté des arbres et s'essuya de nouveau le front avec la serviette autour de son cou. Il portait un maillot du TP Mazembe et un short des Kaizer Chiefs – des clubs de football africains, pas européens comme ceux que la plupart des gamins arboraient, car ils étaient plus faciles à trouver. Quand les autres le taquinaient sur ce point, il disait : « Je choisis le genre d'idiot que je veux être. » Il avait également une paire de crampons neufs, qu'il lui arrivait aussi parfois – comme aujourd'hui – de porter autour du cou.

« Tu comptes les porter un jour, ces chaussures, ou même courir avec ? le taquina Namsa, son rituel quotidien.

– Je les porterai quand je jouerai un match où j'aurai une chance de me faire repérer. Elles ne feront qu'ajouter à mes qualités naturelles. » Il ramassa avec les pieds une balle de tennis coupée en deux et se mit à jongler.

Au même instant, Kpindi déboula dans la clairière et intercepta la balle avec adresse. Certains jours, ils utilisaient une bouteille en plastique, une orange ou une mangue non comestibles, ou encore une boule de chiffons. Peu importait de quoi était fait le ballon, Kpindi réussissait toujours à surprendre Ndevui d'une feinte à la dernière seconde et à le lui subtiliser.

« Ah, il faut être vif, grand frère. » Kpindi claqua des doigts. « Tout n'est pas qu'une question d'endurance et de force. » Il appuya sur le biceps de Ndevui, qu'il mesura et compara avec ses bras maigrichons. Même si Ndevui avait un an de plus et qu'il était plus fort, Kpindi le dépassait d'une tête. Il tourna autour de Ndevui, jonglant avec le faux ballon. « Il faut aussi que tu mettes à contribution ton cerveau de taille moyenne. » Il rit et poussa Ndevui, qui riposta en le poussant à son tour. Ils se comportaient comme des frères, toujours à la limite entre confrontation et plaisanterie. Rapidement hors d'haleine, ils finirent par traîner au sol deux autres seaux en plastique et s'assirent à la table de fortune.

Kpindi frotta son ventre svelte. « Je suis toujours tout excité quand c'est notre grande sœur qui nous apporte de quoi manger, parce que je sais qu'elle est la reine du goût. » Chaque fois que Ndevui et lui se chamaillaient à propos de leur taille, ce qui arrivait souvent, Kpindi disait que c'était lui le plus grand parce qu'il avait bu plus de lait de vache, alors que Ndevui ne mangeait que du riz et du manioc.

« Où est *Monsieur la Tête*[1] ? » demanda-t-il. C'était le surnom qu'ils donnaient à Elimane, lequel passait son temps à lire ou à écrire. Elimane ne lisait pas avec l'application visible de ceux qui ont appris sur le tard, il le faisait sans effort apparent, comme une seconde nature, ce qui donnait à penser qu'il venait d'un monde privilégié. Mais il ne parlait jamais de sa vie passée, pas plus que le reste d'entre eux. Ils savaient seulement que, sur les vingt années de son existence, il en avait passé quatre dans l'avion, dont la première tout seul. Kpindi était arrivé ensuite, puis Khoudi, Ndevui, et pour finir la petite Namsa, à peine six mois plus tôt.

« Il a sans doute sa grosse tête fourrée dans un de ces vieux bouquins. » Ndevui siffla fort en direction de la carlingue, mais il n'y eut pas de réponse.

« Je vais le chercher. » Khoudiemata se leva et se dirigea vers la portière de l'avion, à côté de laquelle on distinguait le dessin d'une tête de lion, ses yeux vibrant au milieu du feuillage peint. Elle monta l'escalier, qu'on pouvait

1. En français dans le texte. (*Toutes les notes sont du traducteur.*)

escamoter en cas de besoin en tirant d'un coup sec sur une corde épaisse attachée à la rampe.

À l'intérieur, presque tous les sièges avaient disparu, hormis sept à l'avant de l'appareil, près du cockpit. Ils ressemblaient aux lits de camp du pensionnat où la petite famille était allée se fournir en draps et en oreillers pendant les vacances scolaires, un jour où les gardiens s'étaient endormis. Pourquoi y avait-il des petits lits dans un avion ? s'étaient-ils demandé. Qui, avant eux, avait bien pu dormir dans le ventre de cet oiseau de fer ?

Elimane était assis, griffonnant quelque chose dans l'un de ses nombreux cahiers, comme d'habitude, chaque centimètre de page couvert de mots. Il s'efforçait toujours de paraître bien habillé, retroussant les manches de ses chemises délavées et en lambeaux, se peignant les cheveux et cirant ses chaussures noires tous les soirs en lisant un livre posé devant lui, à la lumière d'une lampe torche s'il avait des piles ou à celle de la lune quand elle luisait. Peu importait que les semelles de ses chaussures soient complètement élimées, au point que c'était presque comme s'il allait pieds nus. La pauvreté est dévoreuse de dignité, mais Elimane faisait partie de ces gens qui s'étaient battus pour garder la sienne, même si c'était la seule bataille qu'il avait remportée.

Il leva les yeux sur Khoudi, sa grosse tête semblant peser sur son corps dégingandé.

« Tu ne survivras pas si tu te nourris seulement de livres. Alors viens manger, Monsieur Gentleman Bûcheur. » Khoudi le prit par la main et le tira pour l'éloigner de son bouquin. Il rit de son rire sonore et la suivit dehors.

Les autres avaient déjà commencé à se répartir ce qu'il

y avait dans le grand sac de Khoudiemata. Ils partageaient toujours équitablement, même s'ils n'avaient qu'une poignée de noisettes ou un fruit. Aujourd'hui, la jeune femme avait rapporté du poisson frit et des oignons mijotés avec du pain et d'autres ingrédients qu'on ne mélangeait pas quand on avait le luxe de prendre en considération les plaisirs du palais.

Elimane se joignit aux autres, mais Khoudi resta debout. Elle les regarda l'un après l'autre, observant leur visage camouflé dans le grand canevas de l'humanité. Ils auraient tôt fait de se demander où trouver leur prochain repas, et ce qu'il fallait faire pour rester en sécurité tant que c'était encore possible.

Ndevui lui fit signe de venir à table. Il n'était pas du genre à exprimer ses sentiments, ce qu'il voyait comme un luxe débilitant, mais il choyait les moments de plaisirs simples, comme ces repas qu'ils partageaient en plein air, même s'ils mangeaient moins pour le plaisir que pour rester vivants. Il savait qu'il n'y avait pas que des étals où l'on se prenait le bec avec le vendeur pour qu'il mette plus de sauce dans votre riz ou plus de beurre sur votre pain, bien décidé que vous étiez à tirer le maximum de votre argent gagné au prix d'un dur labeur, mais aussi des endroits où l'on ne voyait même pas le cuisinier, seulement des personnes sortir d'une pièce avec votre assiette fumante à la main. Et il avait vu que les clients qui prenaient leur repas dans ce genre d'endroit souriaient et riaient toujours en mangeant. Mais pour cette petite famille aussi, les repas étaient un moment où leurs visages se relâchaient – quand ils ressemblaient à ce qu'ils auraient pu être s'ils avaient eu les mêmes chances que d'autres jeunes de leur âge, dont les traits étaient toujours détendus. Ndevui chérissait même les repas où il n'y avait rien à manger, et où ils s'asseyaient tous ensemble avant d'être rattrapés par la peur et la méfiance au moment de devoir partir chercher de quoi se nourrir. Dans ces moments de proximité apaisée, il pouvait cesser de penser à tout ce qui était contre lui, contre eux. On pouvait presque appeler ça du bonheur.

« Khoudiemata, s'il te plaît viens t'asseoir, sinon mon appétit va mourir en même temps que la matinée. » Ndevui refusait de l'appeler Khoudi comme les autres, affirmant que son prénom complet lui allait mieux.

« Elle mémorise l'instant. Donne-lui une minute », intervint doucement Elimane.

Khoudiemata s'assit, et ils attaquèrent. Si on la regardait, on pouvait voir qu'elle mangeait son pain lentement, surveillant discrètement du coin de l'œil qui avait encore faim. Elle ne souriait pas, mais son visage affichait une expression de plaisir et de douceur. Même si elle ne quittait pas les autres des yeux, on avait l'impression que son esprit était ailleurs, dans un lieu où personne ne pouvait la suivre. Où qu'elle soit, elle ressemblait un peu à ces écolières qu'ils voyaient parfois pépier comme des oiseaux à la récré.

Ndevui eut vite fait d'engloutir son repas, mais il fit semblant de mâcher quelque chose pour que Khoudiemata ne lui donne pas ce qui lui restait. Il espérait qu'elle le donnerait à Namsa, « la petite », comme il l'appelait. Elle se léchait les doigts comme si c'étaient des bâtonnets de miel, et Ndevui n'avait jamais vu personne sourire comme elle tout en mangeant. La fillette lui avait dit qu'elle faisait ça pour être sûre que la nourriture soit contente dans son estomac et ne lui fasse pas mal au ventre. Comme il l'avait espéré, Khoudiemata donna les deux dernières bouchées de son pain à la petite, qui rit de plaisir en les portant à sa bouche.

Le vent fit son retour dans un murmure, et les rires aussi soufflèrent parmi eux, parce que Kpindi, le plaisantin de service, claquait des lèvres à chaque bouchée comme si c'était le meilleur repas de sa vie. Puis comme à son habitude, il se mit à fredonner « Dem Belly Full ». Quand ils n'avaient rien à se mettre sous la dent, il la chantait tout haut et dansait, les paroles semblant lui donner de l'énergie : *Dem belly full but we hungry, a hungry man is an angry man*[1]. Mais aujourd'hui, ils avaient eu de quoi manger, alors il se contenta de fredonner, et ils rirent et jetèrent la peau du poisson par terre pour les chiens errants qui viendraient plus tard.

Et une forte brise porta leurs voix dans les airs et les fit flotter dans la vaste étendue qui les entourait.

1. « Eux ont le ventre plein mais nous on a faim, un homme qui a faim est un homme en colère. » Extrait de « Them Belly Full », chanson de Bob Marley.

# 3

« Fais que je ne sois pas trop à la traîne », murmura Namsa, levant les yeux au ciel tout en suivant les autres. Elle croyait que la chose responsable du destin des humains vivait quelque part dans le ciel, même si Khoudi l'avait poussée à y réfléchir à deux fois. Pourquoi là-haut ? Pourquoi pas dans le fleuve, dans la forêt, parmi eux, en eux ? Namsa aimait être en harmonie avec Khoudi, qu'elle voyait en secret comme sa véritable grande sœur. Mais elle ne pouvait s'empêcher de croire en une présence dans le ciel.

Ils avaient trouvé la fillette, seule et tremblante, dans un champ non loin de leur refuge. Ils avaient tenté de lui dire : « Bonjour, n'aie pas peur s'il te plaît » dans les quinze langues et les trois dialectes qu'ils connaissaient à eux tous, mais pendant des semaines elle n'avait fait que hocher ou secouer la tête pour leur répondre. Même à partir du jour où elle se mit à parler, elle sembla incapable de leur dire quoi que ce soit de l'endroit d'où elle venait, alors qu'en réalité elle parlait sept langues, y compris une lingua franca et un peu d'anglais. En tout cas, il existait entre eux un accord tacite pour ne pas s'accabler de questions sur leur passé et leurs douleurs, mais plutôt essayer de vivre le moment présent en offrant, par leur silence, compréhension et respect.

Ils s'étaient dit que Namsa devait avoir dix ou onze ans, même si à mesure que son caractère joueur reprenait le dessus, elle paraissait un peu plus jeune. Au début, ce fut l'une des raisons qui les poussèrent à la garder – certains jours, la présence d'une complice qui avait l'air si innocent leur évitait de se faire remarquer ou d'éveiller les soupçons. Mais quand vint le moment de lui apprendre les règles de leur petit monde, ils s'étaient déjà attachés à elle pour ce qu'elle était, et elle avait contribué à leur donner l'impression de former véritablement une famille. Lorsque Elimane découvrit qu'elle ne savait pas lire, il commença à lui donner des leçons, le matin ou le soir. Contrairement à Khoudi, il était toujours sérieux avec elle, voire strict, mais il lui parlait gentiment, comme elle s'imaginait que faisait un vrai frère. Il commença aussi à donner des leçons à Kpindi et Ndevui, traçant des lettres à même la terre avec une brindille, puis les effaçant avec les pieds quand ils répondaient correctement. « Maintenant, les mots sont là-dedans pour toujours, si vous choisissez de les garder », disait-il, montrant du doigt leurs têtes et leurs cœurs. Il réussissait à les convaincre que les leçons n'étaient pas pour eux seuls mais qu'elles leur serviraient auprès d'autrui, c'est pourquoi ils étaient attentifs et travaillaient dur.

Mais ce matin, il n'y aurait pas de leçon. Après le repas, ils débattirent du prochain lieu où aller chercher de quoi manger. Ils essayaient de changer d'itinéraire chaque jour, pour ne pas créer de scénario prévisible qui pourrait les faire prendre.

« Pas à l'aéroport, dit Ndevui. On y est allés hier. »

Pendant son jogging, il avait constaté que les bars le long de la plage n'étaient pas très fréquentés, et il se dit que les quais à côté du marché, où accostait le ferry, étaient peut-être un meilleur choix. Cela faisait une semaine qu'ils ne s'y étaient pas rendus, et aujourd'hui était le jour d'arrivée d'une nouvelle cargaison. Ils pouvaient se faire embaucher comme livreurs par divers commerçants, ou bien chaparder et revendre. Ce serait forcément l'un ou l'autre, et peut-être les deux. Les circonstances décideraient, et ils en profiteraient comme ils savaient le faire.

À regret, tous se levèrent et empruntèrent le sentier caché pour rejoindre le monde extérieur. Une fois devant le mur, Ndevui s'arrêta pour écouter et s'assurer qu'il n'y avait personne de l'autre côté. Puis il donna son feu vert, et tous s'engouffrèrent dans la brèche à la queue leu leu. Ndevui passa le dernier, s'arrêtant pour camoufler le passage avec des branches et faire disparaître l'ouverture derrière eux.

Disparue aussi, la décontraction du repas. Dans le monde extérieur, ils marchaient et parlaient avec un empressement taciturne. Fini les sourires et les rires. Ils étaient aussi moins gentils avec Namsa. *Dépêche-toi*, lui ordonnaient-ils. Les autres instructions étaient implicites : *Ne pas trahir ses émotions. Ne pas montrer sa faiblesse. Être attentif.*

Namsa trouvait toujours le changement déstabilisant, et comme ses jambes étaient plus petites que les leurs, elle eut une fois de plus du mal à tenir le rythme. Elle s'était inventé un petit jeu qui l'aidait : elle faisait comme si celui ou celle qui était à la tête du groupe l'appelait, voulait parler avec elle, et qu'elle devait accélérer pour le rattraper. Même si elle n'arrivait jamais à les rattraper tous, elle ne se faisait jamais vraiment distancer non plus. Elle préférait que ce soit Khoudi qui mène le groupe, comme hier, parce que même si celle-ci ne se retournait jamais, elle sentait quand Namsa commençait à fatiguer et s'arrangeait alors pour faire ralentir le groupe.

Aujourd'hui, c'était le tour d'Elimane. Par un accord tacite, c'était le meneur qui décidait où ils allaient et ce qu'ils faisaient, et personne ne remettait en question ses décisions à moins que les choses tournent vraiment mal. Elimane ne ralentissait jamais, et Namsa se disait : *Elimane m'appelle.* Elle répondait dans un murmure : *J'arrive, Elimane,* et donnait à ses jambes une nouvelle impulsion.

Le groupe s'arrêta à la lisière des buissons. D'ici, ils voyaient la route de terre défoncée et ses plaques d'asphalte ici et là. Elimane soupira. « Presque tout dans ce pays court à sa perte. » Tous les jours il parlait de l'état des routes, qu'il prenne la tête du groupe ou pas. Namsa ne comprenait pas toujours ce qu'il voulait dire, ni pourquoi il y accordait tant d'importance. La route était le plus souvent utilisée par des marcheurs qui, comme eux, allaient chercher en ville de quoi manger pour la journée. La plupart des gens que Namsa avait connus durant sa courte existence semblaient faire ça chaque jour sans exception, chercher de quoi manger.

Ils ne s'engagèrent pas tous sur la route en même temps. De fait, pour éviter de se faire remarquer et d'éveiller les soupçons, ils ne se déplaçaient jamais en groupe aux yeux du monde. Elimane décocha un regard à Namsa, la nouvelle venue, pour vérifier qu'elle n'avait pas oublié cette règle d'or. La fillette le lui retourna avec une égale sévérité, hochant légèrement la tête pour lui faire savoir qu'elle s'en souvenait. C'est seulement après ça qu'il reporta son attention sur la route, remontant son pantalon comme s'il s'était simplement arrêté pour uriner dans les buissons avant de reprendre son chemin. Un à un, les autres le suivirent, attendant pour s'engager sur la route qu'il leur donne le signal, lequel consistait à se retourner et à faire quelques pas à reculons, sans les regarder. Chacun d'entre eux empruntait une portion de route différente, loin des autres mais à portée de vue et d'oreille. Namsa passait devant tout le monde à l'exception d'Elimane, comme elle en avait reçu la consigne, pour qu'ils puissent garder un œil sur elle. Elle-même gardait un œil sur l'ombre d'Elimane, pour ne pas donner l'impression de le suivre. Et ainsi, ils se fondaient dans la route.

Il ne leur fallut pas plus d'un quart d'heure pour rejoindre les quais. Ils croisèrent peu de monde, essentiellement des hommes ou de jeunes garçons. Il faisait chaud, et le silence n'était troublé que par le passage d'un fourgon ou d'une camionnette débordant de visages fatigués. C'étaient les visages de ceux qui ont un travail, mais le genre de travail qui vous rappelle en permanence que la vie est un combat. Au bout de quelques minutes, une voiture de luxe flambant neuve passa en zigzaguant, le chauffeur faisant de son mieux pour ménager la fragilité de son véhicule sur cette route défoncée. Il ne put toutefois éviter de rouler ici et là dans un nid-de-poule plein d'eau boueuse, ce qui fit racler le ventre de la voiture sur la terre rouge de la chaussée. Juste après son douloureux passage vint une caravane de camions-bennes remplis de pierres ocre. C'était de la bauxite extraite d'un site minier voisin, la petite famille le savait, en route vers les quais pour être chargée sur des barges.

Dès que le bruit des moteurs s'estompa au loin, Elimane

siffla, sans regarder personne, et piqua un sprint. Namsa ne comprit pas les raisons de sa réaction, mais elle savait qu'il courait en direction de quelque chose de précis, qu'il ne prenait pas la fuite et n'était pas effrayé. Elle faillit se mettre à courir elle aussi, mais se rappela juste à temps qu'ils ne devaient pas donner l'impression d'être ensemble. Elle jeta furtivement un coup d'œil derrière elle et vit que Khoudi avait légèrement accéléré le pas, comme Kpindi et Ndevui. Namsa les imita et vit disparaître la silhouette d'Elimane de l'autre côté d'une butte devant eux. Qu'avait-il vu ou entendu ?

Non loin de là, ils aperçurent une petite voiture dans le fossé qui bordait la route. Les traces de pneus ne laissaient aucun doute sur ce qui s'était passé : le chauffeur avait visiblement cherché à doubler d'autres véhicules et, après un écart pour éviter un nid-de-poule, il avait fait une sortie de route. L'homme était debout à côté de la voiture, propre sur lui, vêtu d'un jean, d'un sweat et d'une chemise blanche, et faisait tournoyer une paire de lunettes de soleil à monture dorée en dévisageant les passants. Il avait clairement besoin d'un coup de main pour remettre le véhicule sur la chaussée, mais cela semblait le rendre nerveux. Ce n'était pas la route la plus sûre qui soit et, manifestement méfiant, il faisait non de la tête à ceux qui lui proposaient leur aide. Ces bons samaritains potentiels ne renonçaient néanmoins pas tous si facilement. Cinq gringalets, que son refus n'avait pas découragés, poussaient la voiture pour tenter de la sortir du fossé.

Namsa repéra Elimane. Il s'était arrêté de courir et marchait d'un pas tranquille, les yeux sur un petit livre qu'il avait tiré de sa poche, apparemment imperméable aux malheurs du chauffeur. Ce dernier l'observa un instant, puis l'appela.

« Excuse-moi, jeune homme. »

Elimane continua de marcher, les yeux rivés à son bouquin.

Les garçons avaient cessé de pousser la voiture et se disputaient pour savoir qui était le boss et qui devait, par conséquent, s'occuper de la répartition de l'argent qui ne leur était pas encore garanti. Ils jetaient des coups d'œil avides à l'intérieur du véhicule.

« Non. J'ai dit non. Je n'ai pas besoin de votre aide », insistait le chauffeur en leur faisant signe de partir. Il se tourna pour appeler une nouvelle fois Elimane, plus fort, la voix un peu fluette et tendue par l'effort. « Excuse-moi, jeune homme ! Pardon d'interrompre ta lecture ! »

À cet instant, l'odeur du conducteur atteignit Namsa. Elle s'interrogea : s'était-il douché avec un flacon de parfum ce matin-là ?

Elimane leva la tête. « Bonjour, monsieur. Quel est le problème ? » Il n'avait pas refermé son livre, pour souligner le fait qu'il avait été interrompu dans une louable activité.

L'homme ouvrit les mains en signe de supplication. « Il faut absolument que j'attrape le ferry pour livrer ces provisions à temps. Pourrais-tu m'aider à sortir ma voiture de là ?

– Monsieur, ce ne sont pas les gens qui manquent sur cette route pour vous aider, répondit Elimane, avec un signe de tête en direction des jeunes qui tournaient autour du véhicule. D'ailleurs, je ne pense pas que nous puissions y arriver à deux. » Il referma son bouquin mais garda un doigt à l'intérieur afin de marquer la page où il s'était arrêté. Pour ça au moins, il ne fait pas semblant, se dit Namsa.

L'homme regarda le livre d'Elimane, puis leva les yeux

sur son visage. « Je ne fais pas confiance à ces gens-là. Ils ont l'odeur déplaisante du désespoir. » Il souleva son grand corps de la carrosserie et s'approcha.

« Dans ce cas, allons-y. » Elimane corna la page où il avait glissé un doigt, remit le livre dans sa poche et retroussa les manches de sa chemise. Il ne parla pas de récompense. Il donnait l'impression de bien connaître ce genre de véhicule, et l'homme le sentit peut-être. Khoudi, Ndevui et Kpindi étaient impressionnés ; ils n'étaient montés que dans le genre de camionnettes qui venaient de passer, tellement bondées qu'il valait mieux marcher, et tellement vieilles que les cailloux sur la route menaçaient de heurter le châssis tout du long ou de le bousiller avant même que vous soyez arrivé – à moins que la chaleur du bitume ne vous fasse fondre en premier. Quant à Namsa, elle ne s'était jamais vraiment approchée d'un volant – du moins pas qu'elle se souvienne. Elle ralentit le pas et resta de l'autre côté de la route, sachant que si elle s'approchait d'une voiture pareille, elle ne résisterait pas à l'envie de regarder à l'intérieur.

« Ça fait longtemps que je n'ai pas vu quelqu'un prêt à rendre service avec un enthousiasme aussi sincère », dit l'homme en démarrant le moteur. Un pied sur l'accélérateur et l'autre dehors, il commença à pousser avec Elimane. Mais malgré leurs efforts, la voiture n'avança pas d'un pouce.

Le conducteur finit par renoncer et rejoignit le jeune homme. « Qu'en penses-tu, mon brave ?

– Je pense qu'on devrait la décharger pour qu'elle soit moins lourde. » Elimane jeta un œil sur la route, sourcils froncés. « Mais les passants pourraient vous voler. » Il y avait désormais un peu plus de femmes qui marchaient au bord de la route, mais elles restaient moins nombreuses que les hommes et les jeunes garçons.

« Oui, tu as raison sur ces deux points, dit le chauffeur. Il faut que je reparte vite si je ne veux pas rater le ferry.

– Et si on déchargeait simplement quelques cartons et que je demandais à deux autres personnes de vous aider à pousser ? fit Elimane. Moi je surveillerai vos affaires pendant que vous remettrez la voiture sur la route. » L'homme hésita ; on pouvait lire ses pensées sur son visage. Il ne pouvait pas donner les clés de sa voiture à un inconnu, même s'il était enclin à lui faire confiance, mais il pouvait lui confier la surveillance d'une partie de ses affaires. Elimane aurait de toute façon du mal à s'enfuir avec ces gros cartons, et même s'il y arrivait, ce serait moins grave que de perdre la voiture. La petite famille observa l'homme peser le pour et le contre, évaluer les risques.

« D'accord, déchargeons ces deux-là. » L'homme ouvrit la portière à l'arrière et tendit les cartons à Elimane, qui les posa dans l'herbe et non sur la route, où les passants risquaient de se jeter dessus, de les déchirer et de se carapater avec leur contenu. L'homme referma la portière et scruta autour de lui afin de voir qui il pourrait enrôler pour l'aider à pousser.

Namsa remarqua un détail susceptible de gâcher le plan d'Elimane – leur plan. Une femme, pas aussi jeune que Khoudi mais pas non plus aussi vieille qu'une grand-mère, marmonnait quelque chose en marchant de l'autre côté de la route. « Hé ! hé ! Ce gamin est plus rusé que l'araignée du conte. Ha ! Je pourrais me faire déposer en ville si je montrais à cet homme la vraie nature de ce garçon. » Elle alla droit vers la voiture, en mission. Namsa connaissait bien ce style de personne – elle était de ces gens qui n'aiment pas que les autres réussissent, quoi qu'ils fassent, quand bien même elle ne pouvait tirer aucun bénéfice de leurs échecs. Si elle n'arrivait pas à convaincre cet homme qu'Elimane préparait un sale coup, elle instillerait néanmoins le doute dans son esprit et cela changerait tout.

Namsa traversa la route en courant dans sa direction. « Ma tante, ma tante, au secours ! pleura-t-elle, prenant la main de la femme en tremblant comme si elle avait peur.

– Je ne suis pas ta tante, ma petite ! » La femme la repoussa, mais Namsa reprit sa main et serra plus fort.

« Je sais, ma tante, mais ils me feront du mal s'ils savent que je suis seule. S'il te plaît, fais comme si tu étais ma tante quelques minutes », insista la fillette. Elle s'effondra devant la femme, lui tenant les pieds comme un enfant suppliant qu'on lui pardonne, freinant son avancée. Lorsqu'elle leva les yeux, elle vit que la femme était tellement furieuse que ses joues tremblotaient. Il n'y avait pas une once de bonté sur ce visage sévère. Mais le temps ainsi gagné par Namsa était suffisant.

Ndevui et Kpindi s'approchèrent lentement, apparemment absorbés dans une conversation sur leurs examens de fin d'année, dont ils avaient souvent entendu des lycéens parler.

« Hé, les jeunes, venez vous faire un peu d'argent de poche. » L'homme leur fit signe d'approcher.

« On n'a pas le temps, monsieur. On a cours. » Ndevui regarda Kpindi pour avoir son approbation.

L'homme se mit en travers de leur chemin. « Ce ne sera pas long, promis, et ça aussi, ce sera instructif. »

Les garçons échangèrent un regard puis acceptèrent comme à contrecœur. L'homme se mit à leur expliquer quoi faire, détournant son attention des cartons.

La femme avait perdu l'occasion de le mettre en garde contre Elimane, et voilà qu'il venait d'enrôler deux nouveaux venus. Tout en s'adressant à Kpindi et Ndevui, l'homme lui avait même jeté un bref regard avant de secouer la tête avec réprobation devant son absence de compassion envers une enfant dans le besoin. Rien de ce qu'elle dirait maintenant ne trouverait grâce à ses yeux.

« Si tu ne me lâches pas tout de suite, je t'écrase contre le sol. Ah, tu crois que tu es la seule à passer une sale journée ! » La femme frappa Namsa sur la tête et la regarda encore un moment d'un air menaçant avant de reprendre son chemin en maugréant. Malgré la douleur, Namsa se sentit fière d'avoir été prompte à réagir, et un sourire apparut sur son visage avant qu'elle se rappelle qu'il ne fallait jamais montrer ses émotions et se hâte de reprendre un air impassible.

La fillette épousseta ses vêtements et se releva en jetant un œil vers Ndevui et Kpindi, désormais occupés à pousser la voiture sans trahir une seule fois le fait qu'ils connaissaient Elimane. Khoudi et elle commencèrent à travailler ensemble, dans une harmonie silencieuse. Namsa se posta devant la voiture, apparemment captivée par l'incident, détournant un peu plus l'attention des passants tandis que Khoudi fouillait les cartons, accroupie de façon à ce que le véhicule la dissimule aux yeux du conducteur. Elle se dépêcha d'en sortir un paquet de lait en poudre, quatre bocaux de Nescafé ainsi que plusieurs paquets de ce que Namsa prit pour les longs crins jaunes d'une brosse à balai, et elle fourra le tout dans son sac en raphia, réarrangeant les cartons pour qu'ils n'aient pas l'air d'avoir été touchés. Puis elle s'éloigna de la voiture, toujours accroupie, avant de se relever et de s'en aller.

Dès que Namsa jugea qu'il n'y avait plus de danger, elle s'éloigna à son tour. Elle savait qu'Elimane ferait en sorte que Ndevui et Kpindi l'aident à remettre les cartons dans la voiture, afin que l'homme ne s'aperçoive pas de la différence de poids. La retenue dont Khoudi avait fait preuve contribuerait également à dissiper tout soupçon. Namsa s'aperçut qu'elle apprenait peu à peu ce qu'étaient la bonne foi et ses usages, ainsi que les risques qu'il y avait à être trop avide. Elle shoota joyeusement dans les cailloux et suivit Khoudi jusqu'au croisement au-dessus des quais. Là, elle se hissa sur des blocs de béton – les fondations d'une maison qui avait tout l'air d'un chantier à l'abandon, comme le prouvaient les mauvaises herbes poussant tout autour. Khoudi s'installa un peu plus loin et elles restèrent là, sans parler, à attendre les autres.

Depuis son poste d'observation, Namsa vit le ferry approcher, telle une maison flottante et délabrée. La coque rouillée était tachée par le sel de mer et parsemée de vieux pneus suspendus. Le débarcadère, qui débordait de gens, de véhicules et de marchandises, s'était transformé en un étalage festif de couleurs sur fond de ciel sans nuages. Le bruit du moteur se fit assourdissant alors même que le ferry avançait très lentement. Deux piliers de béton, érodés au point que leur armature se voyait par endroits, étaient prêts à en stopper la progression avant qu'il ne touche les hauts-fonds. Au-delà, sur la jetée et sur la rive, une foule impatiente attendait, dans l'espoir de trouver son gagne-pain quotidien. Des échauffourées éclataient déjà, tout le monde jouant des coudes pour avoir la meilleure place sur le quai et proposer ses services. Dix gardiens du port, en pantalon vert et chemise jaune, tentaient en vain de retenir les gens en tapant avec leurs matraques contre les bittes d'amarrage et en les faisant traîner sur le béton au moment d'ouvrir les portails grillagés. « Écartez-vous du quai pour laisser passer les passagers et les véhicules ! » cria un homme dans un mégaphone lorsque le ferry coupa ses moteurs. Personne n'obéit à son ordre. À l'approche du bateau, il prit donc une lance à eau et arrosa la foule. Cette fois, tous reculèrent derrière la ligne de démarcation, mais pas plus loin, guettant le moment où ils pourraient revenir, certains déjà prêts à se frayer un chemin, accrochés au grillage des portails ouverts.

Au-delà de la cohue, le long de la route qui menait en ville, il y avait une longue file de véhicules prêts à embarquer. Namsa reconnut celui de l'homme qu'Elimane avait dépanné. Il était seul, et elle en déduisit qu'il n'avait pas entièrement fait confiance à Elimane, pas assez du moins pour lui proposer de le déposer.

L'homme s'adressa au gardien chargé de réguler la file d'attente, qui lui fit signe de doubler les voitures jusqu'au bout de la jetée et de s'arrêter devant l'écriteau RÉSERVÉ AUX OFFICIELS. Les autres automobilistes furent mécontents de ce traitement privilégié, l'un d'eux cria : « Nous aussi, on peut te graisser la patte pour devenir un "officiel" ! », mais le gardien n'y prêta pas attention. Et tandis qu'ils se tenaient debout à côté de leurs véhicules sous la chaleur, moteur coupé pour faire des économies de carburant, l'homme resta confortablement à l'intérieur du sien, moteur allumé et vitres fermées, au téléphone, profitant visiblement des bienfaits de la climatisation.

Ndevui, Kpindi et Elimane finirent par arriver, l'un après l'autre, le bas de leur pantalon trempé. Ils avaient dû aller jusqu'à la mer pour laver leurs pieds pleins de boue. Ils passèrent devant les filles sans les saluer et s'arrêtèrent à quelques pas de là, un peu plus près du ferry, observant la scène pour réfléchir à la meilleure approche. C'était un beau bazar, désormais. Les premiers véhicules à quitter le bateau avaient refusé de céder la priorité, provoquant un engorgement. Les voyageurs à pied se faufilaient entre les voitures à l'arrêt, sous les cris des conducteurs qui s'insultaient en tâchant de manœuvrer pour s'extirper du chaos. À la seconde où s'ouvrait la plus petite des brèches, l'un d'eux accélérait et s'y engouffrait, klaxonnant, les piétons s'écartant d'un bond avec force jurons. Mais Namsa vit que les autres membres de la petite famille étaient plus détendus, maintenant que leurs efforts avaient payé grâce à l'automobiliste – Monsieur Parfum, comme elle le surnommait dans sa tête, le souvenir de sa puissante eau de Cologne continuant de lui assaillir le nez.

Un petit caillou tomba près de la fillette, la tirant de ses pensées. Elle se tourna instinctivement vers Khoudi, qui lui fit signe de rester à sa place en esquissant un pas en avant puis un pas en arrière. Alors Namsa ne bougea pas quand l'ombre de son aînée se dirigea vers l'entrée du marché. Les lieux étaient moins fréquentés à cette heure-ci, parce que la plupart des gens étaient sur le quai, et elle observa Khoudiemata discuter ici et là. Elle la vit écarter quelqu'un de son chemin, puis serrer la main d'une femme pieds nus qui était vêtue d'une robe à chevrons jaunes, verts et roses. Khoudi glissa la main dans son sac et lui tendit le lait en poudre, les bocaux de Nescafé et les paquets de ce qui ressemblait à des brins de brosse à balai. Le bras entier de la femme disparut alors dans la poche de sa robe et en ressortit avec quelques billets qu'elle fourra dans les paumes de Khoudi. Laquelle cacha aussitôt l'argent dans son sac.

« Qui t'a permis de t'asseoir ici ? »

Namsa leva les yeux et découvrit deux garçons qui devaient avoir le même âge que Ndevui. L'un d'eux, vêtu de haillons qui lui couvraient à peine le corps, la montrait du doigt.

Elle lui fit signe de déguerpir. « Cet endroit t'appartient ? Hors de ma vue. » Elle avait déjà eu affaire à ce type de personnes. Elle avait aussi appris, en observant Khoudiemata, qu'il fallait leur parler avec fermeté, de manière à ne pas leur laisser la possibilité de prendre le dessus.

Le garçon en haillons s'approcha, l'expression de son visage n'augurant rien de bon. « Et le respect des aînés ?

– Commence par respecter mon nez, parce que tu pues », répliqua Namsa, aussi fort que possible, tout en repoussant le garçon. Ndevui, Kpindi et Elimane ne se retournèrent pas, mais elle vit leur dos se tendre, et le garçon le vit aussi. Son ami le tira en direction du marché et il se laissa faire, son expression signifiant à Namsa qu'il la retrouverait tôt ou tard, quand il n'y aurait personne autour d'elle pour la protéger.

Namsa reprit position sur la colonne de blocs de béton, soucieuse d'être désormais plus attentive à ce qui l'entourait. Bientôt, elle entendit Elimane siffler. *Pas aussi constant que l'Étoile du Nord, pas aussi constant que l'Étoile du Nord.* C'était une trouvaille du jeune homme. Il leur avait dit que c'était tiré du *Jules César* de Shakespeare, récitant de sa voix profonde : « *Mais je suis constant comme l'Étoile du Nord, qui pour l'immobilité et la fixité n'a pas son égale dans le firmament.* » S'ils sifflaient : *Pas aussi constant que l'Étoile du Nord*, cela signifiait donc qu'ils devaient changer d'emplacement. Seule Khoudi semblait comprendre et apprécier cette explication alambiquée, mais tous connaissaient le sens du signal : *On continue.* Alors Namsa se leva, s'épousseta, et suivit les autres en direction du ferry.

Les véhicules particuliers avaient fini de débarquer, et une procession de camions et de longues charrettes pleines de marchandises attendaient leur tour. Mais avant qu'ils aient la possibilité de bouger, trois Land Rover vertes surgirent sur la terre ferme, et une phalange d'hommes en uniforme kaki en descendirent pour prendre position de chaque côté du portail. Même les gardiens avançaient maintenant vers les badauds, agitant leurs matraques.

La plupart de ceux qui peuplaient le quai étaient des garçons et des adolescents, mais il y avait aussi des hommes plus âgés et quelques femmes. « Oui, monsieur, oui, madame. Oui, madame, criaient-ils. Mon patron ! Vous vous souvenez de moi ? J'ai baissé mes tarifs aujourd'hui. » Tout le monde hurlait, et poussait, marchandant ses services tout en se laissant emporter par la mêlée. « À peine cinquante mille pour décharger toutes vos marchandises ! », « Je peux le faire pour moins cher et plus vite ! », « Choisissez-moi, vous ne prendrez pas de meilleure décision aujourd'hui ! » Rivalisant pour prendre en charge les véhicules garés non loin de là, jeunes et moins jeunes montraient leurs muscles, faisaient craquer leurs doigts et leur cou, certains allant jusqu'à déchirer leur T-shirt en une démonstration de force et de volonté. « Soixante mille ici, trente mille là-bas. Quel est ton dernier prix ? Je peux te faire travailler, mon petit gars. Tu ressembles à mon fils. » Les femmes criaient leur prix pour stocker un chargement en attendant son transport dans des espaces couverts de bambou et de raphia surveillés par des gamines.

Soudain, une sirène mugit sur le ferry, et on commença à sortir les marchandises tandis que leurs propriétaires marchaient à côté des charrettes et des camionnettes. Au fil de leur avancée, ils désignaient du doigt ceux qu'ils voulaient engager. Les hommes en uniforme kaki autorisaient les « élus » à franchir le portail. Parfois, quelqu'un bondissait devant la personne sélectionnée et une bagarre éclatait jusqu'à ce qu'on choisisse quelqu'un d'autre. Les ouvriers déchargeaient la marchandise selon les instructions qu'ils recevaient, puis suivaient leur employeur temporaire vers la sortie, où les gardiens attendaient leur commission – dix mille par petit carton ou sac, vingt mille pour les plus gros. L'un des gardiens récupérait l'argent dès qu'on le payait et le tendait à son supérieur, qui était affalé sur sa chaise au milieu du brouhaha, un pistolet sur les genoux. Il empochait le liquide et donnait en retour un reçu barré d'un trait rouge au marqueur. C'était le seul semblant d'ordre au cours de l'opération, qui avait par ailleurs des airs de marché la veille d'un jour férié.

Plus on s'éloignait des quais, plus c'était chaotique. Les porteurs devaient veiller à ne pas se laisser emporter par la foule dans la mauvaise direction, forcés de déposer la marchandise au mauvais endroit. Ils se démenaient pour rester près du propriétaire tout en évitant les mains tendues tandis qu'ils se frayaient un passage dans la cohue.

Namsa était tellement fascinée par la mêlée qu'elle ne vit pas Elimane approcher avant qu'il soit directement dans son champ de vision. Elle sursauta et leva les yeux. Ce n'était pas leur façon de faire en public. Ils ne s'adressaient jamais directement la parole, ne montraient même pas qu'ils se connaissaient. Ne sachant trop que faire, elle resta silencieuse, fermement campée sur ses pieds.

« Bonjour, petite. Tu veux bien aller m'acheter de l'eau ? » lui demanda Elimane d'une voix forte. Il glissa une main dans sa poche puis, se baissant face à Namsa, lui déposa quelques pièces dans la paume et murmura en toute hâte : « Quand tu reviendras, je te donnerai notre argent et tu ne bougeras pas d'ici. Compris ? » Alors même que la fillette fixait sa bouche du regard, c'est tout juste si elle vit ses lèvres remuer.

Elle partit mener sa mission à bien, s'émerveillant de ce dernier tour de magie. Comment avait-il fait ? Elle savait qu'il fallait prendre l'eau en sac plastique et non en bouteille. Slalomant entre les jambes de ceux qui ne quittaient pas des yeux le ferry et les promesses dont il était porteur, elle courut de gauche et de droite, concentrée sur la multitude de pieds poussiéreux et de chaussures en lambeaux. Parfois, incapable d'aller plus loin, il fallait qu'elle revienne sur ses pas, s'éloignant de la mer pour passer à la périphérie du marché.

Elle observa les vendeurs avec leurs glacières et leurs seaux et décida de s'adresser à une fille un peu plus grande qu'elle, vêtue d'un grand T-shirt rouge et d'une jupe jaune qu'elle n'arrêtait pas de remonter et de nouer pour éviter qu'elle ne tombe. Elle portait des sacs plastiques pleins d'eau sur un plateau posé sur sa tête et criait : « De l'eau fraîche, j'ai de l'eau fraîche ! » Impressionnée par son sens de l'équilibre, Namsa s'approcha et lui tendit l'argent. La fille se baissa sans toucher au plateau pour que la fillette attrape un sac, puis se releva et fourra l'argent dans une petite bourse glissée sous la ceinture de sa jupe.

Quand Namsa rejoignit Elimane, il lui prit l'eau et, d'un même geste vif, lui glissa adroitement une petite liasse enveloppée de papier. Il mordit le bord du sac plastique et but presque tout son contenu, puis donna le reste à Namsa en marmonnant : « Ton salaire », toujours de la même voix de ventriloque, avant de s'éloigner. Namsa le regarda rallier la foule et s'enfoncer de biais, épaule en avant, dans la masse grouillante et hurlante qui l'engloutit aussitôt. Malgré ses efforts, elle le perdit rapidement de vue.

Elle s'assit par terre et observa autour d'elle avec angoisse. Ndevui et Kpindi étaient un peu plus bas, attendant qu'une occasion se présente dans le chaos, et près d'elle elle sentit une fois de plus l'ombre de Khoudi ; elle était revenue du marché. Namsa chercha un meilleur endroit où s'asseoir, consciente qu'ils la surveillaient tous même s'ils regardaient ailleurs. Elle trouva un tas de sable contre un mur en construction et se hissa dessus pour mieux voir qui s'approchait d'elle. Elle savoura l'eau fraîche, la buvant par petites gorgées, observant la foule grossir et s'enhardir. Elle sentit alors l'imminence d'un événement fâcheux. La déception et la colère se lisaient sur les visages devant elle, à mesure que la journée continuait de tout refuser à ces gens.

Elimane ne voulait pas se frotter à la folie grandissante du débarcadère, mais il savait qu'il fallait en être pour montrer un peu de son désespoir. Les vendeurs à proximité, ou toute personne s'en sortant assez bien pour s'offrir les services de gens comme lui, devaient recevoir l'assurance que ceux qu'ils envisageaient d'engager étaient dans un état de misère suffisant pour recevoir le plus bas salaire possible en échange de leur travail et ne jamais parvenir à se tirer de cet état. Ainsi, les patrons recevaient la confirmation de leur propre importance. *Le syndrome du peuple d'en bas qui reste en bas*, comme l'appelait Elimane.

C'était un fait qu'il connaissait non seulement pour l'avoir observé mais aussi pour l'avoir vécu. Jadis, il avait évolué de l'autre côté du grand partage humain contre-nature. Il savait ce que c'était que d'avoir un chauffeur, une femme de ménage, un cuisinier – tant de monde pour tout faire à sa place que le seul fardeau non négociable qui lui revenait était d'émerger du sommeil et d'y retourner. Ah, être d'une aussi magnifique oisiveté encore une fois ! Mais tout cela était parti en fumée une nuit, littéralement, et il avait eu de la chance de s'en tirer – plus de chance que le reste de sa famille. Depuis, il avait appris à faire semblant d'être vulnérable, pour attirer ceux qui voulaient profiter de lui et ainsi réussir à survivre. Grâce à ses lectures, il savait qu'ainsi allait le monde, le monde entier, même là où le syndrome était savamment dissimulé. Ici, sur les quais, il existait sous sa forme la plus crue. En cela, au moins, il y avait un semblant de sincérité.

Il contourna la foule, à la recherche d'un point d'entrée avantageux. Dans la plupart des entreprises humaines, il avait appris qu'il y en avait un. Ce jour-là, il s'ouvrit à lui grâce au mouvement d'une magnifique jeune femme. Non loin de là, un adolescent aux muscles bien dessinés par le labeur quotidien fut distrait par sa vue et laissa son corps tout entier suivre ses propres yeux, relâchant momentanément la concentration requise par le chaos ambiant. Elimane s'avança aisément, prenant une position plus favorable. Quand le jeune homme se ressaisit, son insistance à regagner sa position poussa Elimane à l'avant de la foule, plus loin qu'il n'aurait jamais pu aller seul.

Dans le ventre de la masse, il fut plongé au beau milieu de la puanteur des corps qui, comme le sien, devaient transpirer chaque jour en abondance pour trouver de quoi survivre. Il était habitué à sa propre odeur mais pas à celle d'une telle multitude, dont les vêtements avaient baigné dans la sueur et séché à même la peau, sous un soleil brûlant. Mais il se savait capable d'adaptation et exigea de son nez qu'il s'accoutume à la puanteur. C'était une des forces d'Elimane, cette capacité à s'adapter en toutes circonstances, et il était fier de la cultiver.

Kpindi lui avait appris à ne pas recourir à la force quand il se retrouvait dans un mouvement de foule, mais plutôt à naviguer, à se laisser porter par le courant jusqu'à l'endroit où il voulait aller. « Mets-toi ici si tu veux aller là-bas » – Kpindi s'était servi de ses mains pour illustrer la trajectoire calculée. Une fois libéré de la mêlée, Elimane sut que le moment était venu de faire volontairement étalage de sa vulnérabilité. Kpindi était aussi passé maître dans ce domaine, mais aujourd'hui c'était au tour d'Elimane de mener la barque, et chacun tentait de mettre en pratique ce qu'il apprenait des autres.

Tout autour de lui dans la mêlée, les gens criaient pour attirer l'attention. *Choisis-moi, monsieur ! Madame, je suis là pour t'aider, très fiable ! Juré ! Je ne te décevrai pas !* Elimane ne pouvait se résoudre à faire comme eux, mais il savait qu'il fallait malgré tout jouer le jeu. Alors il ouvrit la bouche en grand pour donner l'impression de se joindre aux cris et agita furieusement les mains.

La plupart des gens qui l'entouraient ne pensaient qu'au déchargement des marchandises du ferry. Elimane observa les franges de la foule, à la recherche d'autres possibilités. Son regard se posa alors sur un homme en costume-cravate – un vendeur, se dit-il. Il portait sa veste boutonnée jusqu'en haut – contrairement à l'usage, se rappela Elimane. Il n'aimait pas se rappeler ce genre de chose, mais il était désormais habitué à ce que la vie soit ponctuée de moments comme celui-ci, qu'elle appâte des fragments du passé qu'on préférerait oublier. Elimane se détourna, comme pour faire le vide dans son esprit, puis reposa les yeux sur l'inconnu avec un regard neuf.

Dans sa veste boutonnée, l'homme transpirait abondamment, cela se voyait. Il ne cessait de s'éponger le front et se tapotait la nuque avec un mouchoir, lequel fut bientôt tellement trempé qu'il le jeta et en tira un autre de sa poche. Combien y en avait-il dans ses poches ? Et puis il portait un sombrero. Elimane se demanda s'il revenait d'une réunion ou de quelque occasion où ce genre d'accessoire était requis, ou s'il l'avait gardé parce que ça lui donnait un air important. Pour quelle autre raison se punirait-on avec un accoutrement pareil ? William Mouchoir, le surnomma-t-il intérieurement. Elimane et les autres avaient l'habitude de donner des surnoms aux gens chaque fois qu'ils avaient besoin de bien les garder en mémoire. Ce dernier se dit que William Mouchoir en méritait un.

Le jeune homme faisait désormais les cent pas et se frottait les doigts, le regard nerveusement braqué sur le ferry. Il devait avoir de la marchandise en attente de débarquement. Sans quoi, qu'est-ce qu'un type comme lui faisait ici ? De sa main droite, il serrait une sacoche de cuir, si fort que ses veines étaient visibles sous la peau. Il cessa soudain d'aller et venir et se mit sur la pointe des pieds pour voir ce qui se passait au-delà de la foule. Puis, de sa main libre, il répondit à un appel sur son portable. Le vent souffla sur son chapeau, qui s'envola et atterrit dans l'eau. Le suivant des yeux, téléphone à l'oreille, William Mouchoir s'approcha du bord. Elimane savait que la rive était dangereusement creuse à cet endroit, le terrain rongé par en dessous à cause du ressac et de l'érosion provoquée par les pluies récentes. Il allait se passer quelque chose.

Elimane commença à s'extirper de la folie ambiante, luttant contre la marée humaine. Il cherchait des ouvertures et s'y engouffrait, son corps en déséquilibre oscillant jusqu'au point suivant. En se déplaçant ainsi d'une ouverture à l'autre, il finit par trouver la sortie. Il leva alors les yeux, vit Kpindi, et fit semblant de s'essuyer le front deux fois d'affilée. C'était le signal indiquant au garçon qu'il devait le remplacer dans la foule, et Kpindi se frotta l'œil pour signifier qu'il avait bien reçu le message. Les autres aussi prirent note de sa réponse, et ils changèrent de place pour rester à portée de vue et se surveiller mutuellement.

La journée bruissa soudain sous l'effet d'un autre gros coup de vent qui fit basculer un plateau de la tête d'une petite fille, envoyant valdinguer des cacahuètes grillées sur le sol de terre rouge. Elle tint le plateau vide à deux mains et se mit à pleurer, peut-être à cause de la punition qui l'attendait.

Libéré de la foule, Elimane se dirigea vers William Mouchoir, puis ralentit le pas pour ne pas éveiller ses soupçons ou lui laisser penser qu'il en avait après sa sacoche. Campé sur le rivage, l'homme se hissa de nouveau sur la pointe des pieds, tendit le cou pour jeter un œil à sa cargaison, et juste au moment où son pied gauche se souleva, le droit perdit son adhérence et le fit tomber à l'eau. Personne ne regardait dans sa direction en dehors d'Elimane. *Une façon comme une autre de se rafraîchir !* se dit-il, souriant tout seul en se précipitant pour lui porter secours.

Tandis que William Mouchoir se démenait pour rester à flot, Elimane fut ébahi de voir qu'il avait réussi à garder sa sacoche au sec, la tenant sur sa tête d'une main tout en battant l'eau de l'autre. Il y a forcément de l'argent dans cette sacoche, et pas qu'un peu, songea Elimane. Mais William Mouchoir perdait la bataille. Son costume gorgé d'eau l'attirait vers le fond, et les vagues soulevées par le ferry qui s'approchait du rivage ne cessaient de le fouetter en pleine figure. Elimane se coucha par terre et tendit les mains, mais il comprit à l'expression de William Mouchoir que celui-ci ne lâcherait pas la sacoche de sitôt. Elimane savait qu'insister ne ferait que renforcer ses soupçons. Il se mit vite en caleçon, déposa son T-shirt et son pantalon sur ses chaussures et plongea.

Elimane était bon nageur, et il atteignit William Mouchoir en un rien de temps. S'exprimant uniquement avec les yeux, le jeune homme passa un bras autour de sa poitrine et, sans lui faire lâcher la sacoche, entreprit de le tirer vers le rivage, en veillant à ce que sa bouche et son nez restent au-dessus du niveau de l'eau. Il le lâcha dès qu'il eut pied pour le laisser regagner seul la terre ferme. L'homme se hâta de sortir de l'eau, soucieux de garder ses distances.

À l'époque où Elimane apprenait encore à esquiver les coups durs de l'existence, il y a longtemps qu'il aurait déguerpi avec la sacoche. Mais il savait désormais qu'il faut toujours se préparer aux situations où l'intelligence, la ruse et la force ne servent à rien. Aux situations où rien de ce que l'on fait ne fonctionne.

De retour sur la rive, un William Mouchoir trempé comme une soupe et furieux donna des coups de pied dans l'eau. Puis il s'assit sur un rocher, la main toujours agrippée à la sacoche sur sa tête. Lentement, il la baissa, sans desserrer les doigts. Après quoi il se débarrassa de ses chaussures et, de sa main libre, parvint à retirer sa veste, mais se démena pour déboutonner son gilet. Il garda sa chemise à manches longues et sa cravate.

Sans un mot, Elimane s'approcha. Après avoir demandé la permission avec les yeux, il prit la veste et le gilet pour les essorer. Cela sembla lui faire gagner la confiance de William Mouchoir. Celui-ci retira sa cravate, sa chemise et son pantalon, puis il les jeta en direction d'Elimane, qui les essora également et les étendit sur l'herbe pour les faire sécher. Il remarqua que l'homme serrait la sacoche un peu moins fort qu'auparavant.

Enfin, Elimane parla. « Ce sera long à sécher. » Il hocha la tête en direction des vêtements. « La chaleur de votre corps pourrait accélérer les choses. D'ailleurs, ajouta-t-il avec un sourire, les vêtements vous serviront de climatiseur personnel avec cette chaleur. »

La tête entre les mains, William Mouchoir ne réagit pas. Puis, comme le silence se faisait pesant, il baissa les mains le long de son corps et ouvrit la bouche, les mots sortant de lui comme le dernier panache de fumée d'un feu moribond. « J'aurais pu mourir sans que personne s'en aperçoive. » Il hocha la tête vers Elimane, peut-être en signe de reconnaissance, même si c'était visiblement contraire à ses habitudes.

« Bah, chaque fois qu'on se réveille, c'est une possibilité, répondit le jeune homme. Mais vous êtes vivant. » Puis, pour mettre toutes les chances de son côté et ne pas rater une occasion à saisir, il ajouta : « J'imagine que vous avez de la marchandise sur le ferry. Vous feriez mieux d'y retourner, avant que quelqu'un vous la fauche. » Sans montrer la moindre impatience, il retourna auprès de ses vêtements. Il voulait les récupérer avant qu'on les lui vole, mais surtout avant que William Mouchoir ne remarque les trous dans ses chaussures. S'il les voyait, Elimane le savait, il perdrait le petit avantage qu'il avait sur lui. En l'occurrence, il était important de *ne pas* montrer sa détresse. Si William Mouchoir comprenait qu'Elimane avait besoin de lui pour réchapper à cette journée, il ne ferait appel à lui qu'aujourd'hui, et encore. Or Elimane sentait qu'il y avait davantage à en tirer.

Il ramassa ses vêtements et se rhabilla, puis il s'éloigna le long de la mer comme s'il rentrait chez lui.

« Où est-ce que tu te sauves comme ça ? » William Mouchoir semblait déjà moins abattu. « Je ne devrais peut-être pas trop en demander à quelqu'un qui vient de m'arracher aux griffes de la mort, mais puisque tu l'as fait, tu es désormais responsable de moi. Du moins, ajouta-t-il, jusqu'à ce que je me réveille demain matin et que la possibilité de mourir se représente. Alors, quelques tâches supplémentaires avant que tu ne m'abandonnes, d'accord ? »

Il posa enfin la sacoche par terre, ouvrit la fermeture Éclair, jeta un œil à l'intérieur et la referma. Elimane aperçut des documents, mais rien de plus.

« Donc vous êtes mon patron, dorénavant, ou vous me demandez simplement un coup de main ? » Au moment même où il prononça ces mots, Elimane les regretta, mais William Mouchoir se contenta d'éclater de rire. Ce type semblait avoir plusieurs personnalités qui dansaient en lui, aucune ne restant tranquille assez longtemps pour être décryptée.

Comme s'il avait lu dans les pensées d'Elimane et s'y était reconnu, William Mouchoir lui dit : « Tu es un jeune homme intéressant. Il y a quelque chose de conflictuel en vous. Je ne sais pas trop quoi, mais j'aime bien les gens mystérieux. Cela montre qu'ils savent garder leurs secrets et donc qu'ils sont capables de garder d'autres choses. »

Il se tut un instant. Puis il s'approcha de ses chaussures qui séchaient au soleil, et fouilla dans l'une d'elles. « Pourrais-tu aller m'acheter un portable et quelques vêtements de rechange ? J'ai des appels à passer. Un poisson appelle sans doute ses cousins avec mon téléphone à la minute où je te parle, alors il vaudrait mieux que je fasse vite avant qu'un poisson plus intelligent que les autres n'appelle mes clients et ne me mette sur la paille. » Il sortit la semelle et un petit sachet plastique de l'intérieur de sa chaussure, dont il retira une liasse de billets intacte.

« Toujours porter des chaussures à lacets », murmura-t-il pour lui-même avant de regarder Elimane avec stupeur, visiblement étonné que ce dernier n'ait pas l'air plus impressionné que ça par l'argent.

À vrai dire, Elimane avait remarqué que William Mouchoir gardait son argent dans ses chaussures et non dans sa sacoche. Il avait été bien inspiré de ne pas l'avoir arrachée des mains de l'homme qui se noyait pour s'enfuir avec. Mais que contenait-elle de si important pour qu'il l'ait maintenue au-dessus de sa tête, au risque de se noyer ? En même temps, Elimane se demanda comment on pouvait marcher normalement avec une liasse pareille sous le pied. Puis il se dit que ça ne pouvait pas être pire que de marcher comme lui avec des chaussures usées jusqu'à la corde. Si lui, dans sa pauvreté, pouvait faire semblant d'être à l'aise dans ses chaussures, il était sûr que William Mouchoir, avec ses petites richesses, pouvait faire pareil sans trop de mal. En tout cas, il ne voulait pas que celui-ci s'attarde trop longtemps sur ce qu'il y avait de *mystérieux* en lui. Il avait appris que c'était en ne révélant jamais complètement son style de vie, en particulier à un inconnu, qu'on avait une chance de goûter à la liberté de temps à autre.

« Bien vu, lança joyeusement Elimane. Le moins que je puisse faire, c'est d'aller vous acheter des vêtements et surtout un nouveau téléphone pour que vous puissiez retomber à l'eau en passant un appel.

– Ne t'inquiète pas, jeune homme. J'ai retenu la leçon. Mais merci de me le rappeler. » William Mouchoir lui tendit quelques billets. « Tiens, achète le téléphone le moins cher que tu trouveras, avec une carte SIM prépayée, et un de ces sacs en plastique épais et transparents. Tu vois le genre ? » Elimane se tourna pour partir, mais l'homme l'appela : « Attends ! Tu n'aurais pas un portable que je pourrais utiliser le temps que tu sois de retour ? » Comme Elimane n'esquissait pas le moindre geste pour en sortir un, il ajouta : « Tu n'es pas un jeune du XXIe siècle ? »

Elimane éprouva une étrange impression, mais répondit avec entrain : « Même si j'en avais un, pourquoi je vous le donnerais ?

– Où veux-tu donc que j'aille ? Je viens de te donner de l'argent sans poser de questions. » William Mouchoir écarta les mains et les leva au ciel, capitulant dans la bataille pour gagner la confiance d'Elimane.

« C'est votre choix, fit celui-ci. Vous ne vous attendiez pas à ce que je vous rende la pareille, si ? J'ai mes propres critères de confiance. Allez, détendez-vous. Vous êtes vivant ! Même si je ne reviens pas avec votre argent, ça couvre à peine mes frais pour vous avoir sorti de l'eau. » Il sourit pour montrer que c'était une blague. Puis il s'éloigna au pas de course, se hâtant au cas où tout cet épisode n'en vaudrait pas la peine.

Elimane courut sur le quai, toujours en effervescence. Il pensa chaparder un portable, mais William Mouchoir remarquerait sans doute qu'il n'était pas neuf, ce qui risquait d'hypothéquer ses chances de conclure à l'avenir des affaires avec lui. S'il achetait le moins cher, d'un autre côté, moins cher que William Mouchoir ne s'y attendait, l'homme lui en ferait peut-être cadeau, au final, pour qu'Elimane soit joignable à tout moment. William Mouchoir semblait du genre à posséder plusieurs téléphones et à ne pas vouloir utiliser un modèle bas de gamme pour ne pas nuire à sa réputation. Le jeune homme décida de ne pas trop gamberger, de peur que le fer ne refroidisse et qu'il ne puisse plus le façonner à sa guise.

À l'autre bout du marché, après la dernière rangée d'étals d'aliments secs, de haricots, de riz mais aussi d'huile, une série de kiosques en bois lustré proposaient toutes sortes d'accessoires et d'appareils électroniques sur des tables et des étagères – téléphones, fours à micro-ondes, fers à repasser, talkies-walkies, ordinateurs – ainsi que les pièces détachées qui allaient avec. Certains vendeurs étaient assis dans les cahutes, où ils réparaient du matériel en panne, tandis que d'autres restaient debout, fumant une cigarette ou buvant du thé, et papotaient en attendant les clients. Le regard d'Elimane s'arrêta sur la boutique visiblement la moins fréquentée, tenue par un va-nu-pieds qui avait l'air aussi perdu dans ses pensées que l'était son corps dans ses habits trop grands.

À l'instant précis où il se dirigea vers la boutique, il vit Namsa s'approcher de lui. Elle semblait absorbée dans son propre monde, sautant et bondissant pour une partie de marelle imaginaire. Il se demanda s'il valait mieux la rappeler à l'ordre ou l'ignorer – tôt ou tard, il faudrait bien qu'elle apprenne par sa propre expérience à faire preuve de jugeote –, mais la fillette fit un grand bond et atterrit juste devant lui, le percutant et tombant maladroitement par terre. Elle leva les yeux sur lui, médusée. « Pardon ! » s'exclama-t-elle, avant de se ressaisir et de ramasser un petit sac tombé de sa poche. Mais au lieu de le ranger, elle le tendit à Elimane. « Pardon, monsieur », répéta-t-elle. Elimane le prit, jouant le jeu, même s'il ne savait pas très bien ce qu'elle fabriquait. « Va jouer chez toi », lui dit-il avec sévérité avant de s'éloigner d'un pas vif, tout à sa besogne.

Dans un coin du marché, il ouvrit le sac. Celui-ci contenait un portable neuf dans sa boîte, très semblable au modèle qu'Elimane comptait acquérir. Comment Namsa pouvait-elle savoir ? Où et quand avait-elle réussi à mettre la main dessus ?

Dès lors, il ne lui manquait plus qu'une carte SIM et une batterie en état de marche. Certains étals chargeaient les batteries en échange d'une petite commission, mais il fallait veiller à ne pas se faire arnaquer ni refourguer un modèle préhistorique, ou une version bon marché *made in China* qui tombait en panne dès qu'on montait le volume de son téléphone – chose presque toujours nécessaire tant le réseau était lacunaire et peu fiable.

Elimane se servit du feutre indélébile qu'il avait dans la poche pour écrire *Propriété du roi* sur la batterie, de son écriture la plus sophistiquée et reconnaissable. Il leur serait difficile de le tromper.

« Bonjour, une carte SIM et un chargement de batterie Nokia, s'il vous plaît. » Il tendit la batterie et la somme exacte demandée par le jeune vendeur d'un étal voisin. Elimane avait exigé de la petite famille qu'elle mémorise les tarifs d'un tas de produits et services courants ; demander le prix à un vendeur était un aveu d'ignorance des pratiques de la rue, une incitation à la surfacturation.

Le garçon montra l'inscription d'Elimane. « C'est une batterie d'occasion, alors quand vous revenez, ne vous attendez pas à ce qu'elle soit neuve. » Elimane remarqua que son visage n'allait pas avec son corps – il avait une tête d'adulte. Sans doute parce qu'il passait la journée à regarder des gens plus âgés que lui et que ses traits s'imprégnaient de ce qu'il voyait.

Elimane ne se laissa pas démonter. « Elle l'est, neuve. J'ai écrit dessus pour m'assurer que vous ne m'en rendrez pas une vieille. » Le patron, qui rôdait à l'arrière-plan, lança un regard noir à Elimane mais fit un signe de tête au gamin, lui intimant de mettre fin à la conversation et d'effectuer la transaction avant que d'autres clients n'aient la même idée. Elimane rit tout seul d'avoir échappé à leur rapacité, du moins pour aujourd'hui. Ils devraient se contenter du juste prix.

Elimane attendit sa batterie à côté d'une longue file de personnes de tous âges dans l'incapacité de recharger leur téléphone pour parer aux affaires courantes. Il médita sur les avantages incontestables de ces appareils – l'incroyable vitesse à laquelle ils transmettaient des informations – mais aussi sur leurs inconvénients. La conversation entre pauvres n'était plus gratuite, ni aussi plaisante qu'avant. Quand quelqu'un vous appelait, il parlait tellement vite, et vous aussi, préoccupés par la durée de vie de votre batterie ou le manque de fiabilité et le coût du service. Les gens ne prenaient plus le temps de se demander : « Comment vas-tu, et la famille ? Les enfants se portent bien ? », ou s'ils le faisaient, ils n'attendaient plus la réponse.

Le gamin l'appela et lui tendit la batterie chargée. Elimane l'inséra dans le téléphone et attendit qu'il prenne vie. L'écran s'alluma, puis l'appareil carillonna, fort de son autorité désormais sans partage.

Alors qu'il se hâtait de retourner vers le quai, Elimane fut freiné par l'arrivée soudaine d'un groupe d'une dizaine d'individus en trench vert et bottes cirées. Leur apparition mit un terme immédiat, dans un silence irréel, à la clameur des rabatteurs qui offraient leurs services. Les mouvements effrénés de bras et de mains cessèrent également, chacun les gardant le long du corps. La marée humaine s'ouvrit pour laisser passer le groupe. Qui étaient ces hommes, si peu nombreux comparés à la foule et pourtant capables de mettre son existence même en suspens ?

Ils déboutonnèrent leur trench avec une lenteur délibérée et simultanée, découvrant juste assez les matraques métalliques de la mort accrochées à leur taille pour donner un indice des ravages qu'ils étaient capables d'infliger. Noyée sous les manteaux, leur ombre n'avait ni tête ni pieds. Ils sortirent leur béret rouge de leur poche et le coiffèrent. Le chef du contingent alla droit sur les policiers en treillis qui supervisaient le déchargement.

« Toi. Debout. »

L'officier se leva, des coques de cacahuètes lui tombant du pantalon. Il se dépêcha d'aller chercher ses bottes, qu'il avait posées non loin de là, lacets défaits pour qu'y pénètre la chaleur du soleil. Mais avant qu'il puisse mettre la main dessus, l'un des bérets rouges les envoya valser dans l'eau d'un coup de pied. Quelques-uns dans la foule rigolèrent, avant que d'autres les fassent taire, de peur d'attirer l'attention. Le silence retomba, et tous, en spectateurs captifs de cette démonstration de force, attendirent la suite des événements.

« Tu n'en as pas besoin. À la flotte, et lave-moi cette paresse, ordonna le commandant. Tout de suite ! »

L'officier hésita, tâchant de vider à la hâte ses poches pleines de billets froissés et d'un assortiment de téléphones mobiles. Mais avant qu'il ait pu terminer, il fut poussé à l'eau, suivi d'un autre policier qui s'était précipité pour récupérer l'argent liquide et les portables. La foule murmura de surprise, certains se mettant sur la pointe des pieds afin d'apercevoir les deux hommes qui se débattaient.

Le commandant ajusta son béret pour que le vent ne l'emporte pas, puis s'assit au bord de la jetée et se moqua des deux agents.

« Au secours, mon commandant ! On travaillera dur ! crièrent-ils à l'unisson, comme s'ils avaient répété leur réplique.

– Ah, je comprends, répondit-il. La perspective de la mort vous fédère. » Il éclata d'un rire exagérément sonore. « Écoutez, vos bottes savent mieux nager que vous. Vous auriez dû les garder aux pieds. Vous ne servez plus à rien. » Il se détourna, et la foule s'éloigna à contrecœur du quai et du regard des bérets rouges.

Le commandant sortit son portable et composa un numéro, puis mit le téléphone à l'oreille et cria : « Bonjour, mon colonel. Oui, je vous reçois cinq sur cinq, mon colonel. »

Un temps.

« La situation est sous contrôle, mon colonel, je poursuis les recherches. Merci, mon colonel. » Il referma le clapet du téléphone, se campa jambes écartées, et ses hommes s'approchèrent de lui pour recevoir leurs instructions à l'abri des oreilles indiscrètes. Un murmure monta de l'assistance. Depuis les différents endroits où ils se trouvaient, Namsa,

Kpindi, Ndevui et Khoudi sentirent que cet incident avait mis fin à la possibilité de tirer profit de la journée. Des énergumènes pareils trouvaient toujours une raison de tourmenter les gens comme eux, ceux dont la société n'avait que faire. Aujourd'hui, on assistait simplement à un nouvel exercice de déshumanisation.

Les bérets rouges promenaient leur regard sur la foule, guettant le moindre signe de mécontentement. Le fait même de tourner la tête risquait d'être interprété comme un manque de respect. Difficile, dès lors, de savoir comment se comporter ; toute personne dotée d'une paire d'yeux était à risque.

Content de son effet d'intimidation, le commandant reprit la parole de sa voix rauque, exigeant que tous les gens présents se mettent en ligne pour une fouille au corps. Comment se faisait-il que ceux-là mêmes qui étaient sur le point de détruire votre vie exigeaient toujours le silence, alors que ce genre de directive était invariablement un prélude au chaos ?

« Et si vous nous disiez ce que vous cherchez ? fit une voix solitaire et courageuse dans la foule. À moins que vos patrons ne vous l'aient pas dit ? On pourrait peut-être rendre service à l'État de la même façon qu'il nous rend service. » Il y eut quelques éclats de rire avant que les bérets rouges ne se jettent sur l'endroit d'où était venu le commentaire. Ils traînèrent un malheureux devant tout le monde, et des exclamations s'élevèrent au son des craquements d'os quand les bérets rouges firent pleuvoir coups de pied et de poing. Qui sait s'il s'agissait vraiment de la personne qui avait parlé, ou même de l'un de ceux qui avaient ri ? Tout ce que voulaient les militaires, c'était faire un exemple.

Khoudi sentit que c'était le moment de partir, pendant que les soldats étaient occupés et avant qu'elle ne soit emportée par l'agitation qui allait inévitablement suivre. Elle savait que les garçons pouvaient se débrouiller seuls ; comme elle, ils avaient survécu à ce type de situation un nombre incalculable de fois. Mais pour Namsa, c'était une autre histoire.

Khoudi la trouva près d'un mur, non loin de l'endroit où elle l'avait vue pour la dernière fois. Elle la frôla de très près pour attirer son attention, après quoi elle se mit à courir, soulagée d'entendre les tongs de la fillette claquer derrière elle. Très vite on entendit le crépitement des coups de feu, comme elle s'y attendait, puis les cris et le bruit sourd des corps roués de coups, l'odeur du gaz lacrymogène, et les bruits de la foule qui se dispersait. Le chaos de la violence avait commencé.

Au coin d'une rue, Khoudi sauta par-dessus un muret contre lequel elle s'adossa, détournant le nez du vent. Namsa lui tomba dessus après avoir sauté à son tour, et Khoudi lui mit immédiatement le visage dans la même position. Elles attendirent une minute, riant de leur expertise en pareille situation, mais l'odeur de gaz lacrymogène se fit plus forte et elles prirent une nouvelle fois la fuite vers un endroit de la plage où Khoudi allait souvent seule.

Elimane ne s'était pas attardé sur les quais. Dès que le silence s'était abattu sur la foule, il l'avait contournée pour se glisser au bord de l'eau, puis il s'était éloigné, courbé en deux le long du rivage, jusqu'à ce qu'il soit assez loin pour que personne ne puisse le repérer. Il repassa ensuite par la route pour rejoindre l'endroit où l'attendait William Mouchoir.

L'homme s'était rhabillé avec ses vêtements détrempés et faisait les cent pas sous un petit arbre, sa sacoche autour du cou, marmonnant tout seul. Elimane avait à peine sorti le téléphone de sa poche que William Mouchoir le lui arracha des mains. En toute hâte, il composa un numéro et se colla l'appareil à l'oreille. Il ne dit pas bo jour, simplement : « À la sortie. » Puis il raccrocha, retira l'étiquette avec le numéro du téléphone et lança le mobile à Elimane.

« Maintenant, je peux joindre la personne qui m'a sauvé la vie sur ce téléphone, qui est désormais le sien.

– Je n'ai pas pu trouver de sac plastique comme vous m'aviez demandé parce qu'il y a des bérets rouges sur les quais, un véritable enfer, dit le jeune homme en remettant le portable dans sa poche.

– Qu'est-ce qu'ils veulent cette fois ? » demanda William Mouchoir.

Elimane répéta ce qu'avait dit le commandant. « Toujours le même prétexte », ajouta-t-il, notant que ce n'était pas une coïncidence si les militaires venaient semer la terreur chaque fois que le ferry livrait de la marchandise.

Soudain, William Mouchoir s'arrêta et regarda au loin. Puis, sans un mot, il piqua un sprint dans les buissons. Elimane l'entendit faire craquer les ronces en forçant le passage. Lui aussi se mit à courir, dans une autre direction, pour retourner sur la route principale. Par expérience, Elimane savait qu'on ne pose pas de question quand quelqu'un près de vous s'enfuit en courant : on court aussi. Tandis qu'il sprintait, des bérets rouges lui passèrent devant, et il se demanda s'ils s'étaient lancés à la poursuite de William Mouchoir. Quand il regarda en direction des quais, il vit que la foule s'était dispersée, à l'exception d'une poignée de malheureux captifs criant leur innocence et se faisant traîner à l'arrière de véhicules militaires. Nul doute que les bérets rouges exigeraient quelque rançon de ces guignards et de leur famille avant de les libérer.

La petite famille avait un point de chute dans ce genre de circonstances. Elimane prévoyait de s'y rendre lorsqu'il serait certain que personne ne le suivait. La seule façon d'en être sûr, c'était de faire semblant d'appartenir à un groupe que les militaires ne suivraient jamais. Il avait remarqué que les forces de l'ordre étaient fortement allergiques aux prosélytes. Peut-être soupçonnaient-ils que si le paradis existait vraiment, on leur en avait d'ores et déjà proscrit l'entrée. Elimane repéra vite une dizaine de personnes au bord de la route, armées de brochures illustrées de rayons de soleil illuminant des contrées où poussaient des fleurs et où des animaux peu farouches erraient parmi les hommes. Il n'y avait personne dans cette représentation du paradis qui ressemble de près ou de loin à ceux qui en faisaient la promotion, remarqua-t-il.

Elimane s'empara de quelques brochures sans rien dire et les distribua aux passants. Quand les bérets rouges arrivèrent, il leur en tendit une poignée, mais ces derniers s'empressèrent de l'éviter, comme il s'y attendait.

« Dieu vous bénisse, allez avec Dieu », cria-t-il, ce qui les fit fuir. Il s'assura qu'ils étaient bien partis avant de décamper ; il ne voulait pas que les prosélytes aillent s'imaginer qu'il était l'un des leurs.

Il y avait un endroit sur la plage avec de nombreux bars et restaurants qui était le préféré de Khoudi quand elle voulait être seule. Elle adorait y aller pour observer les gens, imaginer à quoi pourrait ressembler sa vie de jeune femme. Elle se voyait étudiante à l'université, peignant, écrivant des nouvelles et des poèmes, allant à des lectures et au musée, et s'arrêtant ensuite dans un de ces bars pour boire un verre, lire et retrouver des amis. Une vie où rien ne l'empêcherait de faire et d'être ce qu'elle voulait.

Mais Namsa était avec elle aujourd'hui, toussant et expulsant de ses poumons les dernières émanations de gaz lacrymogène. « Il faut qu'on aille tout de suite à Rendez-Vous Un, disait-elle en tirant sur la manche de Khoudi. Sinon les autres vont nous attendre. » Rendez-Vous Un était leur point de chute dans l'éventualité où le chaos et la violence les sépareraient avant la tombée du jour. Il y avait aussi Rendez-Vous Deux, qui servait de lieu de repli si quelqu'un s'emparait de leur maison. Ils n'en avaient encore jamais eu besoin.

Mais maintenant qu'elles avaient échappé à la mêlée, Khoudi n'était pas pressée. Elle rassura Namsa, les autres étaient débrouillards et s'en sortiraient. Ils s'étaient sans doute arrêtés en route, eux aussi. Elle l'emmena vers l'océan, où elles se lavèrent les pieds, le visage et les bras des fumées toxiques. L'eau salée était efficace.

Après quoi Khoudiemata lança à la fillette : « Viens. Allons nous asseoir à ma place attitrée. » Elle désigna un rondin. Namsa s'assit à côté d'elle, un peu à contrecœur, mais ne parla plus des autres. Khoudi montra un bateau à l'horizon, dont elle esquissa du doigt le contour sur fond de ciel. Rasséréné, Namsa l'imita, dotant le bateau d'un moteur et d'une voile. Puis elles se turent, observant ce monde qui n'était pas le leur.

Un groupe de filles de l'âge de Khoudiemata approchèrent. Elles portaient du rouge à lèvres brillant et semblaient bien dans leur corps. Il y avait de l'aisance dans leur façon de parler et de rire, et visiblement elles semblaient avoir tout leur temps. Elles avaient les bras chargés de livres et de magazines. Elles s'assirent ensemble, certaines discutant de sujets qui ne chassaient pas la joie de leur visage, d'autres bouquinant, posant les yeux tantôt sur la mer, tantôt sur les collines de Freedom Town, où les immeubles aux couleurs vives contrastaient avec le rouge de la terre comme dans une peinture à l'huile.

Khoudi s'imagina parmi elles. En robe jaune imprimée d'un simple motif floral et chaussures plates à bouts ouverts, avec d'élégantes lanières noires. Les ongles de ses orteils étaient vernis d'un rouge assorti à celui de ses mains. Elle tenait une pochette dorée, un journal, peut-être même un chevalet de peintre, et elle avait les cheveux longs, impeccablement tressés en deux nattes entre lesquelles son visage rayonnait. Elle marchait majestueusement, avec une élégance naturelle, un souvenir du maintien de sa mère…

Namsa lui donna un petit coup de coude. « Tu es là ?

– Oui, presque », marmonna Khoudi, les yeux rivés sur les filles, son double parmi elles. Elle ferma les paupières et leva la tête vers les rayons du soleil, qui était dans sa phase descendante. Elle pria pour que Namsa garde le silence sans interrompre sa rêverie. Mais à son grand agacement, elle sentit les yeux perçants de la fillette la dévisager, et dut se rappeler que Namsa était encore petite et n'avait sans doute aucune idée des pensées qui occupaient Khoudi. À regret, elle abandonna ses chimères, et les sentiments pour lesquels elle n'avait pas encore de mots ; elle les sentait tout juste germer en elle. Elle rouvrit les yeux.

« Regarde ! s'exclama Namsa. C'est Chadrac le Messie ! »

Elle pointa le doigt vers un homme vêtu d'une longue tunique aux couleurs les plus vives qu'on puisse imaginer. Il tenait un bâton coincé sous le bras, et un tas de prospectus qu'il fourrait dans les mains des passants.

« Oui, où étais-je ? criait-il à la cantonade. Ah, je viens d'arriver à bord de ce bateau, là-bas. » Il montra l'un des porte-conteneurs ancrés au loin.

« Comment suis-je arrivé jusqu'ici ? J'ai peut-être marché. Mais mes pieds et mes vêtements sont secs ! Bizarre, comme c'est bizarre. » Il tapota ses plantes de pied avec son bâton, qu'il finit par glisser de nouveau sous son bras tout en poursuivant sa conversation avec lui-même.

« Irez-vous demain célébrer cette fête nationale décidée par d'autres ? demanda-t-il. Non, moi le Messie, je n'irai pas. Vous devriez porter votre ombre ailleurs, demain. Là où elle peut être utile. »

Namsa se leva du rondin et courut vers lui.

Il baissa les yeux sur la fillette avec étonnement. « C'est eux qui t'ont envoyée ? » Il l'observa de plus près, et un regard de reconnaissance se lut sur son visage. « Oh, tu es ma compagne de bord ! Pardonne-moi. Parfois, je ne suis pas moi-même. »

Chadrac reprit sa déambulation sur la plage et continua à monologuer.

« Ne laisse pas le monde te détruire, mon enfant. Tu

n'as pas besoin d'une journée spéciale pour fêter l'Indépendance. Chaque jour, tu es libre. Où sont mes compagnons de bord ? » cria-t-il, avant de se mettre à fredonner. « *Y a plus d'rêve pour tout le monde, impossible d'en faire une ronde...* » Il sautillait en chantant, jetait les prospectus en l'air puis se précipitait pour les ramasser.

Namsa en prit un et l'apporta à Khoudi, qui le lut à voix haute.

*VENEZ DÉ-COLONISER VOS OREILLES DEMAIN*
LES RÉFLEXIONS DE CHADRAC LE MESSIE
SUR LE JOUR DE NON-INDÉPENDANCE
AU KIOSQUE DE LA PLAGE
*Heure : midi-minuit*
*Prix : gratuit, comme devrait l'être la liberté*

« On pourra y aller ? demanda Namsa.

– Peut-être qu'on y passera à un moment, répondit Khoudiemata. J'ai un truc à faire demain. » Elle retira son bonnet et laissa ses cheveux retomber sur ses épaules.

Namsa l'observa attentivement. « C'est là que tu viens quand tu es seule, non ? » Khoudi croisa son regard. « Je ne le dirai à personne. »

La jeune femme sourit. « Merci de garder mon secret. » On ne pouvait pas dire qu'elle se cachait de sa famille en venant ici, pensa-t-elle. D'ailleurs, il y avait d'autres endroits dont elle n'avait pas encore parlé à Namsa. Parfois, elle éprouvait au plus profond de son être le besoin d'être seule, de se comprendre seule, de voir comment réagissaient les autres face à elle, ceux qui ne la connaissaient pas. Mais Namsa était trop petite pour comprendre.

Khoudi reporta son attention sur le groupe de filles. Elles étaient désormais installées à la terrasse d'un café non loin de là, à une table couverte de nourriture et de boissons, riant et parlant. Namsa s'était mise à jouer avec ses cheveux, et la distraction de sa présence empêchait Khoudi de s'imaginer pleinement parmi ce groupe. Mais cela lui donna une idée : elle irait chez le coiffeur le lendemain. Dans l'immédiat, pour occuper la fillette, elle lui demanda de lui faire deux grandes tresses qu'elle pourrait glisser sous son bonnet. Ravie, Namsa entreprit de faire un beau méli-mélo de ses cheveux, et Khoudi prit plaisir à être dorlotée.

Elles marchèrent sur la plage aussi longtemps qu'elles purent. Puis elles s'assirent sur le trottoir, secouèrent le sable de leurs pieds et remirent leurs chaussures – tongs pour Namsa, vieilles baskets pour Khoudi, leurs semelles tenues par de la ficelle et du caoutchouc fondu. S'imaginer parmi les jeunes femmes souriantes qui discutaient ensemble rendait la rudesse du tableau supportable à ses yeux. Les deux filles passèrent devant une file de Toyota délabrées dont le moteur agonisant crachait de la fumée noire. Les voitures elles-mêmes étaient une autre illustration du patchwork qu'était Freedom Town, pensa Khoudi, un patchwork rappelant à chacun sa position sociale et offrant un avant-goût des choses inatteignables qui n'en suscitaient pas moins la convoitise, et dont on ne pouvait s'empêcher de rêver.

*Propriété du roi, propriété du roi, tout est en ordre.*

Namsa tenta de siffler mais ne le fit pas assez fort, donc Khoudi se chargea de signaler leur présence. Un triple sifflement leur répondit, porté par le vent, et toutes deux sautèrent par-dessus le palmier arraché avant de traverser les petits goyaviers qui, cette saison, n'avaient pas encore porté de fruits. Ce qu'ils appelaient Rendez-Vous Un était un vieux bungalow abandonné et englouti de tous côtés par les plantes grimpantes, au point que l'on pouvait passer devant sans le remarquer.

Les garçons étaient déjà là.

Elimane était assis sur le perron, roulant la mine de son stylo sur le béton du mur, puis la malaxant entre ses mains pour réveiller l'encre endormie qui refusait de sortir et de tracer des mots.

Kpindi et Ndevui levèrent furtivement les yeux pour saluer l'arrivée des filles, puis reprirent leur partie de billes. Ils avaient inventé leur propre jeu, se servant des fissures et des trous dans le béton. On marquait des points chaque fois qu'on envoyait une bille dans un trou désigné à l'avance, et si celle de votre adversaire vous barrait le passage, on la visait avec sa propre bille pour l'envoyer le plus loin possible. Comme d'habitude, Ndevui s'agaçait de voir Kpindi lancer les billes avec une technique qu'il estimait contraire aux règles. « C'est une *faute de main* », répétait-il, expliquant à Kpindi que c'était de la triche de mettre la main au-dessus de la ligne au moment du lancer.

« Ils ne vont pas nous demander comment on s'est échappées ni où on est allées ? murmura Namsa à Khoudi.

– Pourquoi tu chuchotes ?

– Apparemment, ils ne veulent pas qu'on les dérange.

– On ne parle pas des choses qui arrivent aussi souvent, répondit Khoudi d'une voix normale. Ça ne sert à rien. C'est comme de respirer. On ne passe pas notre temps à dire : “Tiens, je respire, et là aussi je respire.” On le sait, qu'on respire, c'est comme ça, c'est un fait. »

Elle prit Namsa par la main et leur trouva un endroit où s'asseoir au milieu des vieux piliers de bois brillant.

« J'en ai quatre et t'en as deux, annonça Kpindi. Alors on joue au meilleur des dix, et une fois que j'aurai gagné, tu me donneras ta ganja. » Il montra le joint derrière l'oreille de Ndevui.

« Tu sais qu'on ne joue pas la ganja, rétorqua celui-ci. Ça, on le partage.

– Bon, bon, très bien », répondit Kpindi. Il lança sa bille et dégomma celle de Ndevui.

Elimane avait tenté de se remettre à lire et de prendre des notes, mais son stylo s'entêtait. Il le jeta par terre, tout en regardant bien à quel endroit il était tombé.

Le vent apportait la rumeur de l'agitation toujours en cours – le bruit de personnes en fuite ou en chasse. Un bruit qui couvrait les sons habituels du soir : ramage des oiseaux, vagues qui s'écrasent sur le rivage, martèlement d'un pilon en cuisine, sirènes, et un appel à la prière. Les oreilles de la nature semblaient à l'écoute, dans l'attente d'un claquement. Peu à peu, les bruits de pas de la survie et du malheur se perdirent dans le lointain. La journée touchait à sa fin.

« J'ai une idée de nouvelle langue des signes qu'on pourrait utiliser, dit Elimane. Je l'ai trouvée dans ce livre. Le contexte, c'est…

– Ferme ta foutue bouche qui remue même quand c'est pas le moment ! l'interrompit Ndevui. Des fois, j'ai juste envie de ne plus t'entendre. » Il s'énervait rarement comme ça, mais Elimane l'avait distrait au moment même où il s'apprêtait à faire un coup gagnant.

Le silence s'abattit sur eux. Puis Elimane lâcha : « Petit

frère, pas besoin de s'exciter pour rien. Fume ta ganja et détends-toi. »

Ndevui tendit la main au jeune homme, qui la serra, faisant retomber la tension. Tous avaient parfois des moments de colère comme celui-ci, ils savaient les laisser passer, et ils restèrent assis en paix tandis que la nuit tombait.

Ils venaient de se mettre en route pour rejoindre l'avion quand un téléphone sonna, les faisant sursauter. Ils restèrent immobiles un instant, puis Elimane se tapota les poches. « C'est moi. Je l'avais complètement oublié. » Il sortit le portable et décrocha.

« Bonjour, bonjour, bonjour. » Il se déplaça à plusieurs endroits des ruines, à la recherche d'un meilleur signal.

Il écouta avec attention. « Je crains que les bérets rouges soient encore en pleine chasse à l'homme. Ils attraperont le premier qui leur tombera sous la main. » Une pause. « Vous croyez qu'ils sont partis et que la zone du ferry est sans risque ? Qu'est-ce que vous en savez ? »

Lorsqu'il eut raccroché, il raconta aux autres ce qui lui était arrivé avec William Mouchoir. Quand il parla du téléphone, il leva les yeux sur Namsa et sourit. « Tu as été géniale, aujourd'hui. » Il expliqua aux autres ce qu'elle avait fait, et tout le monde la félicita.

« Comment tu as fait pour dégoter ce portable ? lui demanda Kpindi.

– Je sais m'y prendre. » Namsa entretint le mystère et ils n'insistèrent pas car ils pressentaient la vérité.

« Ne te repose quand même pas trop sur tes lauriers, la sermonna Elimane. Sois exigeante avec toi-même pour devenir toujours meilleure. »

Il expliqua que William Mouchoir venait de l'appeler

pour lui confier une mission, ainsi qu'il l'avait espéré. L'homme qui déchargeait habituellement pour lui le matériel s'était fait arrêter sur les quais, or William Mouchoir avait besoin de ses « articles », comme il disait, et vite. Si Elimane les lui livrait dans les prochaines heures, il le paierait cent mille par sac – l'équivalent de dix dollars américains. Une sacrée somme ! Ça leur permettrait de s'acheter de quoi manger pour un bon moment, mais aussi des habits, des livres et plus encore. Et qui sait quelles autres missions se présenteraient ?

« Il est au courant pour nous ? demanda Namsa d'une voix hésitante.

– Non, répondit Elimane. Il a dit qu'une personne seule pouvait le faire, mais je crois qu'avec tout ce qui se passe, il vaut mieux y aller ensemble.

– On a tout intérêt à y retourner, de toute façon, pour voir ce qu'on peut tirer de cette folie. » Ndevui attendait les instructions d'Elimane.

« Comment ça t'est venu, "William Mouchoir" ? » demanda Kpindi.

Elimane lui raconta toute l'histoire. « Et William ? C'est en hommage à Shakespeare, qui est un de mes auteurs préférés, comme vous le savez. »

Cela fit ricaner les autres, en une dernière manifestation de leur esprit de famille avant qu'ils n'atteignent la route et ne reprennent leurs distances.

Elle n'était pas aussi fréquentée que le matin, jonchée ici et là de chaussures et de vêtements que certains avaient visiblement perdus dans leur fuite. À l'image des affaires de la petite famille, ces possessions éparses, si usées qu'elles en devenaient inutilisables, ne donnaient pas envie qu'on les ramasse. Au loin, le son atténué d'une voix dans un mégaphone annonça : *Si vous trouvez quelque chose, veuillez le rapporter au poste de contrôle ou au commissariat le plus proche. Vous rendrez un grand service à votre nation et vous serez récompensé.* Cela les fit de nouveau ricaner.

À l'approche des quais, le silence s'intensifia. Même les pièces éclairées des maisons de plain-pied en béton semblaient désertes quand le groupe passa devant les dernières vérandas de Foloiya et parcourut la courte distance qui le séparait de l'embarcadère. Il y régnait désormais un sinistre sentiment d'abandon.

Ils se rassemblèrent derrière l'un des étals du marché. Comme il n'y avait personne, ils n'eurent pas besoin de faire comme s'ils ne se connaissaient pas, ce qui fut un soulagement.

« Namsa, passe devant », murmura Elimane. La raison leur parut évidente à tous : s'il y avait un rôdeur, la présence de la fillette serait la moins menaçante. Si quelqu'un surgissait, elle ferait semblant d'avoir peur et s'enfuirait, tandis que les autres chahuteraient pour faire diversion et la protéger de ses poursuivants. Ce n'était qu'un facteur de plus dans une série de risques et de moyens de défense qu'ils évaluaient chaque jour par centaines.

Forte de sa confiance en elle toute fraîche et heureuse de pouvoir faire ses preuves, Namsa quitta la route et rejoignit la jetée en sautillant. « Y a quelqu'un ? appela-t-elle. C'est mon oncle qui m'envoie pour savoir à quelle heure le ferry partira demain. » Personne ne répondit. Elle lança des cailloux sur la coque de métal du bateau qui oscillait dans la marée montante. Elle siffla : *Propriété du roi, propriété du roi, tout est en ordre. Propriété du roi, propriété du roi, tout est en ordre.*

Elimane, Khoudi et Ndevui rejoignirent le ferry aussi vite que possible, Kpindi restant derrière pour surveiller toute arrivée côté terre. Ils passèrent en courant devant Namsa, laquelle faisait office de deuxième vigie et avait pour mission de détourner l'attention de toute personne qui s'approcherait.

À l'intérieur du bateau, Elimane suivit scrupuleusement les instructions de William Mouchoir. Sous les bouées et les gilets de sauvetage que l'équipage avait depuis longtemps cessé de distribuer aux passagers, puisque ceux-ci ne les mettaient jamais, il repéra les sacs qu'il avait pour mission de récupérer. Ils étaient étanches et si gros qu'un adulte aurait pu se glisser dedans et y tenir assis, mais ils n'étaient pas aussi lourds qu'ils en avaient l'air. Que pouvaient-ils bien contenir ? Elimane appuya dessus, curieux de le découvrir, mais s'arrêta lorsque Khoudi et Ndevui l'incitèrent du regard à la prudence.

Ils sanglèrent les sacs avec les cordes qu'ils trouvèrent dans les poches latérales, comme l'avait dit William Mouchoir, les comprimant environ à la moitié de leur taille initiale. Elimane alla ensuite vérifier sur le pont qu'il n'y avait personne. Puis Ndevui, Khoudi et lui prirent chacun un sac et se dirigèrent au petit trot vers le marché, où ils retrouvèrent Kpindi. Namsa, qui les avait vus passer devant elle, fonça les rejoindre. Serrés les uns contre les autres, ils réfléchirent à voix basse à la meilleure façon de rallier le point de livraison, une boulangerie à l'entrée de la ville. Porter les sacs ensemble à découvert au bord de la route semblait trop risqué. Ils échafaudèrent donc une sorte de plan.

Namsa marcherait devant, suivie d'Elimane qui porterait un sac sur le dos. Derrière lui, à bonne distance, viendrait Kpindi, qui ne porterait rien, puis Khoudi avec le deuxième sac, et enfin, encore un peu plus loin, Ndevui avec le dernier sac. Une fois que Namsa aurait atteint le point de livraison, elle devrait se retourner et rebrousser chemin pour se positionner entre Khoudi et Ndevui. Ils espéraient que la distance entre chacun d'eux et l'alternance entre les porteurs et les autres leur éviterait d'éveiller les soupçons ou d'être reconnus s'ils venaient à croiser quelqu'un.

Avant même de se mettre en route, ils entendirent une voiture approcher. Ils coururent derrière les étals les plus éloignés, s'adossant à des barils de pétrole vides. Alors que le moteur ralentissait, ils entendirent une radio et des bruits de bottes. Quelqu'un fit le tour de la zone et remonta dans le véhicule, qui s'éloigna dans le silence de la soirée.

Quand ses feux arrière eurent disparu, le groupe se mit en marche. Namsa allait d'un bon pas sur la route défoncée et dépourvue d'éclairage. Cinq minutes plus tard, elle aperçut un homme debout sur sa véranda en robe de chambre blanche. Elle se dit qu'il voulait sans doute profiter de la fraîcheur de la brise, qui avait commencé à chasser la moiteur de l'air. Tout en se déplaçant dans la pénombre, elle siffla : *Lazare, Lazare.* Elle savait que les autres se mettraient à l'abri, à pas de loup. Elimane avait choisi ce signal à cause de Lazare qui se lève d'entre les morts ; Namsa ne se souvenait plus très bien de l'histoire, mais elle savait qu'ils étaient censés utiliser ce signal en cas de rencontre inattendue. L'homme tressaillit au son du sifflement et regarda autour de lui. Puis, incapable de savoir d'où cela venait, et visiblement peu rassuré, il rentra. La fillette attendit que le silence retombe et signala que tout allait bien. La petite caravane se remit en branle.

Au bout d'environ une demi-heure, qui parut beaucoup plus longue dans l'inquiétante étrangeté de la route déserte, une menace imaginaire se dissimulant derrière chaque arbre, ils arrivèrent à la boulangerie. Les autres patientèrent à distance, errant dans l'obscurité, tandis qu'Elimane parcourait les derniers mètres avec les sacs.

Le boulanger l'attendait dans la pénombre, à la porte de sa boutique, et le fit entrer dès qu'il le vit. Une lampe au kérosène était suspendue dans un coin, couverte de façon à n'éclairer qu'un périmètre limité. Il fit comprendre au jeune homme qu'il ne pouvait pas rester. Celui-ci insista pour téléphoner à William Mouchoir, qui ne répondit pas mais le rappela tout de suite après. Il dit à Elimane de laisser les sacs au boulanger, lequel le paierait, et à qui il voulut dire un mot. Quand ils raccrochèrent, Elimane prit l'argent. Le boulanger lui dit que William Mouchoir était impressionné et le recontacterait bientôt pour une nouvelle mission. Entre-temps, William Mouchoir voulait le rencontrer une nouvelle fois en personne dans les prochains jours.

Elimane resta silencieux, se contentant de hocher la tête en signe d'approbation. Puis il sortit de la boulangerie et rejoignit les autres. Il leur montra l'argent avant de le mettre dans sa poche.

La quête de ce que cette journée pouvait leur offrir était terminée. Par habitude, ils rentrèrent néanmoins comme s'ils ne se connaissaient pas, croisant ici et là d'autres personnes qui espéraient encore se voir prodiguer un peu de générosité avant de se résoudre à chercher le sommeil.

Quelques-uns ressortaient de chez eux, maintenant que le danger était passé. Ils s'asseyaient sur leur véranda pour écouter la radio ou regarder l'écran morne de leur téléphone insuffisamment chargé.

Elimane fut le premier à entendre la nouvelle, en provenance d'une radio portative suspendue à un goyavier qui beuglait sa musique à tous les passants.

*Alerte info. La police militaire a mené des descentes aujourd'hui dans plusieurs lieux, à la recherche de documents sensibles ayant été volés au ministère des Finances. Selon des sources anonymes, les documents manquants seraient liés aux fonds d'État. Nous vous tiendrons informés de tout nouveau développement. Rendez-vous demain à notre horaire habituel pour débattre de la numérisation de notre système bancaire et de notre système d'information.*

La musique reprit à la radio. Elimane rompit la formation. « Vous avez entendu ça ? Ça va loin, cette fois ! » Les autres n'avaient pas fait attention, mais ils passèrent bientôt devant d'autres radios qui relayaient elles aussi la nouvelle.

Khoudi éclata de rire. « Ah ouais, ils nous prennent vraiment tous pour des débiles ! » s'exclama-t-elle, et son hilarité gagna peu à peu le reste du groupe.

« Bah, on sait jamais, dit Kpindi. Elimane est au courant de tout, alors il comprend peut-être ce qui se passe. En tout cas, si on tombe un jour sur ce genre de documents, lui saura quoi faire. » Cela déclencha d'autres rires. Les gens qui passent leurs journées à chercher de quoi manger ne s'intéressent pas à la paperasse, qu'elle soit sensible ou non.

Ce n'était pas encore la saison de l'harmattan, quand le Sahara crache cette fine brume de sable sec qui recouvre la peau d'un voile spectral, mais un vent d'une froideur inhabituelle se leva tandis qu'ils approchaient de chez eux. En file indienne, frissonnants, ils entrèrent par la brèche dans le feuillage, Khoudiemata en tête.

« Attendez. Quelque chose ne va pas. »

Elle s'arrêta brusquement. Devant eux, dans la boue rouge, il y avait des empreintes fraîches laissées par des personnes qui portaient de meilleures chaussures qu'eux, et les herbes aplaties indiquaient qu'elles avaient été piétinées récemment.

Les garçons se déployèrent immédiatement dans les buissons pour se préparer à toute rencontre, et Khoudi continua prudemment son avancée sur le sentier, suivie de Namsa. Il était possible que ceux qui étaient arrivés jusque-là n'aient pas atteint la clairière, freinés par la barrière d'épais buissons.

En s'en approchant, ils entendirent des murmures et des rires. Dans l'obscurité, leurs yeux se croisèrent. Ils étaient prêts à une confrontation. Puis Khoudi et Namsa s'avancèrent pour annoncer leur présence et donner aux garçons une chance d'évaluer la situation.

Un petit feu au centre de la clairière commençait tout juste à aiguiser son appétit. Assis en cercle tout autour, trois jeunes hommes et deux jeunes femmes, leurs ombres bondissant et s'étirant dans la lueur des flammes grandissantes. L'une des filles était en train d'inhaler de la fumée dans une bouteille en verre. Quand elle leva les yeux, elle découvrit Khoudi et Namsa. Sa mâchoire resta béante comme le goulot de la bouteille, laissant s'échapper un nuage de fumée.

« Hé ! Hé ! Tu gâches. Fais tourner », dit un gaillard à la voix grave. Puis, remarquant son silence, il dirigea ses yeux dans la même direction que ceux, effarés, de la fille.

Il se leva d'un bond, claquant des doigts pour attirer l'attention des autres. « Venez vous joindre à nous ! cria-t-il. Vous êtes à l'abri des bérets rouges, ici. » Il rit bruyamment.

« Vous êtes du coin ? » lui demanda Khoudiemata, prenant soin de ne pas révéler à ces inconnus qu'ils étaient tout près de là où elle vivait. À en juger par l'endroit où ils avaient décidé de faire du feu, ils n'avaient pas trouvé l'avion. Sans quoi ils seraient confortablement assis autour de la table-réfrigérateur, ou camperaient peut-être même déjà à l'intérieur de la carlingue.

« Quelle importance, d'où on est ? fit le jeune homme. Asseyez-vous et venez faire la fête avec nous. » Il frôla Khoudiemata et prit Namsa par la main, mais elle lui échappa pour aller se poster derrière son aînée.

Il rit. « Quel manque de respect ! Les gars, aidez-moi à convaincre nos invitées de se joindre à la fête. » Les deux autres se levèrent et s'approchèrent. Khoudiemata fit un pas en arrière, appuyant d'une main son sac en raphia contre Namsa. Elle sentit la fillette fouiller la poche extérieure où elle gardait son couteau et, un instant plus tard, le lui fourrer au creux de la paume. Khoudiemata attendit, la main dans le dos, confortée par la certitude que Kpindi, Ndevui et Elimane les observaient depuis les buissons, prêts à bondir.

Les trois inconnus encerclèrent les filles pour les rabattre vers le feu.

« Celle-là est belle quand on ne s'arrête pas à ce qu'elle porte, dit le premier. D'ailleurs, je n'ai pas envie de m'arrêter là. » Il attrapa la main gauche de Khoudiemata et l'attira violemment contre lui, mais celle-ci s'écarta et retourna aux côtés de Namsa. « Ah, elle me veut, mais elle fait sa bégueule ! » Il rit de plus belle.

Khoudiemata brandit le poing gauche dans sa direction, ce qui fit rire les trois jeunes hommes. Quand le plus costaud s'approcha de nouveau d'elle, Khoudi lui entailla le bras d'un geste vif. Elle voulait lui envoyer un sévère avertissement, préférant mettre un terme à l'escalade de violence avant que ça dégénère. Stupéfait, il n'en revint pas moins à la charge, le regard lourd de menaces, cette fois. Khoudi fendit l'air deux fois, lui lacérant les joues. Surpris, il porta la main à son visage, et la jeune femme le poignarda à la jambe. Il s'effondra au sol, puis tomba sur le dos dans la boue en hurlant.

Les deux autres, qui s'étaient dirigés vers Namsa avant de se figer, abasourdis par la rapidité d'action de Khoudi, s'élancèrent. Elle était prête. Elle brandit son couteau sous leurs yeux avec une expression de témérité. Mais avant qu'ils ne l'atteignent, Kpindi et Ndevui leur tombèrent dessus, les frappant à la tête, dans la nuque, sur le torse, et les repoussant jusqu'au fond de la clairière, où les deux intrus détalèrent. Voyant la tournure que prenaient les événements, les deux jeunes femmes assises près du feu sortirent de leur état de stupeur et s'enfuirent à leur tour.

Serrant son couteau, Khoudiemata s'agenouilla près de l'homme qu'elle avait poignardé, mais le corps de ce dernier s'éloigna d'elle en glissant. Elle leva les yeux et vit qu'Elimane l'avait pris par les jambes et le traînait au sol.

L'homme tentait de s'accrocher aux racines, aux branches et aux herbes, mais Elimane était tenace. À l'orée de la clairière, il se mit à califourchon sur lui et le passa à tabac. À chaque nouveau coup, le jeune homme cherchait son souffle et roulait d'un côté à l'autre, mais il n'avait aucune échappatoire.

Elimane finit par arrêter, le fusillant du regard. Quand il prit la parole, il parla d'une voix posée mais terrifiante que les autres ne lui connaissaient pas. « Lève-toi et fous le camp d'ici avant que je remette ça. »

Le jeune homme se releva à grand-peine, et laissa une traînée de sang sur son visage en s'essuyant là où Khoudiemata l'avait tailladé. Il tremblait de tout son corps, sans que l'on sache si c'était de peur ou de colère, mais malgré ses muscles et sa stature, il ne parvint qu'à serrer le poing faiblement. Il finit par le rouvrir et cavala aussi vite que son corps meurtri le lui permettait, regardant par-dessus son épaule pour s'assurer qu'Elimane et les autres ne lui couraient pas après, trébuchant dans les buissons.

La petite famille poussa un soupir de soulagement collectif, suivi d'un silence quand chacun trouva un endroit où s'asseoir ou un tronc auquel s'adosser. Ndevui donna des coups de pied dans la terre pour éteindre le feu. Puis il ramassa la bouteille dont s'étaient servis les intrus pour inhaler du solvant et la jeta de toutes ses forces dans les buissons comme s'il s'attendait à ce qu'elle-même parte en fumée. Tous les autres, à l'exception de Namsa, savaient pourquoi il faisait ça.

Quand Ndevui s'était joint à leur groupe, il était accro à ce genre de trucs. Un matin, il s'était réveillé dans l'océan ; il n'était pas très loin du rivage et voyait les gens vaquer à leurs occupations matinales, des jeunes courir sur le sable, des pêcheurs lever l'ancre. Mais lorsqu'il avait tenté de rejoindre la plage à la nage, il s'était aperçu qu'il n'arrivait à remuer ni bras ni jambes, et lorsqu'il avait tenté d'appeler au secours, qu'il était incapable d'articuler. Il se souvenait d'avoir pensé qu'il allait dériver vers le large, et rapidement couler à pic ou se faire dévorer par quelque créature marine. De fait, s'était-il demandé, comment faisait-il pour flotter ? Et d'ailleurs, comment s'était-il retrouvé là ? Il savait qu'il avait inhalé des substances, la veille près des docks, avec un groupe de jeunes comme lui, mais il ne se rappelait rien de plus.

Quant au mystère de sa flottabilité, il lui fut plus facile de le résoudre. Sous lui, il découvrit des morceaux de polystyrène comme on en utilise pour protéger certaines marchandises acheminées dans cette partie du monde. Une fois arrivées au port, elles étaient déballées et tout finissait dans l'océan – cartons, polystyrène et emballages plastique. Mais l'océan n'aime pas ce genre de nourriture et recrache ce qui ne fait pas partie de son régime naturel. Pour une fois, Ndevui fut reconnaissant à l'inconséquence des humains, laquelle lui avait fourni un petit canot de sauvetage pour le protéger dans son sommeil. Il ignorait comment il s'était retrouvé dessus. S'était-il intoxiqué au point de perdre connaissance et, alors qu'il était à moitié mort, ses compagnons de drogue l'avaient-ils poussé dans l'océan, craignant que les autorités ne leur posent des questions gênantes ?

Ndevui avait flotté encore quelques heures, jusqu'à ce qu'un pêcheur à bord de son canot le tire hors de l'eau. Le garçon était toujours incapable de prononcer le moindre mot, mais rien ne l'empêchait de pleurer et il s'était demandé si l'on pouvait distinguer sur son visage les larmes de gratitude des embruns de l'océan. En tout cas, le pêcheur le déposa sur le rivage, hors de portée des vagues. « Je ne veux pas que tu meures dans ma zone de pêche et que tu rameutes ces parasites d'enquêteurs. C'est mon gagne-pain. Si tu dois mourir, tu n'as qu'à mourir sur la terre ferme. »

Ndevui passa la journée entière allongé sur le sable, flagellé par le soleil, jusqu'à retrouver progressivement la force de ses membres et la volonté de les faire bouger. Le froid dans ses os ne l'avait pas quitté pendant un mois et, encore aujourd'hui, il détestait frissonner.

Mais ce soir-là, le froid qui lui était tombé dessus un peu plus tôt s'envola, détalant aussi vite que les intrus, et tout semblait sous contrôle. Kpindi mit fin au silence. « Bon, je ne crois pas qu'ils aient trouvé l'avion. Et c'est tant mieux, parce que je ne veux pas être obligé de nous chercher un nouveau toit.

– Vous croyez qu'ils reviendront ? demanda timidement Namsa.

– Ça m'étonnerait, dit Khoudi. Je crois qu'ils ont atterri là parce qu'ils tentaient de fuir les bérets rouges.

– Ils ne reviendront pas. Elimane va hanter pour longtemps les cauchemars de ce type », lâcha Kpindi en ricanant.

Les yeux de Khoudi croisèrent ceux d'Elimane, pleins d'une admiration nouvelle. Elle l'avait déjà vu se battre, mais jamais avec une telle rage.

« Grand frère, je n'aurais jamais cru que tu avais ça en toi. Tu l'as tiré d'un de tes bouquins, ou c'est ancré au plus profond de toi ? » Ndevui ramassa le petit livre qui était tombé de la poche d'Elimane. « Il faut vraiment que je m'améliore en lecture si c'est comme ça que tu as appris à te battre. » Avec un grand sourire, il le rendit à son aîné, qui s'en empara et le fit claquer entre ses mains, même s'il n'avait pas besoin d'être épousseté. Il semblait éviter le regard de Khoudi.

« Je sais d'où vient cette rage, et ça n'a rien à voir avec les livres qu'il lit, le taquina Kpindi, passant un bras autour de ses épaules. Il y a une marmite de passion en ébullition, là-dedans » – il tapota le torse d'Elimane –, « et elle a fini par se trahir.

– Qu'est-ce que tu racontes ? » lâcha Khoudi tout en cherchant son sac, qu'elle avait perdu au milieu de l'agitation. Elle finit par le trouver et y rangea son couteau. Là-dessus, ils s'avancèrent tous les cinq vers la carlingue.

À leur grand soulagement, il n'y avait pas de traces de pas ni d'autres signes d'intrusion, et une fois leur inspection terminée, leurs corps retrouvèrent leur état de relâchement habituel dans cet univers secret qui leur appartenait.

« Ah, et maintenant je vais conclure cette journée par cette pureté. Oui, oui, lion, dresse-toi en moi », proclama Ndevui, attrapant enfin le gros joint glissé derrière son oreille et l'allumant avec un sérieux affecté. Il parlait toujours comme ça quand il s'apprêtait à fumer, ce qui arrivait chaque fois qu'il parvenait à chaparder un peu de ganja.

« Ce n'est pas une mauvaise action de voler ce que tu considères comme sacré ? » Kpindi s'assit à côté de lui et se tapota le bout des doigts pour signifier que lui aussi voulait partager les « sacro-saints végétaux », comme il les surnommait.

« La ganja devrait être gratuite, donc si je la vole à

quelqu'un qui ne veut pas la partager ou qui la vend, c'est un acte de probité, de justice. » Ndevui prit une taffe.

« Fais tourner la probité, alors », dit Kpindi, et ils se passèrent le joint jusqu'à ce qu'il soit terminé. Namsa n'était plus secouée d'une quinte de toux quand elle avalait la fumée, comme c'était le cas les premières fois. Tout paraissait apaisé. Même la brise chaude et le paysage familier se changèrent en un paradis où le temps ralentissait au rythme de leurs rires, de leurs gestes, ponctué par la musique des vagues qui s'écrasaient au loin.

Très vite, le sommeil les gagna, et les plus jeunes d'entre eux montèrent l'un après l'autre à bord de l'avion pour s'allonger. Il ne resta bientôt plus qu'Elimane et Khoudi, assis de part et d'autre de la table de fortune.

« Je suis désolé si j'ai outrepassé mon rôle, dit enfin Elimane. Je ne pouvais pas tolérer la façon dont ce type se comportait avec toi. Je sais que tu es capable de te défendre toute seule. » Il baissa la tête, évitant de croiser le regard de la jeune femme.

« Merci, grand frère », répondit Khoudi d'une voix posée, tâchant de parler sur le ton qu'elle employait d'ordinaire avec lui. Il lui était trop difficile d'envisager la possibilité que les autres puissent changer dans les mêmes proportions qu'elle.

« Bon, je te souhaite une bonne nuit. » Elimane parla avec son calme coutumier, sans toutefois ajouter le mot « sœur » qu'il lui réservait généralement. Il se leva et lui donna une petite tape amicale sur l'épaule, mais il refusait toujours de la regarder. Ce n'est qu'après avoir atteint les marches de l'avion qu'il lui jeta un regard furtif.

« Bon choix, Khoudi. Passer un peu de temps à l'air

frais. Surtout ce soir. » Puis il disparut dans le ventre de l'appareil.

Khoudiemata resta dehors et réfléchit. Elle repensa aux multiples fois où elle avait dû user de violence pour se protéger, seul langage que la plupart des garçons et des hommes semblaient comprendre. Ça lui plaisait bien de savoir qu'elle était capable de se défendre, mais ça l'ennuyait de s'être accoutumée à cette violence. En même temps, quel autre choix lui restait-il ?

Ces considérations ne lui ouvrirent pas les portes du sommeil. Elle tourna ses pensées vers le lendemain, vers ses projets pour elle-même, et peu à peu, grâce à la douce caresse de la brise sur son visage, la tension de ses traits se dissipa.

Sa rêverie fut soudain interrompue par des cris en provenance de la carlingue. Au bout de quelques secondes, elle reconnut la voix de Namsa. Elle monta les marches en courant. La petite tremblait, transpirait et se tournait dans son sommeil, aux prises avec un cauchemar. Les autres se levèrent pour la regarder, apeurés à l'idée de trop s'approcher. Khoudi s'assit à côté d'elle et la serra fort jusqu'à ce qu'elle se calme et se rendorme paisiblement.

Les garçons étaient complètement réveillés, maintenant. « Je vais au marché de nuit. » Ndevui guetta les réactions pour savoir si quelqu'un voulait se joindre à lui. Kpindi hocha la tête, et Khoudi fut tentée. Un cauchemar avait perturbé l'atmosphère de leur maison, un cauchemar comme ils en avaient tous fait. Ils préféraient les risques des aventures nocturnes – même dans le sillage des bérets rouges – à ce que leur esprit leur réservait.

Et le marché de nuit était une véritable évasion. C'était le seul endroit en dehors de l'avion où les membres de la petite famille se sentaient libres d'agir comme tels. Comme eux, la plupart des gens s'y rendaient après avoir fini de sonder la journée, quand ils avaient besoin de faire une pause. Ils venaient respirer les odeurs de ce qu'ils n'avaient pas les moyens de s'offrir, imaginer l'inimaginable sur l'écran à gros grain des postes de télé autour desquels on s'agglutinait le long des étals ou à l'entrée des bars, ainsi que dans les petites manies de ceux qui étaient plus fortunés qu'eux. Le groupe devait veiller à garder la tête froide. Elimane et les autres arrivaient généralement tôt pour trouver une place assise à la lueur des lampes à kérosène et sous l'éclairage terne d'ampoules alimentées par des groupes électrogènes incroyablement bruyants. S'ils avaient de l'argent, ils se payaient quelques bières à partager et de la nourriture bon marché : du pain dur comme la pierre avec des arachides bouillies, ou des morceaux de sucre mouillés d'eau. Dans le vacarme ambiant leur parvenaient des éclats de voix gouailleurs.

Une nuit, peu de temps auparavant, un jeune homme qui prenait son mal en patience pour acheter du pain, du beurre et du thé avait crié à la cantonade : « Pourquoi faut-il toujours qu'on fasse la queue pour tout dans ce pays ?

– Hé, la seule raison pour laquelle tu poses cette question, c'est que tu es au bout de la queue », lui avait répondu quelqu'un, et toute la file d'attente avait éclaté de rire.

Quelqu'un écoutait sur son téléphone une station de radio populaire, le volume poussé à fond pour en faire profiter tout le monde. *Si je gagne de l'argent, eh…*, braillait la chanson, en écho à la musique qui sortait au loin d'un haut-parleur. La plupart des gens articulaient les paroles en silence, rêvant à ce que leur suggérait la musique.

À la fin, l'animateur radio avait fait une annonce : *Aujourd'hui, nous débattrons pour savoir s'il faut traiter nos politiciens de corrompus ou de voleurs. Quand on vole du riz sur le marché, on est un voleur, non ? Rejoignez-nous dans la matinée et appelez-nous pour prendre part à la conversation. Et maintenant, retour à la musique avec notre superstar du reggae et sa nouvelle chanson : « Mister Politicorruption », ou « Tu n'es pas digne de te faire appeler mon leader »*. L'animateur avait entonné les paroles tandis que la chanson se déversait sur les ondes.

Les gens rassemblés là avaient ri de nouveau, et certains s'étaient mis à fredonner.

« Ah, si on vole, on est un voleur. C'est aussi simple que ça, avait dit quelqu'un, déclenchant un débat passionné.

– Non, je rectifie. Si on est pauvre et qu'on vole, là on est un voleur. Si on est un politicien, on est juste corrompu. » Cette réfutation sur le ton de la plaisanterie fit redoubler l'hilarité générale.

« Regardez cette montre. Je l'ai *corrompue* aujourd'hui, ha ! » Un jeune homme s'était mis au centre du cercle improvisé, brandissant une montre dorée.

La foule avait murmuré et ri, faisant circuler le nouveau terme, l'intégrant au parler local, qui était en mutation permanente. Et la petite famille avait écouté et pris note, mangeant et buvant aussi lentement que possible pour prolonger le plaisir, maintenir à distance les souvenirs indésirables qui se manifestaient plus volontiers la nuit. Quand la fatigue avait fini par conquérir chaque cellule de leur corps, ils étaient rentrés à moitié groggys.

Mais ce soir-là, il n'y aurait pas de marché de nuit pour Khoudi. Lorsque Elimane sortit s'asseoir dans la clairière, tripotant son livre de poche maintenant qu'il faisait trop sombre pour lire, la jeune femme se blottit dans le ventre de l'avion, la tête de Namsa posée sur ses jambes. De temps en temps, Khoudi pouvait lire sur ses traits les signes que sa mémoire se réveillait, la poursuivait dans son sommeil. Elle posait alors la main sur son front jusqu'à ce que la fillette se détende.

Cela dura toute la nuit et, à plusieurs reprises, Khoudi s'interrogea : « Pourquoi faut-il que la plupart de ceux qui donnent vie à la Terre souffrent autant ? » C'était une de ces questions qui n'appelaient pas de réponse. Et alors même qu'elle attendait, imperturbable, aux côtés de Namsa, s'oubliant comme le font les femmes, sans effort, elle se demanda s'il était possible de ne pas se perdre quand on prenait soin d'autrui.

# 4

Le soleil se leva plus tôt que d'habitude, et violemment, comme traîné de force dans le ciel. Namsa, qui sentait sa chaleur sur son visage, se frotta les joues en un effort qui la réveilla, ses yeux s'ouvrant d'un coup puis s'adoucissant quand elle aperçut Khoudi. Elle déglutit pour retrouver sa voix.

« Tu n'aimes pas ton lit ?

– Je me sens en sécurité avec toi. » Khoudi retira sa jambe de sous la tête de la fillette et fit bouger ses orteils pour ramener son pied à la vie. Elle ne lui parla pas de ce qui s'était passé pendant la nuit et savait que les autres aussi s'en abstiendraient. Les cauchemars laissaient déjà suffisamment de traces comme ça.

Alors que leurs corps accueillaient le jour avec force bâillements et étirements, les deux filles entendirent une explosion de rires gutturaux dans lesquels elles reconnurent Kpindi et Ndevui. Namsa sortit pour aller leur dire bonjour et vit qu'Elimane était dehors, endormi à la table, joue posée sur son livre et mains ballantes. Kpindi et Ndevui apparurent dans la clairière d'un pas mal assuré, chacun chargé d'une caisse de bières Star, celle de Ndevui surmontée d'un sac en toile de jute, celle de Kpindi d'un saladier recouvert d'un linge. Khoudi les rejoignit tandis qu'ils posaient bruyamment les caisses sur le vieux frigo, réveillant Elimane, dont le livre de poche se souleva en même temps que lui, collé à sa joue.

Ndevui s'esclaffa. « Tu passes tellement de temps avec tes bouquins qu'ils se mettent à t'embrasser dans ton sommeil. » Il ouvrit le sac et posa son contenu sur la table – vodka, whisky et autres alcools. Il attrapa une bière et la tendit à Kpindi, qui avait retiré le linge du saladier, révélant un festin de beignets, de poisson frit et de sauce au piment qui emplit l'air de son arôme, se mêlant aux relents d'alcool, de sueur et de parfum que les deux comparses avaient aussi rapportés.

Elimane décolla le livre de sa joue, prit une bière, l'ouvrit avec les dents et but à longs traits jusqu'à ce que la bouteille soit vide.

« C'est comme ça qu'on boit, grand frère. » Kpindi fit claquer sa bouteille sur la table en guise d'applaudissement.

« Tu aurais dû venir avec nous. » Ndevui avait du mal à parler, la voix entrecoupée de hoquets. Il descendit une grande lampée et retint son souffle pour tenter d'y mettre fin. « Kpindi était comme un aimant. Tout le monde voulait boire ou danser avec lui.

– La chance nous a souri la nuit dernière, compléta celui-ci. On a trouvé de l'argent là où personne n'aurait jamais dû le laisser traîner. On l'a *corrompu* et on s'en est servis pour entrer dans un bar, où on a dansé toute la nuit avec des jolies filles. » Elimane écarquilla les yeux pour leur rappeler la présence de Khoudi et Namsa, mais ils poursuivirent la description de leurs exploits avec deux demoiselles qui les avaient pris pour des jeunes gens fortunés. Ils avaient tous fini chez l'une d'elles. Une fois qu'elles s'étaient endormies, confiantes à l'idée de se réveiller aux côtés de ces garçons bien nés, Ndevui et Kpindi avaient fouillé leurs sacs à main et rassemblé tous les objets de valeur qu'ils avaient pu y trouver, ainsi que les caisses de bières. Malgré leur grande ébriété, ils n'avaient pas oublié de s'éclipser en emportant un vrai festin.

C'était leur code : ils étaient officiellement libres de faire ce qu'ils voulaient avec le butin que chacun récoltait de son côté, mais ils avaient pour accord de principe de le partager tous ensemble, ce qu'ils oubliaient rarement de faire, même en état d'ivresse.

« La maisonnée se préparait à un mariage, alors il y avait plein de choses à manger, reprit Kpindi. Mangeons et soyons joyeux, joyeux et joyeux ! » Il se lança dans une chanson pendant que les autres piochaient dans la nourriture.

Khoudi mangea à toute vitesse puis s'essuya les mains, pressée de partir.

« Quoi, tu t'en vas ? Déjà ? » lui demanda Namsa, la bouche pleine.

Khoudiemata hocha la tête.

« Je peux venir ? la supplia la fillette. On pourrait passer voir Chadrac le Messie avant que tu fasses ce que tu as à faire. »

Khoudiemata hésita. « Peut-être qu'il n'est même pas là. » Elle voyait que les garçons avaient décidé de lever le coude aujourd'hui. Ils boiraient, fumeraient, et se lâcheraient à en perdre connaissance ou jusqu'à ce qu'il n'y ait plus d'alcool, en fonction de ce qui se produirait en premier. Ils avaient beau aimer Namsa, ils ne s'occupaient pas aussi bien d'elle que Khoudi, laquelle fut un instant tentée de se joindre à eux, de boire à en perdre conscience afin d'oublier ses démons, mais aujourd'hui, c'était le jour où elle pourrait se retrouver seule avec elle-même, et elle ne voulait pas laisser passer cette occasion.

« D'accord, viens avec moi, dit-elle à Namsa, mais je te laisserai sur la plage dès qu'on aura trouvé Chadrac. »

Tandis que les deux filles cheminaient, le vent porta toutes sortes de sons humains à leurs oreilles, en provenance de toutes les directions : chants, cris de jubilation, hurlements de protestation. Chaque année pour la fête nationale, et d'aussi loin que Khoudi se souvienne, les protestations s'amplifiaient, les gens étant de plus en plus conscients de l'ironie qu'il y avait à célébrer des libertés n'existant que sur le papier.

On apercevait souvent Chadrac le Messie un peu partout en ville, parfois debout au milieu de la chaussée à faire mine de régler la circulation, parfois ivre devant l'un des bars que les garçons aimaient fréquenter, conseillant de sa voix rauque aux clients sur le départ de « rester cachés », de « demeurer dans la pénombre ». La petite famille trouvait toujours ses avertissements drolatiques parce qu'elle se savait déjà invisible. Mais aujourd'hui, Chadrac devait sortir au grand jour, près du kiosque de la plage, du moins à en croire le prospectus.

Les filles longèrent la route silencieuse baignée de soleil jusqu'à l'entrée de la plage, au sable d'une blancheur aveuglante. Une telle multitude de gens s'affairaient qu'elles n'eurent même pas besoin de faire comme si elles n'étaient pas ensemble.

Le kiosque, qui se trouvait quelques mètres plus loin, n'était plus aussi fréquenté qu'autrefois. Peut-être rappelait-il trop aux habitants les dures réalités qu'ils venaient fuir à la plage. Ces derniers temps, c'était surtout un endroit où les automobilistes trouvaient une place où se garer et déposaient des passagers désireux d'aller plus loin sur le rivage. Mais aujourd'hui, un attroupement s'y était formé, et Namsa et Khoudi se faufilèrent pour voir ce qui se passait.

Elles ne tombèrent pas sur Chadrac le Messie mais sur un autre homme. Visiblement jeune, il avait teint en blanc sa barbe et ses cheveux noirs coupés court pour se vieillir. Il était debout dans l'eau, vêtu d'une tunique blanche, le regard et les mains tournés vers le ciel matinal. Derrière lui, une haie d'individus attendaient qu'il leur prête attention. Il finit par abaisser les bras et tendit une main ouverte dans leur direction. « Ma multitude, approchez de votre prophète. » La première personne de la file s'avança et lui glissa quelques billets, qu'il étudia un instant avant de les ranger dans la sacoche attachée autour de sa taille. C'était une jeune femme, qu'il attira dans l'eau pour lui immerger la tête, une main posée sur son nez et son crâne, criant des phrases incompréhensibles. Cette dernière retourna ensuite sur la plage avec une expression satisfaite et une autre personne prit sa place. Ceux qui faisaient la queue observaient le rituel avec solennité, tandis que la plupart des badauds autour de Khoudi et Namsa ricanaient.

« Ah, même les prophètes réclament des honoraires de nos jours ! dit l'un d'eux. Je me demande comment on devient prophète. Est-ce qu'on se réveille un matin en se disant : “Je le sens, à compter d'aujourd'hui, je suis un prophète” ? À moins qu'il y ait une école des prophètes où on obtient son certificat, un diplôme ? » Les ricanements se changèrent en éclats de rire, mais ceux qui faisaient la queue restaient impassibles, leur visage reflétant leur croyance dans ce qui, comprit Khoudi, était en effet une sorte de miracle.

« *Mon peuple, mon peuple, ce prophète m'a baptisé voilà quelque temps, et tout ce qui me reste à ce jour, c'est le goût du sel dans la bouche !* » cria une voix stridente. Chadrac le Messie s'approchait sur la plage dans sa traditionnelle tunique évasée. Il pointa son bâton à la tête sculptée d'un lion rugissant en direction de la foule, sa barbe, ses cheveux blancs et sa large figure lui conférant un sérieux que contredisait le reste de son apparence. Parvenu au niveau des gens qui attendaient dans l'eau, il alla se placer en tête de file. Le prophète tenta de l'ignorer, tendit le bras vers le postulant suivant, mais Chadrac lui prit la main et y fourra quelques billets. Le prophète posa dessus un regard méfiant, puis les jeta dans l'océan. Chadrac les repêcha et les brandit sous les yeux de la foule avant de les étaler délicatement sur la plage, les lestant d'une poignée de sable pour les empêcher de s'envoler le temps qu'ils sèchent. La foule éclata de rire en réalisant qu'il s'agissait de billets anciens qui n'étaient plus en circulation.

« Aujourd'hui est un jour de réflexion, pas de célébration, déclara Chadrac. Réfléchissez. Réfléchissez. Et réfléchissez encore. » Il tourna autour des billets, sa tunique en haillons dégoulinant d'eau. Le public regardait la scène comme on regarde un match de tennis, allant sans cesse de lui au prophète.

« Il paraît que le 27 avril est notre fête nationale, notre journée pour fêter l'indépendance et la liberté. Je vous le demande, avez-vous l'impression d'être libres ? Et pourquoi faudrait-il que ce soient des gens de l'extérieur qui nous apportent la liberté ? Ils ont traversé les mers et nous ont dit qu'ils étaient venus nous sauver, nous faire don de la civilisation. Mais ils ignoraient jusqu'à notre existence avant de tomber sur nous. Alors comment auraient-ils pu savoir ce dont nous avions besoin ?

– Amen ! » cria quelqu'un dans la file du prophète.

Chadrac le Messie pointa de nouveau son bâton vers la foule, qui hurlait désormais de rire, soit à cause de ce qu'il avait dit, soit à cause de ce qui se passait dans l'eau. Le prophète se disputait avec une femme qui insistait sur le fait qu'il ne lui avait pas immergé la tête assez longtemps, alors même qu'elle avait payé un supplément, et qu'elle n'en avait donc pas pour son argent, question bénédiction. Pour finir, le prophète en eut sa claque. Il sortit de l'eau, poursuivi par la femme qui lui criait dessus, comme tous ceux qui n'avaient pas encore été baptisés.

Chadrac le Messie se mit lui aussi à courir derrière le prophète, le suppliant : « Viens et écoute-moi, mon vieux ! » Mais il s'arrêta vite et rejoignit la foule.

« Eh, ce prophète pourrait presque courir le marathon. » Il secoua la tête. Puis marmonna quelque chose qu'il trouvait visiblement si drôle qu'il rit à en devenir rouge comme une pivoine, ce qui fit aussi rire son auditoire.

« Combien d'entre vous s'appellent William, Lightfoot, Boston, Frederick, Cardew ou John ? » demanda-t-il à l'assemblée. Ils furent nombreux à lever la main. « Et combien d'entre vous connaissent le prénom que leur arrière-grand-mère leur aurait donné, des prénoms comme Kailondo, Bai Bureh, Momoh Jah, Suluku, Mammy Yoko, Sarrounia

Mangou, Nzinga Mbandi, Nyarroh ? » Le silence s'abattit sur la foule. « Même nos prénoms instruisent le procès de l'histoire que nous avons acceptée, celle qui ne nous a pas libérés mais nous a fait perdre confiance en notre propre valeur. »

La plage commençait à se remplir de gens venus pour s'amuser, et non pour se lancer dans une quête de soi – du moins c'est ce qu'ils croyaient. Et pourtant, désormais se lisaient sur les visages les questions mêmes qu'ils avaient omis de se poser jusqu'alors.

Chadrac le Messie retourna dans l'eau, parlant tout seul. « On fait soi-disant partie du Commonwealth. La seule chose commune à tous ces pays, c'est qu'ils sont une poignée à concentrer toutes les richesses. Hahahaha ! » Il marqua une pause. « Donc il ne faut pas fêter ce qui n'est pas notre vérité. » Il se pencha et but un peu d'eau salée. « L'eau pure doit n'avoir aucun goût. C'est ce qu'on m'a appris à l'école. Mais cette eau est comme un repas. » Il se mit à laper le liquide comme un chien, puis y plongea tête la première avec son bâton.

De nouveaux curieux s'étaient arrêtés pour voir ce qui se passait. Chadrac émergea de l'océan, le visage ruisselant, toujours plus animé au fil de son sermon. Khoudi remarqua combien il était facile de retirer quelque chose de ce qu'il disait – de la curiosité sur un sujet précis, un fait qui demandait réflexion, un rire. Même elle, sceptique comme elle l'était, fut tentée de s'attarder, mais elle savait qu'elle devait filer, ou alors sa journée ne lui appartiendrait plus.

Elle chercha Namsa des yeux et fut surprise de voir qu'elle avait disparu. La fillette était fascinée par Chadrac, presque obsédée. Elle croyait parfois l'avoir déjà entendu dire quelque chose, ou savait ce qu'il allait dire juste avant qu'il prenne la parole. Alors où était-elle passée ?

Avant même de se lancer à sa recherche, Khoudi la vit revenir du parking une bouteille d'eau à la main. Elle se fraya un chemin parmi la foule et la tendit à Chadrac, mais celui-ci se contenta de baisser les yeux sur elle, comme si ni son visage ni ses mains ne savaient quoi faire. Namsa ouvrit la bouteille et but au goulot, puis la lui proposa de nouveau. Cette fois, le vieil homme l'accepta et se versa de l'eau sur la tête, alors que son crâne était déjà trempé. « Il est vraiment amusant, cet idiot », cria quelqu'un, et la foule éclata de rire. Sans quitter Namsa des yeux, Chadrac posa la bouteille dans le sable, à côté de ses pieds nus. Namsa resta où elle était, devant l'attroupement, regardant et écoutant, et Khoudi décida qu'elle pouvait la laisser seule. Chacun d'eux profitait de cette journée pour se perdre dans ce qui lui plaisait. En outre, Khoudi détestait ces moments où il fallait se séparer et le flot d'émotions qui va avec.

Elle lui dit au revoir en sifflant et crut deviner un sourire sur le visage de Namsa en guise de réponse, mais la fillette ne se retourna pas pour la regarder partir.

À l'embranchement où elles avaient tourné vers la plage, il y avait une petite échoppe. D'un côté de la porte, un écriteau qui disait : TOUT PASSE, et de l'autre : ENTREZ ET SORTEZ AVEC LA BÉNÉDICTION D'ALLAH. Chaque fois que Khoudi jetait un œil à l'intérieur, elle voyait un vieil homme souriant égrener son chapelet à l'entrée de la boutique. Il donnait toujours l'impression de l'attendre, hochant la tête et lui faisant signe. Elle se demandait s'il saluait tous les passants de la même façon.

Mais aujourd'hui, au lieu de la saluer de la main, il lui fit signe d'entrer. Dans un hamac derrière le comptoir était assise une femme aussi vieille que lui, mais dont l'âge s'affichait avec une élégance magnifique. Elle se leva et s'approcha du comptoir, prit appui dessus et sortit un collier de perles d'une étagère cachée en dessous. Elle ouvrit ensuite la fermeture Éclair du gilet à capuche de Khoudi, retira son bonnet et lui passa les perles autour du cou. Puis elle la fit pivoter face à un petit miroir accroché au mur, prenant les joues de la jeune fille dans la coupe de ses mains ridées.

« C'est moi qui l'ai fabriqué, et je me dis qu'il est fait pour toi depuis la première fois que tu es venue, expliqua-t-elle. Tu me rappelles quelqu'un que j'ai connu. »

Khoudi se regarda longuement, surprise de constater que son cou était beaucoup plus mince que dans son souvenir. Puis son cœur se serra quand elle se demanda comment dire à la femme qu'elle n'avait pas d'argent à dépenser pour ce genre de parure.

« Il est à toi, poursuivit celle-ci. Fais simplement la chose suivante pour moi, quand tu auras le temps : compte les perles en réfléchissant à ce qui te rend vraiment heureuse. Et souviens-toi, tu es toujours la bienvenue ici, surtout quand tu as quelque chose sur le cœur. » Elle raccompagna Khoudi à la porte. « Va, maintenant, et pas besoin de me remercier. »

Rassérénée par cet échange, Khoudi rejoignit la route et se remit en marche, touchant le collier de temps à autre pour vérifier qu'elle n'avait pas rêvé. Parvenue à un rond-point, elle s'engagea sur un petit sentier qui zigzaguait entre les arbres et les épais buissons. Elle coupa ensuite à travers un champ semé de rochers pour gagner une crique secrète et sa minuscule plage de sable blanc. Là, l'eau de mer rencontrait une étroite rivière qui descendait des montagnes boisées. Personne ne semblait connaître cet endroit. Peut-être parce que personne n'avait eu l'idée d'aller au-delà des rochers. Khoudi elle-même était tombée dessus par hasard, lors d'une énième course folle pour échapper à la police. Depuis ce jour, c'était devenu son refuge pour fuir temporairement la dureté du monde. Un vieux pilier de béton à proximité des rochers portait l'inscription 35 DEGRÉS gravée à son pied, et c'était le nom secret dont elle avait baptisé ce havre qui n'était qu'à elle. Elle s'y sentait comme le titre de l'une de ses chansons préférées : *intouchable.*

La dernière fois qu'elle était venue ici remontait à une semaine, après une visite au marché de Maroon Park, dans le centre-ville, où l'on vendait vêtements et cosmétiques. Enivrée par l'odeur de tissu et de parfum, elle avait attendu qu'un troupeau prometteur de mères et d'adolescentes entrent dans une boutique pour les suivre. Si elle relâchait ses cheveux et retirait sa capuche, elle pouvait se faire passer pour un membre de la famille, du moins le temps de franchir la porte et d'échapper aux soupçons du commerçant. Pendant que ses prétendues parentes faisaient leurs achats, elle se perdait dans le parfum des savons ou le tissu des robes, souriant comme si elle avait l'habitude de s'immerger quotidiennement dans ce luxe. Les deux jeunes filles qu'elle avait suivies ce jour-là, et qui étaient accompagnées de leur mère, achetèrent des savons aux senteurs dont elle n'avait jamais entendu parler : *bergamote, lavande, verveine…* Elle s'était murmuré ces noms à elle-même en frottant fort les échantillons sur sa main, afin d'y laisser assez de résidus pour pouvoir en respirer l'odeur plus tard.

Cette famille était si insouciante et naïve que Khoudi était restée dans son sillage de boutique en boutique, parvenant à glisser dans son sac en raphia un pain de savon et deux petits flacons de lotion, puis deux robes en soie lorsque les filles avaient essayé des tenues et monopolisé l'attention de leur mère et des vendeuses. Profitant d'un moment de distraction, elle avait ensuite filé en douce pour aller à 35 Degrés, où elle avait caché son précieux butin avant de rentrer auprès de la petite famille.

Elle retraversa le champ de rochers pour aller récupérer ses trésors, soulagée de les retrouver à l'endroit où elle les avait laissés, sous une pierre au milieu des palétuviers. Détournant les yeux, elle retira ses chaussures ; elles étaient si abîmées qu'elle ne s'autorisait plus à les regarder pour les enfiler ou les retirer, accomplissant cette tâche au toucher. Elle posa son sac, retira son sweat-shirt et son jean baggy, et plaça une pierre dessus pour empêcher l'eau, le vent ou quelque créature de les emporter. Elle aspira l'air et ferma les yeux, puis les rouvrit et vit la culotte, le tricot de peau et le soutien-gorge en loques, dont elle ne pouvait plus se rappeler la couleur ni la provenance. Sa deuxième culotte était dans le même état, elle le savait. Elle retournerait au marché un jour d'affluence où elle pourrait se greffer à une autre famille pour trouver ce qu'il lui fallait.

Pendant quelques minutes, Khoudi resta assise au bord de la rivière, les pieds dans l'eau. Elle était plus chaude que l'océan, et presque pas salée. Elle leva les yeux sur le dénivelé de la montagne, et au-delà sur la vaste étendue luisante de l'océan, d'un bleu qui devenait plus vif à mesure que le soleil brillait davantage. Délicatement, elle toucha le collier que la femme lui avait offert, puis le retira et le posa sur ses vêtements pour qu'il ne soit pas mouillé. Elle trouva une fosse plus profonde et pénétra dans l'eau jusqu'au cou. Elle demeura ainsi un moment, se frottant le dos, les bras, le visage, le ventre.

Récemment, elle avait commencé à faire l'expérience d'un nouveau plaisir quand elle se touchait en privé. La sensation de sa main sur son corps était merveilleuse, surtout sur le ventre. Un picotement naquit en elle, si intense que le plaisir qu'elle en éprouva lui fit recroqueviller les orteils et serrer les jambes. Elle savait comment s'appelaient ses parties intimes mais se sentait gênée d'y penser. Elle préférait ne penser à rien, passer sa main sur le contour de son visage et de son corps.

Du sac, elle sortit le savon et les lotions qu'elle avait dérobés au marché des tissus. Elle commença à se laver de la tête aux pieds et tenta de démêler ses cheveux pleins de mousse, sans trop de réussite, avant de renoncer et de les rincer à l'eau claire.

La tâche suivante consistait à faire sa lessive. Elle retourna vers les pierres et ramassa ses vieux habits. Elle mouilla le linge et le savonna chichement, puis le rinça, l'essora et l'étendit pour qu'il sèche. Elle ne se sentait jamais complètement à l'aise quand elle était nue, même ici où personne ne la voyait. Si quelqu'un l'épiait de loin ? Si quelqu'un surgissait sans crier gare ? S'il fallait qu'elle s'enfuie ? Le seul endroit où elle se sentait moins vulnérable, c'était dans l'eau, alors elle retourna dans la fosse profonde, s'immergea et retira sa culotte. Elle la lava du mieux possible, puis, le dos voûté, accroupie au bord de l'eau, elle la posa sur un rocher tout proche pour la faire sécher. Après quoi elle retourna dans la rivière et attendit que le soleil opère un peu de sa magie.

Pour éviter de laisser vaguer ses pensées vers des lieux et des événements qu'elle ne souhaitait pas revivre, elle fit défiler dans sa tête une sorte de catalogue, des groupes de filles qu'elle avait vues vêtues de tenues magnifiques et des moments qu'elles avaient partagés. Serait-elle un jour capable de se faire des amies pareilles ? Elle avait soigneusement économisé, de l'argent qu'elle gardait dans son sac. Peut-être y avait-il assez pour se payer, en plus d'une coupe de cheveux, une manucure et une pédicure. Cela faisait longtemps qu'elle ne s'était pas verni les ongles et ça lui manquait.

Cette pensée la tira de l'eau, et elle revint bientôt sur le sable pour enfiler sa culotte à moitié sèche. Elle décida d'essayer la robe bleue à fleurs jaunes qu'elle avait volée. Elle en ignorait la taille, puisqu'elle l'avait arrachée quand l'occasion s'était présentée. Elle la déplia, ferma les yeux et la plaqua contre son visage pour sentir sa douceur soyeuse et respirer la fraîcheur de son étoffe, puis elle l'enfila. Elle lui arrivait juste en dessous du genou, comme elle l'avait imaginé, mais les emmanchures étaient trop grandes ; la robe ne lui allait pas aussi bien qu'espéré. Elle déambula un moment sur le sable, observant son ombre qui accentuait la taille des emmanchures. Puis elle eut une idée. Elle retira le vêtement et rassembla l'excès de tissu autour des bras, l'attachant pour former des nœuds sur chaque épaule. Elle réenfila la robe, qui était désormais mieux ajustée mais conservait un décolleté suffisant pour découvrir le contour de ses seins. Elle mit ensuite le collier, puis versa une noix de chaque lotion au creux de sa main et s'en appliqua sur le cou, les poignets, le visage. C'était délicieux d'être enivrée par l'odeur de sa propre peau.

Mais il manquait quelque chose : des chaussures. À contrecœur, elle enfila ses vieilles baskets et rangea l'autre robe dans le sac plastique, avec le savon et les lotions, qu'elle remit dans sa cachette. Après quoi elle fourra son jean et son sweat-shirt dans le sac en raphia, puis elle le suspendit à son épaule sans quitter des yeux son ombre sur le sable, souriant et se déhanchant avant de remonter lentement la côte pour retourner dans le monde.

Au moment de s'engager sur la route, Khoudi se sentit soudain gênée. Elle réarrangea sa robe, sans parvenir à la faire tomber comme elle le souhaitait. Chaque fois qu'elle tirait d'un côté, quelque chose n'allait pas de l'autre. Elle finit par abandonner et rejoignit la chaussée, revenant sur ses pas jusqu'au rond-point. Elle ne se souvenait plus de la dernière fois qu'elle avait porté une robe. Ça lui faisait du bien, et en même temps elle se sentait vulnérable. Tout prenait un tour inquiétant – y compris le vent, qui menaçait à chaque instant de soulever le tissu.

Elle emprunta un chemin de traverse pour ne pas croiser trop de monde. Très vite, elle déboucha dans une rue où s'alignaient de vieilles maisons en bois de style colonial ceintes de vérandas désormais bancales, comme l'histoire que les colons avaient laissée derrière eux. La plupart de ces bâtisses étaient occupées par des boutiques et des commerces divers. Derrière elles se dressaient les tours de verre et de béton du quartier administratif et financier avec leurs lumières scintillantes.

Khoudi s'arrêta en face d'un petit bâtiment abritant un salon de beauté. Les femmes venaient ici de toute la ville, elle le savait. Certaines arrivaient dans des voitures de luxe qui les attendaient devant, chauffeurs et gardes du corps patientant à l'extérieur. D'autres à bord de taxis qui donnaient l'impression que leurs pneus allaient les laisser tomber d'un instant à l'autre, même si cela ne se produisait jamais. Elle avait souvent observé ces femmes et ces jeunes filles de l'autre côté de la vitrine, la tête couverte d'une espèce de coiffe en forme d'auréole, lisant des magazines ou même parfois somnolant. Ah, pouvoir s'abandonner à une telle décontraction !

Aujourd'hui, il n'y avait pas de voiture dehors, ce qui signifiait que le salon n'était pas encore plein. Khoudi traversa la rue, son appréhension laissant place à une sorte d'excitation. Elle était tellement concentrée sur ce qu'elle dirait en entrant qu'elle faillit se faire renverser par un camion. Le chauffeur emplit l'air de son klaxon, mais dans sa tête Khoudi était déjà arrivée à destination et ne l'entendit pas.

Par la vitrine embuée, elle observa un moment les coiffeuses qui s'affairaient autour de leurs clientes. Y avait-il un moment opportun pour interrompre cette symphonie parfaitement orchestrée ? Prenant son courage à deux mains, elle poussa la porte, laquelle s'ouvrit brusquement, sans la grâce, l'aisance et la confiance avec lesquelles elle avait vu les autres passer le seuil, et à mille lieues de la manière dont elle-même avait imaginé faire son entrée. La porte se referma d'un coup, étouffant les bruits de la rue et emprisonnant Khoudi dans un nouveau monde d'incertitude. Elle perçut la musique, les rires et les bavardages diffus.

Ainsi que les regards condescendants, tant de la part des employées que des clientes, se dit-elle. Elle baissa un peu la tête, puis la releva et se dirigea vers le comptoir. Tandis qu'elle attendait qu'on lui adresse la parole, elle s'appuya dessus, le tapotant au rythme de la musique d'ambiance.

L'une des coiffeuses tripotait la télécommande de la climatisation, qui semblait ne pas fonctionner normalement. Le bruit qu'elle faisait donnait l'impression qu'elle tournait à plein régime, mais il ne faisait pas spécialement frais. Exaspérée, l'employée posa la télécommande et s'approcha de Khoudi, jetant un regard insistant sur ses doigts qui tapotaient le comptoir comme pour lui dire : « Pas très féminin, ce comportement. »

« Qu'est-ce que ce sera, mademoiselle ? » Elle prit la main de Khoudiemata et tira dessus jusqu'à ce qu'elle se tienne droit. « C'est mieux. » Puis elle lui prit l'autre main, afin de l'empêcher de reprendre appui sur le comptoir ou de s'en aller.

« Je m'appelle Kadiatou, et ici c'est mon salon, dit la femme. Tu as de l'argent, tu es une cliente. C'est ma seule règle », ajouta-t-elle fermement, tout en écarquillant les yeux pour indiquer à Khoudi qu'elle ferait mieux de ne pas prêter attention à la condescendance des autres femmes. « Alors, qu'est-ce que ce sera, mademoiselle ? répéta-t-elle.

– Un bon shampoing, de l'après-shampoing, de l'huile hydratante et des grosses tresses, mais pas d'extensions, dit Khoudi d'une traite, comme elle l'avait répété depuis des mois.

– Quelque chose de simple, alors ? Tu es sûre ? » insista Kadiatou en balayant la salle des yeux pour lui montrer que la plupart des clientes demandaient plus pour leurs cheveux.

Khoudiemata fit oui de la tête, moins parce qu'elle était sûre d'elle que parce qu'elle se sentait tenue d'afficher un semblant de maîtrise de soi.

« Oui, faites simple, et seulement les cheveux. » Elle avait dit ça d'une voix sonore pour que les autres femmes l'entendent, sans trahir la moindre réaction quant aux regards que celles-ci lui lançaient.

« J'aime ton style », dit Kadiatou, et Khoudi ne sut pas trop si elle parlait de sa coiffure ou de sa façon de ne pas se laisser faire. Dans un cas comme dans l'autre, cela lui plut. Elle se laissa guider vers un siège et s'assit.

« Il faut que tu sois bien installée pour que je fasse correctement mon travail. » La coiffeuse parlait de façon à ce que seule Khoudi l'entende. Voyant que celle-ci était un peu perdue, Kadiatou lui indiqua du regard la posture qu'elle devait prendre. Khoudi observa les clientes autour d'elle et remarqua qu'en comparaison elle-même était avachie, jambes légèrement écartées, bras droit posé sur le dossier de son siège. Elle s'asseyait toujours ainsi. Alors elle se redressa, baissa les épaules, rapprocha les genoux et joignit les mains sur ses jambes.

« Tu pourras redevenir toi-même quand j'aurai fini de m'occuper de toi. » Kadiatou avait remarqué à quel point la jeune femme s'était tendue en prenant cette posture inédite. Khoudi vit dans la glace que la coiffeuse examinait ses cheveux de plus près. D'abord, elle passa les doigts dedans, puis elle tenta de les peigner, mais les cheveux de Khoudi étaient si emmêlés qu'elle fut vite au bord des larmes tant son cuir chevelu lui faisait mal.

« Pardon, dit Kadiatou, mais ça risque d'être beaucoup plus long que la normale. Je vais être obligée de te faire payer plus cher.

– Les tarifs listés en vitrine ne disent pas que c'est plus cher si les cheveux sont comme ci ou comme ça. » Khoudiemata leva les yeux pour croiser le regard de la coiffeuse dans le miroir. « Et on ne peut pas dire que les clients se bousculent », continua-t-elle avec culot, désignant de la main les rares personnes présentes. Elle se redressa un peu plus, déclarant qu'elle était prête à se faire coiffer et que sinon elle s'en irait.

« On est bien insolente, tout à coup ! dit Kadiatou. Mais tu as raison, j'aurais dû modifier l'écriteau. Montre-moi si tu as de l'argent, pour commencer. » Elle tendit la main.

« Vous n'avez encore rien fait et vous voulez déjà mon argent. Bah j'en ai, de l'argent, un point c'est tout. Si vous ne voulez pas me coiffer, dites-le. » Elle espérait que son audace n'allait pas se retourner contre elle – elle ne connaissait aucun autre salon où elle aurait pu aller. Il y avait bien des filles dans la rue qui proposaient de vous tresser les cheveux, mais ce qu'elles faisaient, Khoudi pouvait très bien le faire toute seule.

La coiffeuse s'éloigna, et Khoudi eut peur un instant qu'elle soit partie pour de bon. Puis elle la vit au fond du salon lui faire signe de venir s'asseoir devant un lavabo.

La jeune femme alla s'installer, attentive à garder sa posture de dame comme il faut.

Kadiatou appliqua du shampoing sur ses cheveux et le fit mousser. « Ça remonte à quand, la dernière fois que tu as fait quelque chose avec tes cheveux ?

– Franchement, je ne m'en souviens pas », répondit

Khoudiemata, avant d'ajouter : « J'ai juste assez pour le tarif affiché en vitrine. » La coiffeuse cessa brusquement de s'affairer, et Khoudi fut une nouvelle fois prise de panique. « Je travaillerai pour vous gratuitement afin de payer la différence !

– Je laisse simplement agir l'après-shampoing. » Kadiatou sourit. « En général, les gens me supplient pour que je les coiffe gratuitement. Tu avais raison pour les tarifs affichés. » Elle commença à peigner une partie de ses cheveux, et Khoudi se réjouit de constater que c'était déjà nettement moins douloureux. Elle n'aimait pas se sentir redevable, mais elle commençait à apprécier le massage de son cuir chevelu et l'odeur de ce que Kadiatou lui appliquait sur la tête. Elle ferma les yeux et se délecta de ces sensations qui lui rappelaient le profond réconfort des rituels de son enfance.

Il fallut un certain temps à la coiffeuse pour laver les cheveux de Khoudiemata, puis pour les enduire de tel et tel produit, travaillant encore et encore jusqu'à ce que le peigne n'accroche plus et que ses cheveux puissent être tressés comme elle le voulait. Une fois que tout fut terminé, il fallut tirer Khoudi de sa somnolence pour lui tendre un miroir.

La jeune femme ne reconnut presque pas les cheveux qu'elle avait sur la tête, ni son visage, d'ailleurs, auquel sa nouvelle coiffure avait rendu sa juvénilité, faisant ressortir la beauté souple et pure qui y était cachée. Elle ne pouvait détacher les yeux du miroir, tellement étonnée de se voir si jolie. Elle ne pouvait pas non plus s'empêcher de sourire et décida d'arrêter de lutter, du moins aussi longtemps qu'elle resterait entre ces murs.

« Et maintenant, je veux que vous me fassiez les mains et les pieds.

– Bien. Tu apprends à demander comme une vraie cliente. Ne supplie jamais si tu payes, sinon personne ne te prendra au sérieux. Mais je croyais que tu avais juste assez pour la coupe de cheveux ?

– Puisque vous acceptez de me prendre à votre service, autant en profiter pour faire tout ce que je veux vraiment », lâcha Khoudiemata avec malice et assurance.

Elles tombèrent d'accord sur une semaine de travail, et la coiffeuse apporta le matériel. Mais dès qu'elle prit le pied de Khoudi dans ses mains, celle-ci sursauta. Elle n'avait pas l'habitude qu'on la touche.

« Détends-toi et profite, dit Kadiatou. Personne ici ne te veut de mal, jeune fille. » Elle porta son attention sur les pieds de Khoudi. « Donc tu veux simplement un limage et un nettoyage des ongles, c'est ça, et du vernis transparent sur les mains ? C'est ce que font la plupart des gens. » Elle ne regardait pas Khoudi, qui n'eut pas le courage de la contredire. Pendant que la femme travaillait en silence, plongée dans ses propres rêveries, Khoudi se demanda comment elle allait trouver le temps de travailler pour la rembourser. Elle espérait que Kadiatou s'en tiendrait au délai convenu d'une semaine. Elle avait l'habitude que les gens fassent étalage d'un semblant de générosité, puis vous réduisent à une sorte de servitude. Après tout, la petite famille avait besoin d'elle pour trouver de quoi manger au jour le jour. Rien ne devait compromettre cela.

« Ne t'épuise pas à envisager tous les scénarios possibles, lui dit Kadiatou, comme si elle lisait dans ses pensées. Apprends à accepter les belles surprises de la vie. »

Après s'être occupée des mains et des pieds de Khoudi, elle s'apprêtait à ranger sa trousse, mais s'arrêta pour immobiliser la main gauche de la jeune fille, qui allait toucher les ongles de sa main droite. « Non ! Attends que ça sèche pour ne pas gâcher tout mon beau travail. J'ai été bien avisée de ne pas te mettre de vernis de couleur ! » Kadiatou lui montra un banc au revêtement de cuir et lui fit signe d'aller patienter là-bas.

Khoudi s'assit et prit un magazine sur la table, l'ouvrant avec précaution pour éviter d'abîmer ses ongles, mais elle le reposa aussitôt. Il était plein de publicités pour se faire blanchir la peau. Elle en attrapa un autre, même chose. En ville, elle avait remarqué que de plus en plus de monde, hommes et femmes confondus, parfois même des enfants, se faisait blanchir la peau. Ça se voyait à la teinte rosâtre maladive que prenait leur visage.

À cet instant précis, un groupe de jeunes femmes qui devaient avoir le même âge qu'elle entrèrent bruyamment, riant aux éclats. Elle remarqua l'aisance avec laquelle elles avaient poussé la porte et fait leur entrée, comme si l'endroit leur appartenait. Elles accomplissaient leur train-train habituel. Khoudi les observa pour bien s'imprégner de leur façon d'être. Elles claquaient des doigts pour attirer l'attention des coiffeuses et s'asseyaient où elles voulaient, sans attendre qu'on les y autorise. Et elles la remarquèrent – pas comme elles l'auraient fait avec la première venue, mais en s'attardant sur elle comme pour scruter les expressions multiples de son énergie. Sous leur regard, Khoudi se redressa une nouvelle fois, rapprocha ses jambes et croisa les mains sur ses genoux.

« Je veux ce que tu lui as fait mais avec des extensions, dit la plus loquace de toutes en montrant Khoudi.

– Je regrette, Mahawa, mais on ferme à midi aujourd'hui, pour la fête nationale, dit Kadiatou. Tu peux revenir demain ? » La jeune femme insista, demandant une coupe rapide pour elle et deux de ses amies, alors Kadiatou et plusieurs autres coiffeuses acceptèrent de s'y coller. Les trois filles s'assirent et leurs amies se postèrent à côté d'elles, papotant au milieu du salon.

« Quelqu'un veut bien allumer la télé ? cria Kadiatou. Où est passée la télécommande ? » L'une des employées la retrouva dans un tiroir et alluma le poste accroché au mur. Comme d'habitude, un *soap opera* en espagnol apparut à l'écran, sans sous-titres. Les gens regardaient ces programmes religieusement, Khoudi le savait, même s'ils ne parlaient pas un mot de cette langue, retenant le nom des personnages et devinant les détails de l'intrigue grâce aux rebondissements. Les coiffeuses passaient plus de temps à regarder l'écran que les cheveux de leurs clientes ; leurs mains travaillaient de mémoire.

Pendant ce temps, les filles poursuivaient leur conversation comme s'il n'y avait personne d'autre dans le salon et que les femmes qui s'occupaient d'elles étaient des automates. Khoudi connaissait cette sensation – elle vivait ça chaque jour de sa vie. Elle leva les yeux vers la télé, qui diffusait un spot publicitaire. Une femme noire se promenait dans la rue, sans que personne la regarde. Elle entrait d'abord dans un magasin pour acheter une « crème hydratante pour le corps », comme disait l'annonce. Puis elle rentrait chez elle et s'en enduisait vigoureusement la peau, pleine d'espoir. Dans le plan suivant, on la voyait se promener dans la même rue, la peau plus claire. Cette fois, tout le monde la remarquait. La pub se terminait par le slogan : *Soyez visible. Soyez rayonnante. Soyez belle. Soyez vivante.*

Khoudi se leva brusquement. Ses ongles étaient secs depuis longtemps, il n'y avait plus aucune raison de rester. Elle alla récupérer ses baskets. À l'autre bout de la salle, Kadiatou la suivit du regard et posa les yeux sur ses chaussures miteuses. Elle l'encouragea d'un bref coup de tête à attendre. Puis elle s'éloigna de l'essaim de coiffeuses et passa derrière le comptoir avant de réapparaître avec une paire de sandales simples mais élégantes qu'elle posa par terre à côté de Khoudi. Elle lui fit signe de les enfiler. « Tu n'es pas obligée de me les rapporter. Quelqu'un les a laissées il y a un mois et n'en a visiblement pas besoin. »

Khoudi fut déconcertée que Kadiatou semble capable de lire si facilement dans ses pensées, même si elle appréciait le fait de ne pas avoir à se justifier. Une idée lui traversa l'esprit : peut-être Kadiatou avait-elle été, par le passé, dans la même situation qu'elle. Elle enfila les sandales. Celles-ci étaient un peu trop grandes, mais ça irait.

Les jeunes femmes admiraient leur nouvelle coupe dans le miroir. « Voilà pourquoi je viens toujours ici », dit Mahawa, tournant la tête pour apprécier le rendu final sous tous les angles. Puis, avec le même tapage et la même assurance qu'à son arrivée, la petite bande quitta le salon, lui rendant sa tranquillité. En partant, Mahawa croisa le regard de Khoudi et lui sourit, mais cette dernière ne lui rendit pas son sourire. Elle avait beau mourir d'envie d'avoir des amies comme ces filles, elle ne voulait pas forcer les choses. Et elle était déterminée à ne jamais laisser transparaître son empressement à obtenir quelque chose.

Khoudiemata sortit une poche en plastique de son sac

en raphia et y fourra ses vieilles baskets. Elle en avait besoin pour la vraie vie, celle où elle ne devait rien à personne et agissait comme elle en avait envie. Elle donna à Kadiatou l'argent qu'elle avait sur elle, puis toutes deux décidèrent qu'elle reviendrait travailler au salon le surlendemain pour rembourser sa dette, étant donné que la boutique serait fermée d'ici là. Les coiffeuses se préparaient toutes à sortir faire la fête. Khoudi savait que si elle ne revenait pas, Kadiatou n'essaierait pas de la retrouver. Elle ne lui avait même pas demandé où elle habitait ni comment elle s'appelait.

« Viens avec nous si tu veux », lui proposa cette dernière, mais la jeune femme déclina. Elle s'approcha d'un miroir pour se regarder une dernière fois. Abasourdie, elle reconnut le visage de sa mère, ses pommettes saillantes et ses yeux brillants. Elle n'arrivait pas à détacher les yeux de son reflet.

Kadiatou la tira de sa rêverie. « Tu auras toujours la même tête, pour aujourd'hui en tout cas, même si tu restes plantée là durant des heures. Fiche la paix à ce pauvre miroir, jeune fille. » Elle ouvrit un tiroir sous le comptoir et en sortit une ceinture, qu'elle attacha autour de la taille de Khoudi. « Voilà ce qui manquait. » Elle observa avec satisfaction l'allure de sa cliente. « Ça me gênait vraiment. » Puis elle tira Khoudi dehors, où attendaient les autres coiffeuses, et ferma la porte.

Le centre-ville grouillait en général d'une multitude de corps pressés et de visages mécontents. Mais en ce jour de fête nationale, il y avait peu de monde, et les visages semblaient joyeux et détendus. Jeunes et vieux s'étaient rassemblés dans les bars, le long des rues ou sous l'auvent des immeubles de bureaux, écoutant du reggae.

Khoudiemata suivit Kadiatou et les autres, observant l'ombre des femmes qui passaient, puis regardant la sienne pour voir comment tombait sa robe. Pour autant qu'elle le sache, c'était mieux qu'avant. Elle restait un peu à distance, pour qu'il soit impossible de savoir si elle était avec ces femmes tapageuses qui ne paraissaient pas le moins du monde vulnérables. Mais dans sa nouvelle tenue et avec sa nouvelle coiffure, elle se sentait voyante et fut ravie de ne pas avoir l'air complètement seule.

Un groupe de jeunes hommes étaient appuyés contre le mur d'un immeuble de brique rouge de trois étages couvert d'affiches jaunies pour du matériel photo. Ils portaient tous les mêmes chaussures noires, jeans noirs et T-shirts blancs, où se lisait l'inscription :

CLUB DES GENTLEMEN DÉTERMINÉS
PERFECTION ÉGALE PROSPÉRITÉ

Et en effet, leur mise était parfaite, coupe de cheveux impeccable et T-shirt rentré dans le pantalon, et ils étaient synchronisés jusque dans leur façon de s'adosser au mur. Quand Kadiatou et ses employées apparurent, ils les sifflèrent, comme de coutume, mais leur envoyèrent aussi des baisers et les interpellèrent. « Dieu, Tu es le plus grand des maîtres d'œuvre ! » cria l'un d'eux. Khoudi fut si impressionnée qu'elle en oublia sa gêne, jusqu'au moment où elle sentit la chaleur des regards sur elle et vit dans les yeux une forme d'étonnement. Y avait-il quelque chose qui clochait avec sa tenue ou sa silhouette ? se demanda-t-elle.

Puis l'un des hommes déclama : « Où te cachais-tu, ô beauté du paradis et de la terre venue pour nous bénir ? » L'orateur avait de larges épaules et un visage porté sur le sourire, un visage qui n'avait pas encore été abîmé par le monde. Il se précipita devant Khoudi, qui serra le poing par réflexe, prête à le frapper, quand elle entendit Kadiatou et les autres coiffeuses éclater de rire. Elle baissa les yeux et vit que son assaillant lui offrait une rose rouge.

« Pardon pour l'intrusion, dit-il. S'il te plaît, prends-la comme un gage de reconnaissance pour nous permettre de profiter de ta beauté. » Il montra ses amis, qui s'inclinèrent tous devant Khoudiemata. Puis il s'écarta de son chemin, tenant la rose devant elle. La jeune fille desserra le poing et prit la fleur d'un coup sec du poignet. Le groupe l'applaudit tandis qu'elle s'éloignait.

Elle rattrapa le groupe de Kadiatou, désireuse de ne plus laisser la moindre distance entre elles.

« Donne-moi cette rose », dit Kadiatou, main tendue, et Khoudi fut heureuse de la lui donner, ne sachant quoi en faire. La coiffeuse cassa la majeure partie de la tige et lui planta la fleur dans les cheveux, juste au-dessus de l'oreille. « Tu ne sais pas encore ce que tu as, mais ça viendra. Suis-moi, on y est presque. » Elle prit la main de Khoudi et la pressa, ce qui rappela à la jeune femme la façon dont elle se comportait avec Namsa.

Elles étaient arrivées sur une portion inconnue de la plage, où elles furent accueillies par une musique tonitruante et des clameurs d'allégresse. Il y avait tant de bruit que pour parler, il fallait presque crier. Les femmes entrèrent sous la véranda ouverte de l'un des cabanons et s'assirent, jambes croisées, à une table qui faisait face à l'océan. Khoudiemata retourna sa chaise, s'installa à califourchon et appuya sa poitrine contre le dossier. Un serveur apporta de la bière. Elle était sur le point de dire qu'elle n'avait pas d'argent quand Kadiatou lui fit comprendre par l'expression de son visage que ce n'était pas grave. Pendant que les coiffeuses buvaient à grands traits, la jeune fille sirota son verre, observant les autres femmes. Elle voulait apprendre à se conduire comme elles : leur façon de rire et de se tourner d'un côté ou de l'autre, de dévisager les hommes, de les captiver. L'observation était une méthode de survie, et quel soulagement, pour une fois, de ne pas s'en servir dans ce but. Elle savoura les bribes de conversations qu'elle attrapait au vol, à propos de robes et de soirées. Personne ne parlait de la meilleure façon de trouver de quoi manger ni du meilleur endroit pour ça.

« Alors, mademoiselle qui me doit des journées de travail pour me remercier d'avoir révélé la beauté de sa chevelure, comment t'appelles-tu ? Et finis-moi cette bière avant qu'elle soit toute chaude ! Le seul moment où on boit de la bière tiède avec plaisir, c'est quand on est complètement ivre. Et tu n'en es pas encore là. » Kadiatou fit glisser une bouteille pleine de l'autre côté de la table, et Khoudi vida celle qu'elle sirotait.

« Khoudiemata, dit-elle en s'essuyant la bouche.

– Un prénom magnifique, comme toi. » Kadiatou soutint son regard et la jeune fille sourit. « La voilà, l'expression de la belle personne qui danse à l'intérieur. » Elle pointa du doigt le cœur de Khoudi, qui sourit de nouveau et sentit son visage s'habituer à cette expression. Elle ne se souvenait plus de la dernière fois qu'on lui avait dit qu'elle était belle. Elle avait presque perdu la capacité de le croire.

La jeune femme partit à la recherche des toilettes. Elle fit quelques pas sur le sable, passa au milieu de corps qui se trémoussaient au rythme d'une chanson, puis se retrouva sur la route goudronnée, qu'elle traversa jusqu'à un bâtiment jaune avec une véranda qui donnait sur la rue. Elle tentait de marcher avec assurance, comme elle avait vu d'autres filles le faire, mais elle ne pouvait s'empêcher de trouver étrange de porter une robe, surtout au milieu de tous ces gens. Apparemment, ils étaient là pour montrer que la vie était généreuse à leur égard. Que ce soit vrai, soupçonnait-elle, ne comptait pas autant que la possibilité de prendre la pose pour un selfie, le visage éclairé par l'apparence de la joie.

En revenant des toilettes, elle reconnut le groupe d'amies venues au salon de coiffure. Elle détourna le regard, espérant que celles-ci ne la reconnaîtraient pas tout en souhaitant un peu le contraire.

« Salut ! »

Khoudi ne bougea pas. Quoi qu'elle ait entendu, ça ne s'adressait pas à elle. « Bonjour, derrière toi ! » insista la voix.

Khoudiemata se retourna et vit Mahawa, la meneuse de la bande de pipelettes, lui faire signe.

« Salut. » Elle lui fit signe à son tour, sans trop savoir quoi dire d'autre. Mahawa s'approcha d'elle à grands pas et l'embrassa sur les deux joues, puis recula pour jeter un coup d'œil à ses cheveux. « Sans extensions, c'est merveilleux ! Il n'y a que chez Kadiatou qu'on peut réussir une chose pareille. » Elle se retourna vers la table sous la véranda, où Khoudi reconnut non seulement les filles du salon mais découvrit aussi beaucoup de garçons. « On est à la grande table là-bas, avec des amis. Joins-toi à nous. » Mahawa prit Khoudiemata par le bras et lui fit traverser la rue, forçant les voitures à s'arrêter pour les laisser passer.

« Les gens avec qui je suis venue sont de l'autre côté », se sentit obligée de dire Khoudi. Elle n'était même pas sûre de vouloir aller avec Mahawa, mais quelque chose en elle mourait d'envie de goûter à la compagnie de ces jeunes de son âge, ne serait-ce que pour savoir qui ils étaient.

« Je t'accompagne pour leur demander si ça les dérange que tu les abandonnes pour rester un peu avec nous. » Elle passa son bras sous celui de Khoudi.

Les coiffeuses accueillirent Mahawa plutôt poliment, mais Khoudi trouva que cette dernière manifestait à leur égard une pointe de dédain dont elle ne semblait pas avoir conscience.

« Puis-je vous emprunter cette adorable créature ? » demanda-t-elle en désignant Khoudi.

Celle-ci voulut lui dire qu'elle n'était pas une salière qu'on emprunte et qu'elle pouvait parler pour elle-même, mais elle se retint.

« Je prendrai soin d'elle. Nous allons devenir de grandes amies, je le sens ! » s'exclama Mahawa. Elle avait un côté m'as-tu-vu quand elle parlait, et il était clair qu'elle aimait prendre les choses en main.

« Va avec des gens de ton âge, dit Kadiatou. Tu t'amuseras plus ! Et au cas où on ne se recroiserait pas, Khoudi » – dit-elle en mettant l'accent sur son prénom –, « passe au salon quand tu veux. » Elle n'ajouta rien de plus, et Khoudi en fut soulagée. Elle ne voulait pas que Mahawa sache qu'elle avait une dette envers la coiffeuse. Elle attrapa sa bière et son sac en raphia avant de dire au revoir aux femmes, croisant le regard de Kadiatou qui sembla lui lancer un avertissement, *Garde la tête sur les épaules et ne te perds pas trop vite dans toute cette nouveauté.* Ou peut-être étaient-ce seulement ses propres pensées qu'elle projetait. Elle surprit Mahawa en train de fixer son sac d'une façon qui signifiait sans aucune ambiguïté qu'il n'était pas assorti à sa tenue, mais elle l'ignora et serra un peu plus le sac contre elle.

Khoudiemata s'approcha avec appréhension du groupe de jeunes gens élégants. Il n'y avait pas une once de souffrance dans leurs yeux laiteux ou sur leurs visages aux traits détendus. Qu'allaient-ils lui demander ? *Où habites-tu ? À quelle fac vas-tu ? Qu'est-ce que tu étudies ? Que font tes parents dans la vie ?* Ces questions en étaient venues à remplacer l'intelligence instinctive, estimait Khoudi. Elle avait peur que son comportement trahisse le fait qu'elle se livrait pour la première fois à des activités qu'eux-mêmes considéraient comme normales. Elle prévoyait d'épier leurs faits et gestes avant de faire quoi que ce soit, et de contrer toute question par une autre.

« Chères belles personnes. Votre attention ! Je vous présente Khoudi, notre nouvelle amie.

– En fait, je m'appelle Khoudiemata. » Elle regarda Mahawa, ouvrant grands les yeux pour indiquer que « Khoudi » était réservé aux intimes.

« Ah, pardon ! Je vous présente Khoudiemata. Voici mes deux meilleures amies, Ophelia et Bendu, que tu as vues au salon de coiffure aujourd'hui, continua-t-elle. Et ces trois petits prétentieux – elle montra du doigt trois garçons – s'appellent Andrew, James et Frederick Cardew-Boston. Le reste, tu l'apprendras au fil de la conversation. » Elle tira une chaise que prit Khoudiemata avant de parcourir la table des yeux pour saluer tout le monde, puis les baissant vers le sol où brillait le sable blanc.

« Khoudiemata. C'est un prénom de province. » Le dénommé Frederick Cardew-Boston désigna les montagnes, provoquant quelques ricanements.

« Nous sommes tous originaires de province. » Khoudiemata leva la tête et mima le geste suffisant de Frederick Cardew-Boston pour montrer autour d'eux l'assortiment coloré d'immeubles sur les collines et en bordure de plage. Le reste du groupe rigola, et la conversation glissa sur les soirées dansantes de la fac, puis sur leurs projets de dîners et de sorties.

Ces jeunes semblaient vivre un événement après l'autre. Khoudi donna partout de l'oreille, tâchant de capturer autant d'informations que possible sur leur monde tout en gardant de son mieux le sien secret. Certains membres du groupe étaient en couple, visiblement, mais Mahawa et Frederick Cardew-Boston n'avaient pas l'air d'être ensemble. Le portable du garçon sonna et, sans quitter la table, il répondit. « Oui, oui », dit-il, avant de raccrocher. Quelques instants plus tard, il prit un autre appel. « Oui… Non… Faisons comme ça. » Il ne s'excusa pas pour les interruptions. De toute évidence, les autres avaient l'habitude.

Mahawa se pencha vers Khoudiemata et lui parla à voix basse. « J'ai su qu'on deviendrait amies dès que je t'ai vue chez Kadiatou. J'espérais te recroiser là-bas un autre jour. »

Le téléphone de Mahawa sonna à son tour. « Allô, dit-elle. Non, je n'ai pas oublié notre rendez-vous. Je quitte la plage dans quelques minutes. À tout à l'heure, bisou ! » Quand la jeune femme raccrocha, ses yeux brillaient.

« Je dois aller retrouver mon prétendant, belles personnes ! On se voit demain pour dîner. » Elle se leva en toute hâte et rangea son portable dans son sac, puis, comme si elle se ravisait, elle se tourna vers Khoudiemata. « Tu devrais te joindre à nous. J'ai envie de mieux te connaître. Pointe Noire, demain à vingt heures. *Ciao-ciao.* » Elle envoya un baiser à tout le monde, puis monta dans une étincelante voiture noire sans attendre la réponse de Khoudiemata.

Le groupe venait de perdre la colle qui le faisait tenir, et ses divers membres se préparèrent à partir en payant ce qu'ils avaient bu. C'est là que Khoudiemata se souvint qu'elle avait encore sa bière. Elle avait perdu de sa fraîcheur, mais plus personne ne lui adressait la parole, alors elle posa un pied sur la chaise vide de Mahawa et se prélassa sur la sienne en finissant de boire, avant de poser la bouteille vide sur la table.

« Très heureuse d'avoir fait votre connaissance. » Elle s'était levée et avait parlé d'une voix un peu plus forte pour se faire entendre. Et avant que quelqu'un lui demande où elle allait et lui propose de la déposer, elle s'éloigna. Une fois de plus, elle sentit les regards sur elle tandis qu'elle se frayait un chemin dans la foule.

Elle prévoyait d'aller se changer aux toilettes, certaine que ceux qui avaient cru par erreur qu'elle menait la même vie qu'eux ne la reconnaîtraient pas une fois qu'elle serait retournée dans sa propre réalité. Après avoir remis son sweat-shirt, son jean baggy et ses baskets pourries, Khoudi plia ses nouveaux habits et les rangea dans le sac en raphia. Elle se regarda ensuite dans le miroir et admira ses lèvres brillantes et ses pommettes saillantes. Puis elle enfila son bonnet, rentra ses cheveux dedans et sortit.

Les mêmes yeux qui s'étaient émerveillés de la voir quelques instants plus tôt ne remarquaient plus sa présence. Elle était redevenue invisible. Seuls les regards mécontents des serveurs se posèrent sur elle, pour la faire déguerpir. Elle se percha sur un rocher non loin de là pour regarder le départ des amis de Mahawa. La plupart des belles personnes s'en allaient à bord de voitures miraculeusement immaculées, et certaines d'entre elles, dont Frederick Cardew-Boston, avaient un chauffeur qui les attendait et leur ouvrait la portière comme si elles n'avaient pas de mains. Seule Ophelia héla un taxi.

Les pensées de Khoudi se tournèrent vers le dîner à venir. Il lui faudrait une autre robe, des chaussures neuves, et de l'argent si elle voulait prendre un taxi. Le meilleur endroit pour trouver tout ça, elle le savait, c'était exactement là où elle se trouvait – sur la plage, où la vie souriait à la plupart des personnes présentes, lesquelles en devenaient distraites et vulnérables.

Un groupe de jeunes faisaient la bringue non loin de là. Deux femmes parmi eux semblaient avoir beaucoup de liquide dans leur sac à main – elles y piochaient de l'argent chaque fois que le serveur apportait une nouvelle tournée. Puis le groupe alla se baigner, laissant ses affaires – Khoudi repéra deux robes noires, un petit haut jaune à col en V au beau motif tissé et un jean noir qui semblait neuf, ainsi que de belles chaussures plates et des lunettes de soleil – sous la surveillance intermittente d'un membre de la bande, un garçon visiblement distrait par toutes les filles qui déambulaient autour de lui. Khoudiemata s'approcha et attendit un moment. Les vêtements étaient empilés de telle façon qu'elle pensait pouvoir les subtiliser en quelques gestes. C'était tentant de le faire tout de suite, mais elle eut une meilleure idée.

Il y avait un cabanon tout près, où les employés, pour la plupart des jeunes filles de son âge, entraient et sortaient pour changer les serviettes des chaises longues sur la plage. Elles portaient des uniformes aux faux airs de tablier, dont certains étaient accrochés à un poteau derrière la cahute. Khoudiemata s'y rendit d'une démarche assurée, retira son bonnet, enfila l'un des uniformes et prit quelques serviettes. Le garçon la vit s'approcher mais à la vue de son uniforme il reporta son attention sur les corps à moitié nus de deux jeunes femmes qui passaient devant lui en riant. Faisant mine de réarranger les serviettes du groupe, Khoudiemata recouvrit robes, chaussures, lunettes de soleil et sacs à main d'une serviette mouillée et en fit un paquet à la hâte, pour qu'il n'ait l'air de rien d'autre qu'un tas de serviettes sales.

Elle glissa ses nouvelles possessions dans le sac en raphia, raccrocha l'uniforme au poteau et remit son bonnet. Elle laissa aussi les serviettes. Elle avait pensé les emporter, pour les vendre au marché aux puces, mais craignait que quelqu'un reconnaisse le logo et fasse le rapprochement. Puis elle se dépêcha de retourner à 35 Degrés pour cacher ses nouvelles acquisitions.

Elle sortit le liquide et le fourra dans la poche intérieure de son sac. Puis elle rentra bien ses cheveux sous son bonnet et, tout aussi soigneusement, remisa les sentiments de la journée. Elle hésita un moment, répugnant à retourner à la réalité de son existence, regrettant qu'il ne reste pas davantage de force dans la lumière du jour pour lui permettre de rester encore un peu. Mahawa était-elle sincère quand elle disait qu'elle voulait apprendre à mieux la connaître ? Elle avait l'air.

Chaque pas qui l'éloignait de 35 Degrés crispait un peu plus son visage. Elle ne se déhanchait plus et avait abandonné sa démarche délicate pour avancer à grandes foulées. La seule chose qui la distinguait au premier coup d'œil de la fille qui était partie ce matin, c'était le collier que la vieille lui avait offert. Dont la symbolique lui allait bien : c'était un cadeau fait par des mains auxquelles l'âge avait conféré de la sagesse.

Elle s'arrêta au kiosque de la plage pour vérifier si Namsa était là mais ne la vit nulle part, ni Chadrac le Messie, d'ailleurs. Elle rentra donc à la maison – à l'avion.

*Propriété du roi, propriété du roi, tout est en ordre.* Khoudiemata siffla deux fois en entrant dans la clairière pour annoncer son arrivée.

*Tout est en ordre, tout est en ordre,* répondit Kpindi en sifflant, avant d'éclater de rire. Ndevui était avec lui, et ils étaient assis exactement là où Khoudi les avait laissés le matin même. À leur rire et leur voix pâteuse, elle sut qu'ils étaient ivres et défoncés avant même de s'approcher – sans en être encore à ce stade de l'ébriété où leurs démons intérieurs se mettaient à danser.

*Propriété du roi, propriété du roi, tout est en ordre.* Un autre sifflement fendit l'air, et Khoudi reconnut Elimane. Une nouvelle fois, Kpindi répondit. Puis Elimane apparut dans la clairière et, derrière lui, Namsa, le visage rayonnant. Khoudiemata soupira de soulagement.

« Grande sœur, grande sœur, on récite des poèmes improvisés, dit Kpindi. Le thème, c'est la liberté. Bien sûr » – il montra Elimane du doigt –, « c'était son idée. Mais dès qu'on a commencé, il a fallu qu'il réponde à un appel de William Mouchoir. » Kpindi se hissa sur le vieux réfrigérateur, prêt à déclamer. Peut-être les garçons étaient-ils plus ivres qu'elle ne l'avait cru, parce qu'il n'y avait que dans cet état qu'ils pouvaient accepter de participer à ce genre d'exercice.

Kpindi tapa des pieds pour attirer leur attention.

« Ô Liberté, ô Liberté, libère-moi de la Liberté dont je ne veux pas. » Il sauta et se roula par terre, hilare. Khoudi ne voyait pas ce qu'il y avait de si drôle, mais Elimane et Ndevui applaudissaient, riaient et criaient. Elle retira le sac de son épaule et le posa sur le réfrigérateur, dans l'espoir que celui-ci cesse d'être utilisé comme une scène de théâtre. Elle s'assit.

« Pourquoi tu ne te joins pas à nous avec un poème à toi ? » Kpindi regarda Khoudi. Elimane et Ndevui cessèrent d'un coup de faire les idiots et se mirent à applaudir pour l'encourager. Khoudi regarda Namsa avant de prendre la parole.

« Je suis d'accord avec Chadrac le Messie. Aujourd'hui n'est pas un jour pour fêter la liberté. Alors pas de poème à attendre de moi. » Elle tapa dans ses mains.

« Allez, quoi, dit Ndevui. Je suis sûr que ce vieux cinglé de Chadrac le Messie lirait quelque chose s'il était là. » Il se leva, jambes tremblantes, et cette fois tout le monde éclata de rire.

« Alors, vous avez vu Chadrac le Messie ? La prochaine fois, on devrait aller l'écouter tous ensemble. Il donne à réfléchir. » Elimane ouvrit une bouteille de bière et en but une gorgée. Il portait une cravate – sans doute pour la course que William Mouchoir lui avait confiée.

« J'ai entendu Chadrac le Messie raconter un jour une histoire à propos de Bai Bureh. Bai Bureh était un guerrier qui non seulement refusait de payer l'impôt aux Anglais mais leur demandait de le payer, lui, pour occuper sa terre. Si vous aviez vu sa façon de jouer la scène, de bondir dans tous les sens, de dessiner dans le sable des images d'une guerre que les Anglais préfèrent qualifier de "confrontation"... » Elimane secoua la tête, et un court silence emplit l'air. « J'aurais bien aimé écouter ses histoires aujourd'hui, dit-il avec solennité.

– Mais ton patron t'a convoqué, dit Khoudi. Quels dégâts avez-vous provoqués à vous deux ?

– Il m'a emmené dans un de ces restaurants où vont tous les expatriés et les officiels véreux. On avait rendez-vous avec un banquier étranger. Il m'a prêté un costume et m'a demandé d'affirmer que j'étais son fils et que je faisais des études à Oxford. » William Mouchoir lui avait préparé un organigramme du campus et une liste de noms de professeurs. Le banquier, qui était anglais, fut impressionné par Elimane, et il lui demanda ce qu'il étudiait et comment il comptait mettre ses études à profit pour améliorer la situation de son pays.

Ndevui secoua la tête. « Pourquoi faut-il que ces étrangers demandent toujours comment on compte améliorer la situation de notre pays dès qu'on fait quelque chose d'intéressant ? Et pendant ce temps ils sont là, chez nous, à améliorer leur propre petite situation.

– La conversation m'a plu, dit Elimane. Et quand on est partis, William Mouchoir m'a dit que j'étais un acteur-né !

À un moment, il a presque cru que je faisais vraiment mes études à Oxford. “En fait, il m’a dit, j’ai presque cru que tu étais mon fils !” » Elimane éclata de rire.

« Ton patron s’est vraiment entiché de toi ! dit Kpindi.

– Il dit qu’il n’aime pas que les gens qui travaillent pour lui aient des principes moraux, parce qu’ils deviennent sentencieux dès qu’ils gagnent de l’argent. Bref, le repas était pas mal. Mais ce que j’ai préféré, c’était la veste. » Elimane dénoua la cravate et la retira. « Vous savez, c’est aussi pour nous que je fais ça.

– Oui, grand frère. Mais on dirait quand même que tu aimes beaucoup ça. » Kpindi prit la cravate des mains d’Elimane et la fit pendre à son propre cou. Cela fit rire Khoudiemata. Elle sentait qu’Elimane prenait plaisir à ces escapades avec William Mouchoir. Non qu’elle fût jalouse de lui – ce travail leur valait pour le moment des rentrées d’argent régulières.

Ndevui se leva et alla se poster en titubant là où tout le monde pouvait le voir.

« Voici mon poème : “Elimane, Elimane, s’il te plaît, ne ramène pas *l’histoire véreuse* de notre pays dans cet espace, où nous existons aussi librement que possible.” » Sur quoi le garçon s’inclina et se servit un autre verre. Khoudiemata ferma les yeux, se souvenant de la sensation qu’elle avait éprouvée pendant son massage du crâne, de l’odeur des huiles sur ses cheveux, du bavardage des filles qu’elle connaissait désormais.

« Je suis sûr que Chadrac le Messie sera là demain, dit Kpindi. Et ce sera sans doute la seule personne sobre. » Il s’assit sur le seau en plastique face à Khoudiemata.

Ndevui tendit une bouteille et un joint à la jeune femme.

« On a pris une sacrée avance sur toi. Regarde-moi toute cette bière et tous ces joints. Il faut qu'on marque le coup, fête nationale ou pas. »

Elimane était allé s'asseoir près de l'avion avec des pages d'un journal ramassé quelque part. « C'est un article intéressant. Il demande aux gens ce qu'ils aimeraient changer dans leur pays à l'occasion du jour de l'Indépendance.

– Et qu'est-ce que la plupart des gens veulent changer ? » Khoudiemata s'approcha pour lire avec lui.

« Ils veulent changer le nom des rues, des villes et des quartiers. » Elimane lui montra l'article.

« Moi, je crois qu'on devrait plutôt changer tous les politiciens, parce que c'est eux, le problème, dit Ndevui.

– Tu as raison, approuva Elimane. Dommage que tu ne puisses pas encore lire tout seul.

– Mais comment tu auras le temps de nous apprendre, maintenant que tu travailles pour William Mouchoir ? » Elimane tourna brusquement la page. Il semblait irrité, ou peut-être se sentait-il coupable. Khoudi remarqua une publicité pour Pointe Noire. *Venez revisiter et réveiller la beauté de votre tradition,* disait le slogan.

Elimane froissa le journal, le jeta par terre et alla se prendre une autre bière. Il l'ouvrit et la posa sur la table de fortune, dont il tapota la surface d'un air contemplatif. Puis, d'une grande gorgée, il vida la bouteille entière et la fit suivre d'une lampée au goulot de la bouteille de gin qui lui arracha une grimace. Il se rassit à côté de Khoudiemata, puis se tourna vers elle et l'examina.

« Khoudi ! Quelque chose a changé chez toi aujourd'hui. En bien. »

Khoudi s'aperçut qu'elle avait oublié ses orteils. Elle les

éloigna des trous dans ses baskets et vérifia que ses cheveux étaient bien rangés sous son bonnet. Elle était contente, finalement, de ne pas avoir insisté pour une manucure avec du vernis de couleur. Moins par crainte que la petite famille s'aperçoive qu'elle prenait soin d'elle, que par volonté de garder l'autre monde secret, à part. En même temps, elle avait toujours aimé la façon dont Elimane était attentif à des petits détails la concernant, lui montrant qu'il comprenait sa vision des choses et le langage inexprimé de ses pensées. Elle s'aperçut que, contrairement à son habitude, il ne lui avait pas demandé comment s'était passée sa journée.

« Évidemment. Il y a chaque jour quelque chose de différent chez moi, je suis une femme. » Elle tapa Elimane sur le bras. Elle voulait le faire comme un jeu, mais le frappa plus fort que prévu. Il sembla malgré tout apprécier qu'elle renoue avec leur vieil esprit de camaraderie.

« Mon cerveau masculin est incapable de te comprendre dans ton entièreté. Mais je suis conscient de mes limites. » Le jeune homme rit et se frotta le bras.

« Pitié, ne gâche pas notre joie en parlant comme un dictionnaire, le supplia Ndevui. Sois là avec nous et sors de ta tête. Je t'en supplie, par pitié, mon vieux ! » Ils éclatèrent de rire.

Le vent leur apporta soudain des sons d'afro-trap depuis la ville, et Khoudi repensa alors aux belles personnes qu'elle avait rencontrées sur la plage. Quelle création constante était la vie ! Chaque jour, chaque heure, chaque minute, un événement positif ou négatif se produisait et faisait partie de vous à jamais.

Le soleil commençait sa descente dans le ciel. La jeune femme glissa un joint entre ses doigts. « Qui a une allumette ou un briquet ? Ndevui, Kpindi, vous pensez pouvoir en rouler assez pour tenir le rythme ? » Dans ces moments-là, elle les encourageait plus à fumer qu'à boire, car l'alcool avait le don de faire ressurgir les démons qu'ils savaient si bien contenir le reste du temps.

Elle prit un autre spliff et porta les deux à ses lèvres. Ndevui lui lança une boîte d'allumettes. Elle les alluma et tira fort, deux fois, avant d'en passer un à Kpindi sur sa droite, par-dessus Namsa, qui avait posé la tête sur la table mais gardait les yeux ouverts. L'autre, elle le tendit à Elimane, installé à sa gauche.

« La boucle est bouclée. Ça me plaît, dit Ndevui.

– Kpindi, tu peux nous chanter une chanson de Bob Marley ? demanda Khoudi. “Zimbabwe” ?

– Non, non, il ne sait pas chanter ! Contente-toi de fredonner la mélodie, fit Ndevui.

– Et si Elimane nous la faisait écouter sur le téléphone que William Mouchoir lui a donné ? » proposa la jeune femme.

Elimane parut déconcerté. « C'est pas un smartphone. » Il sortit l'appareil de sa poche et le posa sur la table.

« Il a la 3G, donc tu peux écouter n'importe quelle chanson directement sur Internet, Monsieur Livre, dit Ndevui. C'est à nous de rendre les téléphones intelligents en attendant d'avoir les moyens de s'en payer un vrai. » Il attrapa le portable et en modifia les paramètres. Puis il le brandit et arpenta la clairière en quête de réseau. Au bout de quelques minutes, les premières notes de la chanson retentirent, discrètes mais distinctes dans l'air nocturne. Ndevui posa le téléphone sur un buisson, et ensemble ils chantèrent.

« *Every woman got a right to decide her own destiny* », fredonna Khoudi, certaine que Bob ne lui en voudrait pas de modifier légèrement les paroles.

« Je me demande ce que Bob Marley penserait du Zimbabwe aujourd'hui, dit Elimane, son joint à la main. Vous savez…

– Pitié, ne nous gâche pas la chanson, mon vieux », s'exclamèrent en chœur Kpindi et Ndevui. Khoudi éclata de rire, puis Elimane tira sur la ganja avant de faire tourner. Une fois la chanson terminée, Ndevui tripota de nouveau le portable et mit la station de radio Lion's Roar, qui ne passait que du reggae. La musique devint l'arrière-fond de leurs rires et de leurs discussions, leur propre fête nationale. En un sens, ils savaient qu'ils étaient plus libres que la plupart.

« Il faut qu'on rencontre ce William Mouchoir et qu'on le remercie pour le téléphone, dit Kpindi. Regardez comme on s'éclate ! »

Dans l'après-midi, leur raconta Elimane, l'homme lui avait demandé d'aller à l'aéroport chercher un Blanc pour le déposer sur les quais et le faire embarquer à bord du ferry. Pour cette « opération », comme l'appelait William Mouchoir, on lui avait donné un exemplaire de *La Ferme des animaux*. Elimane devait faire semblant de lire en attendant l'homme ; ça lui permettrait d'être rapidement identifiable. Quant au Blanc, lui avait dit William, il ressemblait à Jésus en plus vieux – du moins à Jésus tel qu'il était représenté au cinéma.

Il se trouve que le vol de l'homme eut du retard, et qu'Elimane l'attendit pendant des heures. Ce dernier avait déjà lu le livre d'Orwell, bien sûr, mais il finit par le relire entièrement.

« Je suis sûr que tu l'aurais lu même si l'avion était arrivé à l'heure », dit Kpindi. Khoudiemata et lui échangèrent un sourire de connivence.

« On dirait que tu entames une nouvelle vie avec ce mystérieux William Mouchoir », dit la jeune femme. Elle ne s'en plaignait pas, c'était agréable de ne plus vivre au jour le jour. Désormais, ils le faisaient plutôt par habitude, en prévision du jour qui ne leur serait pas favorable, quand leur activité du moment toucherait à sa fin.

Ils furent tirés de leur rêverie par le bruit que fit la petite Namsa en se levant. Kpindi et Ndevui éclatèrent de rire en la voyant tituber vers l'avion et s'arrêter pour se raccrocher à un buisson d'un côté, ou à une branche d'arbre de l'autre, comme si ses pieds avaient oublié leur fonction naturelle. Khoudi et Elimane l'observèrent néanmoins avec inquiétude. Ce n'était pas la première fois qu'ils la voyaient sous l'emprise de la drogue ou de l'alcool, sauf qu'elle n'avait rien bu ni fumé depuis qu'elle les avait rejoints en fin d'après-midi. Khoudi se demanda si elle avait fait des courses pour des gens à la plage, comme elle-même le faisait autrefois. Il était possible de gagner un peu d'argent en vendant des cigarettes, de l'alcool, des snacks ou autre, et on pouvait boire une gorgée, tirer une taffe ici ou là sans se faire remarquer.

Elimane alla voir la fillette. Elle résista un moment, puis finit par se laisser guider à un rythme d'escargot jusqu'à la lisière de la clairière, où il l'aida à se baisser. Chaque fois qu'elle essayait de dire quelque chose, des hoquets faisaient convulser son petit corps. Kpindi et Ndevui rigolèrent de plus belle, et cette fois leur rire fut contagieux. Même Elimane se joignit à eux.

Namsa s'endormit d'un coup, une joue contre la terre. Khoudi prit alors une bouteille de bière vide et la remplit d'eau. Elle s'approcha de la petite et la secoua pour la réveiller. Namsa baragouina quelque chose, et Khoudi lui tendit la bouteille pour qu'elle boive.

Namsa s'essuya la bouche après avoir avalé une gorgée. « C'est de la très mauvaise bière.

– Tu devrais essayer celle-là. » Elimane lui donna une autre bouteille.

La petite goûta et fit la grimace. « Horrible. Attendez, si vous voulez que je boive de l'eau, il suffit de le dire. » Elle se leva et retourna à la table, prit un seau et s'assit, continuant de boire de l'eau entre deux hoquets. Khoudi savait quoi faire. Elle alla derrière l'avion récolter quelques feuilles d'aloé, il en poussait partout dans la clairière. Puis, avec son couteau, elle les coupa en petits morceaux, qu'elle enfonça dans une bouteille.

« Vous avez du soda au gingembre ? demanda-t-elle.

– Oui, là-bas, dit Elimane. Qu'est-ce que tu fais ?

– Un truc qu'une de mes tantes m'a appris. Elle se faisait entretenir par un vieil ivrogne. » Khoudi donna la mixture à Namsa. « Bois tout doucement et ça ira mieux en un clin d'œil. »

Namsa avala une gorgée sans hésitation. « Ça a plus de goût que l'eau, en tout cas. » Les garçons recommencèrent à se charrier comme ils en avaient l'habitude, et la fillette se joignit progressivement à eux.

« Vous avez tous raté ce que Chadrac le Messie avait à dire aujourd'hui. » Namsa se leva pour se livrer à son imitation, récitant ce dont elle se souvenait. « Regardez-vous tous, bande d'idiots, je m'inclus dans le nombre, à célébrer une indépendance nationale pour laquelle nous ne nous sommes pas battus. Des étrangers qui ne possédaient pas cette terre ont décidé qu'aujourd'hui vous étiez libres sur une terre où vos ancêtres ont vécu avant leur arrivée. Voilà pourquoi nous ne sommes pas libres, parce que nous avons autorisé quelqu'un d'autre à décider à notre place quand et comment nous devions être libres. Étions-nous libres avant leur arrivée ? Hmm ? Hmm ? Seul un esprit colonisé peut se poser cette question. Réveillez-vous, réveillez-vous, et ne fêtez pas votre emprisonnement. » Elle se rassit. « Certains ont ri, d'autres pas.

– Peut-être que ceux qui n'ont pas ri ont pris conscience de quelque chose, dit Khoudi.

– Beaucoup ont pensé que ce n'était qu'un vieux fou qui déblatérait », expliqua Namsa.

Elimane avait entendu dire que Chadrac le Messie était un ancien professeur et qu'il avait occupé un poste au gouvernement. On racontait qu'à l'université, il remisait toujours les manuels de ses élèves et les emmenait en ville pour leur montrer ce qui se passait. Il avait tenté de fédérer les gens, aussi, dans les bidonvilles. Mais la corruption endémique avait nourri sa frustration, et un beau jour il avait simplement tout quitté, l'enseignement et son poste au gouvernement.

« Tu le connais ? demanda Kpindi.

– Non, pas personnellement, dit Elimane. Mais mon père l'a eu comme prof. » Il but une gorgée de gin après cette révélation, comme pour faire passer toute idée pouvant surgir de son passé.

« Pitié, ne parlons pas des gens sophistiqués qui ont perdu la tête à cause de ceci ou cela, aboya Ndevui. Je déteste ce genre d'histoire ! Si ça ne me permet pas d'améliorer mon existence, ne me la racontez surtout pas ! »

Khoudi rit doucement. « Si ce que tu entends ne te plaît pas, n'écoute pas. Tu n'as qu'à mettre tes écouteurs. » Elle savait que c'était la mention du père d'Elimane qui mettait Ndevui de mauvais poil. Plus personne ne posa de questions à Elimane, de peur qu'il raconte une histoire triste qu'ils ne souhaitaient pas entendre.

Au même instant, la sonnerie du petit téléphone grâce auquel ils avaient écouté de la musique retentit. Elimane se précipita pour répondre et les autres se turent.

« Allô, dit-il. Oui. »

Puis : « Petit boulot ou pas, je peux trouver quelqu'un pour le faire. Oui, oui, des personnes fiables qui ont besoin d'argent et ne poseront pas de questions. » Le groupe comprit qu'il faisait de son mieux pour ne pas paraître ivre.

Elimane écouta encore un moment son interlocuteur, puis leva les yeux, inquiet. « Mais pourquoi ce soir ? » Une pause. « Bon, je n'ai pas besoin d'explication. Je sais que la pauvreté ne fait jamais relâche. Je viendrai avec mon équipe. On sera là. » Il raccrocha mais, par sécurité, retira la batterie avant de la remettre. Il était clair qu'il avait largement assez bu et fumé pour ce soir.

« Ah, ça sent pas bon », marmonna-t-il.

Kpindi lui tapota l'épaule. « Tout va bien, grand frère ?

– William Mouchoir veut qu'on le retrouve à l'aéroport pour faire une course à la nuit tombée. Alors il faut qu'on se débrouille pour être sobres d'ici là. Je vous avais dit qu'il était imprévisible.

– T'inquiète pas, on sait se tenir, dit Ndevui. Le secret, c'est de boire et de fumer encore plus. Nous aussi, on est imprévisibles ! » Il tira plusieurs taffes de ganja, ce qui le fit tousser. Il déchira avec les dents le bord d'un sachet de « culotté », l'alcool local à soixante degrés – avec ça, vous êtiez sûr de tout oser, d'où son nom –, et il le but cul sec. Puis il courut et se jeta dans la fourche d'un arbre d'un seul mouvement.

« Tu vois cette agilité ? Relax, mec ! Quel que soit le boulot, on peut le faire les yeux fermés. C'est ça, notre vie. » Il revint à table.

Le portable sonna de nouveau. Elimane répondit et arpenta la clairière, à la recherche d'un meilleur signal.

« Oui, dit-il. Je peux les emmener à l'aérodrome sans passer par l'entrée principale. » Il fit un clin d'œil au reste du groupe. C'était cocasse que leur patron ne sache pas qu'ils vivaient à deux pas de l'endroit où il voulait qu'ils aillent.

« J'ai une confiance aveugle en chacun d'eux, dit Elimane. Non, vous n'avez pas de souci à vous faire à propos de leur discrétion. On a l'habitude. Et personne ne croirait à ce que nous pourrions dire, de toute façon. On est de la racaille utile, comme vous me l'avez dit vous-même ! »

Un autre silence. « Oui, dès la tombée de la nuit, aux alentours de neuf heures. Oui, vingt et une heures zéro zéro. » Il roula des yeux. « Entendu, terminé. » Il raccrocha.

« Ce type parle tout le temps comme un soldat. Terminé, reçu… » Elimane scruta leurs visages pour voir s'ils étaient prêts à affronter la tâche inédite qui les attendait. « Vous avez entendu l'heure. On ne doit pas prendre de carte d'identité ni quoi que ce soit avec nous. » Ils rigolèrent. « Et il a promis de nous donner cinq cents dollars américains pour ce soir. » Ils sifflèrent à l'annonce de cette somme, qui équivalait à plusieurs millions dans la monnaie locale.

*Propriété du roi, tout sera en ordre, en effet.* Ils rivalisèrent, sur le ton de la plaisanterie, pour répéter cette phrase en boucle aussi vite qu'ils pouvaient jusqu'à s'écrouler de rire.

Kpindi prit un des cahiers d'Elimane et en arracha une page, qu'il plia en un impeccable rectangle. Puis il attrapa un stylo dans la poche de poitrine de son aîné, traça plusieurs lignes sur la feuille et gribouilla quelque chose.

« Ma carte d'identité. Maintenant, j'existe. » Il gloussa.

« Jolie photo. Très ressemblante. » Khoudi montra du doigt le bâton souriant que Kpindi avait dessiné.

« Ne la prends pas avec toi, je t'en supplie. On le veut, cet argent », dit Ndevui.

Elimane poussa un soupir qu'ils reconnurent tous, et Ndevui leva les mains, capitulant devant ce qui était presque devenu une tradition. « Dis-le, mec, qu'on passe à autre chose. »

Elimane parla à contrecœur. « Vous savez que nous allons nous engager dans le genre de pillage qui corrompt le cours de l'Histoire. »

C'était un vieux litige, Kpindi et Ndevui n'étant pas d'accord avec lui, comme ils le lui avaient dit plusieurs fois. Pour eux, le cours de l'Histoire était déjà corrompu, alors pourquoi filer droit ? Soit on descendait du train en marche, soit on restait et on vivait en fonction de ce que les circonstances nous dictaient, surtout vu leur position.

Si William Mouchoir voulait leur donner pour une soirée de travail ce que la plupart touchaient en six mois, ils n'imaginaient même pas ce que lui devait gagner. D'ailleurs, ils s'en fichaient. Avec cinq cents dollars, ils pourraient se détendre un moment s'ils en avaient envie. Khoudiemata aurait plus de temps pour elle – ou pour ses nouveaux amis. Elimane de son côté pensait aux journées qu'il pourrait passer à lire ou à déambuler dans les librairies, ou encore à assister aux audiences publiques de la Cour suprême. Il pourrait retourner seul dans certains des lieux qu'il avait entrevus lorsqu'il était en mission pour William Mouchoir. Ndevui aurait plus de temps pour faire du jogging ou jouer au football. Il pourrait même acheter son propre équipement pour disputer un match selon son envie. Namsa et Kpindi, eux, se contenteraient d'*être*. Qui a dit qu'il faut avoir un but dans la vie ? Le but ne résidait-il pas dans le fait même de vivre librement, n'était-ce pas là qu'on avait une chance de le trouver ?

# 5

Il ne fallut guère de temps à la petite famille pour arriver devant la clôture en barbelé d'où l'on apercevait le tarmac et le terminal. Ils savaient, grâce à leurs précédentes incursions, que la clôture ne faisait pas le tour complet du terrain mais n'en entourait que les parties les plus visibles. À d'autres endroits, il y avait des rouleaux de fil barbelé rouillé disséminés un peu partout. Si les travaux étaient censés se terminer avant une certaine date, celle-ci était visiblement dépassée.

Un véhicule militaire stationnait à environ quatre cents mètres d'eux. Les deux soldats à bord consultaient leurs téléphones, la lueur de l'écran trahissant leur position dans l'obscurité.

« Tu vois, ils ont des smartphones, mais dirais-tu qu'ils sont intelligents ? Et s'ils ne le sont pas, les téléphones qu'ils ont peuvent-ils l'être à leur place ? murmura Ndevui à Elimane.

– Bien vu. Mais discutons-en plus tard », répondit ce dernier en chuchotant. Une brise se leva et secoua légèrement les arbres.

« Les éclairages s'éteindront bientôt. Le groupe électrogène s'arrête à la même heure chaque jour, reprit Elimane. Je venais souvent ici pour voler les plateaux-repas des compagnies aériennes, et je connais par cœur toute l'organisation. J'ai arrêté parce que ça demandait trop d'efforts et que la nourriture n'en valait pas franchement la peine. »

Au bout de quelques minutes, exactement comme il l'avait prévu, le générateur toussa et les lampadaires fermèrent leurs yeux vigilants.

L'un des soldats rompit le silence qui s'était brusquement abattu. « Sergent, allez faire le plein et relancez le groupe électrogène.

– Oui, mon commandant. » Le bruit des pas de l'homme résonna quand il courut chercher de l'essence.

« On pourrait croire qu'ils seraient assez intelligents pour s'en occuper avant qu'il s'éteigne, chuchota Elimane. Maintenant, regardez. Il va allumer le projecteur sur le toit de la Jeep et vaguement jeter un œil tout autour, puis l'éteindre, allumer sa cigarette et s'asseoir en tournant le dos au tarmac. »

Ça ne rata pas, l'officier fit exactement ce qu'avait prédit Elimane.

« Tu parles d'un soldat. Il fait comme s'il n'allait rien se passer et se fiche bien de ce qu'il en est vraiment », dit Kpindi.

« Allons-y », lança Elimane, et ils passèrent tous les cinq à pas de loup derrière la Jeep, puis coururent jusqu'au terminal, où ils entrèrent par l'une des ouvertures où l'on jetait les bagages sur le tapis roulant. Ils progressaient en longeant le mur, et quand celui-ci finissait, s'accroupissaient jusqu'au suivant. De cette façon, ils traversèrent toute la zone d'embarquement et descendirent ensuite une volée de marches jusqu'à une salle d'attente décrépite.

Là, ils tombèrent sur William Mouchoir qui faisait les cent pas. Il était aussi bien habillé que lors de sa première rencontre avec Elimane, mais son costume aujourd'hui était si brillant qu'on avait l'impression qu'il risquait d'entrer en combustion si on le frottait un peu trop fort.

« Pas besoin de lampe torche avec une tenue pareille, hein ? murmura Kpindi. Avec ce type, on est sûrs de se faire choper et tirer comme des lapins. Ne vous approchez pas de lui. »

Elimane s'éclaircit la gorge. William Mouchoir sursauta et se retourna brusquement face à eux.

« Sam, je ne m'attendais pas à ce que tu arrives de ce côté. » Sam était un terme local d'affection, comme « mon vieux » ou « mon pote », mais les autres comprirent que William Mouchoir s'en servait parce qu'il ne voulait pas appeler Elimane par son vrai prénom, au cas où il devrait mettre un terme à leur collaboration. La réciproque était vraie, néanmoins. Eux non plus ne savaient pas comment il s'appelait, et ne voulaient pas le savoir. C'était mieux comme ça.

« J'ai dit qu'on serait là, je n'ai pas dit comment on entrerait. » Elimane s'approcha et lui tendit la main.

William Mouchoir les examina tous intensément de la tête aux pieds, puis opina du chef pour indiquer qu'ils feraient l'affaire. De sous une rangée de sièges métalliques, il tira des vestes et des badges de l'aéroport et leur fit signe de les mettre. Pour Namsa, il y avait un badge visiteur, car personne n'aurait cru qu'elle était assez grande pour travailler à l'aéroport, ou ailleurs.

« Toi, la petite. Va te poster derrière ça, là-bas. » William

Mouchoir désigna un grand mannequin coiffé d'un chapeau et vêtu d'un pantalon et d'une chemise à manches longues.

« Ne quitte pas cette porte des yeux, continua-t-il. Si elle s'ouvre, tape deux fois sur la vitre et on t'entendra. Si la lumière s'allume là-bas, tape une seule fois. » William Mouchoir montra de ses longs doigts une autre porte, qui devait être celle du bureau d'un responsable parce qu'elle n'était pas aussi miteuse que les autres. « Quand tu nous entendras taper, reviens nous attendre dans le hall des bagages. »

Il se tourna vers le reste du groupe. « Vous autres, ne dites plus un mot à partir de maintenant et suivez mes ordres. » Il parlait d'une voix étrange et sévère. Il n'avait plus rien à voir avec l'homme qui était tombé à l'eau, péripétie que leur avait narrée Elimane. Même ce dernier sembla un peu déconcerté par le ton de cet homme qui n'était pour lui qu'un escroc à la petite semaine.

Ils laissèrent Namsa et sortirent sur la piste. Très vite, un avion de taille moyenne émergea des nuages dans le ciel qui s'obscurcissait. Il faisait peu de bruit, ne portait aucun nom de compagnie. Il atterrit sans la présence habituelle des camions de pompiers, des mouvements de la tour de contrôle ou des feux de signalisation éclairant la piste d'atterrissage, mais il semblait très bien savoir où aller. L'appareil roula un moment sur le tarmac désert, puis s'arrêta au bord de la piste de décollage.

Un téléphone sonna. William Mouchoir tira de sa poche un portable volumineux à l'antenne saillante. « Poursuivez. Feu vert. » L'avion se remit à rouler et s'immobilisa entre deux autres appareils.

Une fois le moteur coupé, William Mouchoir fit signe

à Khoudiemata, Elimane, Kpindi et Ndevui de monter à l'arrière d'un camion stationné tout près. Lui-même se glissa derrière le volant et les conduisit près de l'avion.

La porte principale de l'appareil s'ouvrit et deux hommes affublés d'une cagoule en sortirent, l'un en bleu de travail, l'autre en blouson de cuir. Ils déchargèrent sans un mot et déposèrent à bord du camion plusieurs sacs et caisses de bois. Les quatre jeunes membres de l'équipe les arrangèrent de façon à tout faire tenir, puis s'assirent dessus. Ils entendirent William Mouchoir discuter avec l'un des hommes dans une langue qu'aucun d'eux ne connaissait. L'homme monta ensuite à bord avec William Mouchoir et le conduisit vers la zone de déchargement des bagages.

Dès qu'ils arrivèrent, William Mouchoir bondit du véhicule. Les quatre aussi, mais ils restèrent à ses côtés, tâchant de faire profil bas.

« Demandez à nos yeux de descendre », dit-il. Khoudi tapa sur le large poteau creux en haut duquel Namsa attendait. William Mouchoir et l'autre homme se dirigèrent vers les soldats qui montaient la garde. Ils avaient forcément entendu l'avion.

Khoudi retourna au camion et tenta de jeter un œil dans le sac sur lequel elle s'était assise, mais il faisait trop sombre pour voir quoi que ce soit. Elle glissa la main à l'intérieur et sentit ce qui ressemblait à une liasse de billets. Elle n'avait aucune idée de la devise, mais elle était sûre que même un idiot ne gaspillerait pas du papier pour imprimer la monnaie locale et la faire venir par avion. C'était ce que faisait déjà l'État tous les deux ou trois mois, avec pour résultat de créer un billet de valeur supérieure aux précédents. « Où est-ce qu'ils ont trouvé l'argent pour imprimer de l'argent ? » demandait tout le temps Elimane, et bien sûr, dès que les billets étaient imprimés, il y avait pénurie et un besoin artificiel de s'en procurer davantage. La monnaie locale était comme un parent toujours dans la mouise, quel que soit le nombre de fois où on le dépanne, et qui a toujours besoin d'argent, quelle que soit la somme qu'on lui a déjà avancée.

William Mouchoir et le type de l'avion revinrent une dizaine de minutes plus tard à bord d'un pick-up. Ils firent signe aux soldats, qui éteignirent leur projecteur. La petite famille ne put s'empêcher de remarquer que William et son compagnon ne cherchaient pas à se cacher. L'homme de l'avion traça un cercle dans l'air avec ses doigts et le véhicule militaire démarra aussitôt. Il tourna autour du tarmac, exactement comme il en avait reçu l'ordre.

Pourquoi William Mouchoir tenait-il tant à leur faire comprendre qu'il avait les soldats à sa botte ? Peut-être pour les raisons habituelles – il se disait qu'ils s'en fichaient, qu'ils étaient si abîmés par leur propre expérience qu'ils n'attendaient plus rien de la vie. Ou que personne ne les croirait de toute façon ; ils n'existaient pas, aux yeux de la société.

« C'est l'heure de se mettre au boulot. Servez-vous des chariots pour transvaser le chargement du camion dans le pick-up », ordonna William en claquant des doigts. Ils se hâtèrent d'aller chercher les chariots et transportèrent à toute allure les sacs et les caisses. Khoudiemata vit sur le visage des autres qu'ils étaient angoissés, et leur gestuelle aussi traduisait leur peur. C'était subtil, mais elle les connaissait bien. Il y avait quelque chose dans le comportement de William et du type de l'avion qui suggérait qu'ils seraient prêts à sacrifier des vies pour mener cette mission à son terme.

William Mouchoir s'assit sur ses talons pour s'adresser à Namsa, qui s'était matérialisée. « Eh, petite, va jusqu'au portail principal et surveille l'arrivée d'une Land Rover de couleur verte. Si un autre véhicule arrive, appuie sur le bouton rouge près du portail. Ça nous alertera. » Pourquoi n'avait-il pas envoyé les soldats, qui continuaient à tourner en rond sur le tarmac ? On pouvait presque lire cette question sur les lèvres de Namsa, mais elle les garda serrées et fila.

La Land Rover arriva au moment précis où le déchargement prenait fin. Le conducteur portait un uniforme et une cagoule, lui aussi. Il descendit du véhicule, sans même couper le moteur, puis ouvrit le coffre, où il souleva une bâche pour faire sortir une personne menottée. Celle-ci avait la tête sous un sac en toile de jute marron. Le conducteur la poussa en direction du type de l'avion, et William lui jeta un sac noir – beaucoup plus petit et léger que ceux qu'ils avaient déchargés. Le conducteur s'accroupit, ouvrit le sac et compta l'argent qu'il contenait.

Sous le coup de l'excitation de voir tellement d'argent, ou bien tout simplement du fait de la nature faillible de l'être humain, il retira sa cagoule et se mit à parler, une liasse de billets à la main comme pour en soupeser la valeur. « Tenez-moi au courant la prochaine fois que vous voulez un détenu. Et joyeuse fête nationale à vous – et à lui, surtout. » Il montra du doigt l'homme menotté.

Le type de l'avion tira de sa ceinture une arme de poing et la pointa sur la tête du conducteur. « Les instructions étaient simples. Interdiction de parler à moins qu'on te le demande. Tu as quelque chose d'autre à dire ? »

Le conducteur rit d'une voix rauque, même s'il n'y avait rien de drôle. William Mouchoir lui prit la cagoule et le sac, vida la moitié de l'argent dans la cagoule et la tendit au conducteur, qui accepta fébrilement.

« Je garde le reste jusqu'à ce qu'on soit sûrs que tu es capable de respecter les règles. » Il prit son arme de poing, identique à celle du type de l'avion, et visa le conducteur, qui se hâta de rejoindre son véhicule et déguerpit dans la nuit. Ils gardèrent la Land Rover en joue jusqu'à ce qu'elle ait complètement disparu.

Était-ce le sort qui attendait la petite famille si ses membres commettaient la plus infime erreur ? Ils ne voulaient pas moins d'argent, mais plus que tout, ils voulaient rester vivants. Khoudi se rappela qu'ils avaient été choisis pour accomplir cette mission parce qu'ils ne posaient pas de questions, obéissaient aux ordres et étaient interchangeables et anonymes, ce qui faisait d'eux une denrée rare. Il n'y avait donc aucune raison qu'on se débarrasse d'eux.

Pendant que ces pensées lui traversaient la tête, on fit monter le détenu encagoulé à bord de l'avion. Khoudi vit que ses jambes tremblaient de peur. William Mouchoir tendit son arme à son partenaire, qui grimpa à son tour et referma la porte. L'appareil fit demi-tour et prit la direction de la piste, puis s'envola dans la nuit encore jeune. Le véhicule militaire qui tournait en rond retourna se garer et les soldats rallumèrent le projecteur, reprenant leur simulacre de surveillance.

Khoudiemata entendit le soulagement dans la respiration des autres. Ils avaient moins peur, maintenant que l'homme de l'avion était parti, et avec lui son aura de méchanceté. Ils ne pensaient pas que William Mouchoir puisse leur faire du mal tout seul. Même d'un point de vue pratique, cela paraissait difficile.

« À l'arrière. Accrochez-vous bien. On a fini, ici », leur lança-t-il. Ils grimpèrent dans le pick-up et se cramponnèrent comme ils en avaient reçu l'ordre. William Mouchoir fit demi-tour et se dirigea vers le portail principal, où les attendait Namsa. Le véhicule ralentit, et la fillette courut à sa rencontre puis monta à l'arrière, avec l'aide des autres.

C'est Khoudi qui remarqua qu'il y avait quelque chose d'inhabituel chez elle. Elle avait l'air un peu plus grosse, d'une drôle de façon. À y regarder de plus près, Khoudi vit qu'elle portait une partie de la tenue du mannequin sous ses propres vêtements. Elle voulut lui crier dessus – cherchait-elle à les faire tuer ? –, mais se rendit compte que Namsa ne savait rien de ce qui s'était passé avec les armes, l'homme de l'avion, le détenu et l'argent. Il y avait un sourire innocent sous le sérieux de son expression, comme si tout cela n'avait été qu'une grande aventure. Et c'était peut-être bien le cas. Pourquoi lui gâcher ce moment ? Khoudiemata se contenta de lui lancer un regard lui intimant de garder le silence et de ne rien divulguer.

Une fois passé le portail, qui n'était pas gardé et dont William Mouchoir avait les clés, celui-ci éteignit les feux du véhicule et fonça dans la nuit, sans faire le moindre écart ni même rouler dans des nids-de-poule. L'obscurité était tombée d'un coup et, à chaque virage, Elimane, Khoudi, Ndevui et Kpindi craignaient la sortie de route et se tassaient sur eux-mêmes, le bas du ventre se préparant à un impact qui n'arrivait jamais. Puis ils expiraient, avant de retenir à nouveau leur souffle. Seule Namsa était calme, écartant les bras et levant la tête pour que le vent lui fouette les joues.

Le pick-up quitta la route principale et tourna à gauche jusqu'à une jetée où la petite famille déchargea les sacs et les caisses jusqu'à un hors-bord. William Mouchoir fit ensuite une marche arrière pour se garer au milieu des arbustes et lança une liasse de billets à Elimane. Celui-ci attrapa l'argent au vol et le compta. Évidemment, le compte était bon.

« Tu veux que je le change en monnaie locale ? » demanda William Mouchoir, et Elimane hésita à répondre, sans trop savoir si l'interdiction de parler avait été levée. Finalement, il dit : « Changez-en seulement vingt pour nous, s'il vous plaît. Je suis sûr que je pourrai obtenir un meilleur taux dans la rue pour le reste. »

William éclata de rire. « Voilà pourquoi je t'aime bien, Sam. Tu penses toujours à ce qui est le mieux pour toi. Je te rappellerai bientôt pour une autre mission. Fais attention à toi. » Là-dessus, il sauta à bord du bateau et disparut.

Ils savaient comment retourner sur la route principale et rentrer chez eux, mais ils prirent le temps de s'asseoir un moment sur le sable en silence pour respirer et relâcher tout l'air qu'ils avaient retenu dans leurs poumons. Non qu'ils fussent abasourdis par la nature de cette mission. C'était ça, leur vie : ils étaient chaque jour témoins des mille façons dont elle pouvait prendre fin, et les armes à feu n'étaient qu'une menace parmi d'autres. Ce qui les étonnait, c'était la façon dont le monde de William Mouchoir les avait happés. Faisait-il généralement appel à d'autres pour ce genre de boulots, à une équipe indisponible ce soir-là ?

Leur confierait-il des missions similaires ? Pourraient-ils les refuser sans en payer les conséquences ?

Elimane soupira. « Je suis aussi surpris que vous… Mais encore une fois, on n'est pas non plus des saints. »

Ils avaient l'habitude de ne pas aborder en détail les sujets qui fâchent, car cela diluait leur capacité à encaisser les événements. Ils préféraient chercher en chacun d'eux ce qui leur permettait de tenir à distance les pensées et souvenirs qui ravivaient la douleur tapie au fond de leur être. Pour Khoudi, cela consistait à comprendre les ressorts de ce qui s'était passé. Qui était l'homme menotté, et où l'avait-on emmené ? L'absence de réponses lui permettait de prendre du recul vis-à-vis de la situation, et elle comprit qu'il lui revenait de faire le premier pas pour reléguer cette soirée troublante dans le passé.

« Namsa, cherchons un lampadaire qui fonctionne et montre-nous tes nouveaux habits. »

La fillette prit Khoudi par la main, et toutes deux ouvrirent le chemin vers la route principale, où elles tournèrent à gauche en direction de la ville. Khoudi ne s'attendait pas à trouver un lampadaire en état de marche, mais cette quête leur donnait une raison d'avancer. Ils passèrent devant des trous creusés pour accueillir des poteaux lumineux, devant des poteaux lumineux posés à côté des trous en vue d'y être plantés, puis devant une série de poteaux dépourvus d'éclairage, certains qui étaient hors service depuis longtemps, un autre dont l'ampoule s'alluma et s'éteignit plusieurs fois avant de rendre l'âme cinq bonnes minutes pour finalement recommencer à clignoter.

« On attendra peut-être que le soleil se lève pour voir tes vêtements tout neufs, lâcha Khoudi.

– Je dormirai avec, comme ça demain matin ce sera plus facile de tout vous montrer. » Et, tout en marchant, Namsa fredonna un air guilleret qu'elle accompagna d'une petite danse.

Quand ils arrivèrent enfin à l'avion, Khoudi, Elimane, Ndevui et Kpindi se remirent immédiatement à boire et à fumer.

« C'est quand même quelque chose, ce William Mouchoir. Mais je ne veux pas me gâcher la soirée à trop gamberger, dit Ndevui.

– Qu'est-ce qui s'est passé ? Est-ce que j'ai tout raté ? » Namsa leur lança un regard avide, mais comme personne ne semblait disposé à lui répondre, elle se hissa dans la carlingue et s'endormit aussitôt.

Les autres fumèrent les dernières réserves de ganja, puis burent encore un peu. Ils étaient contrariés non seulement par ce à quoi ils venaient de participer, mais aussi par ce que cela remuait en eux.

Elimane donna voix au sentiment général. « J'avais réussi à mettre tellement de choses derrière moi, mais ce qui s'est passé ce soir a tout réveillé.

– On a de l'argent et on est toujours là, dit Ndevui. On pourrait tenter d'apprendre à vivre à peu près normalement avec ce qu'on a. Honnêtement, je ne pense pas que William Mouchoir était prêt à nous tuer. Et puis on a besoin de missions qui nous rapportent ce genre de somme.

– Je suis d'accord. Chaque jour est un jour mort pour nous, et pourtant, on est toujours là. » Kpindi jeta sa bouteille de bière par terre, comme pour démontrer que l'action défie l'emprise des circonstances. Ndevui laissa échapper un rire d'épouvante dans l'air nocturne, pour se jouer de l'effroi du groupe.

« Oui, dit Elimane, mais William Mouchoir est plus complexe qu'il n'en a l'air. Alors je ne le sous-estimerai plus et je resterai vigilant. Tant qu'on fait ce qu'il demande, je crois qu'on gagnera de l'argent et qu'on sera en sécurité. Mais je tiens surtout à rester vivant, même si c'est seulement pour survivre. Alors soyons prudents.

– Et toi, grande sœur ? demanda Ndevui à Khoudiemata.

– Je ne veux pas choisir entre la survie et la vie. » Mais ce à quoi pensait vraiment la jeune femme, c'était au lendemain et à son échappée de leur servitude quotidienne. La survie a tendance à rétrécir votre façon de penser, même la façon dont on se voit soi-même. Khoudi se languissait d'être avec ceux qui avaient le luxe de voir la vie autrement, sinon naïvement.

« Alors quand est-ce qu'on change l'argent pour que je puisse avoir ma part ? demanda Ndevui. J'ai des projets, moi. »

La nuit souleva un souffle de vent frais qui fit bruire les arbres alentour. Quelques oiseaux pépiaient leur chant monotone, réduisant au silence le hululement d'un hibou dans le lointain. Une nouvelle journée attendait de naître.

Khoudiemata resta dehors longtemps après que les autres furent allés se coucher. Elle fut la seule à voir le soleil se lever lentement dans le ciel et réarranger les nuages.

# 6

Le lendemain d'un jour férié était aussi férié dans ce pays qui était le leur. Et maintenant qu'ils avaient de l'argent, ils n'avaient plus besoin d'élaborer de plan pour trouver de quoi manger. Il n'était sans doute pas nécessaire non plus de monter la garde – qui s'approcherait de chez eux aujourd'hui ? Mais comme Khoudi était déjà réveillée et que les autres sommeillaient encore, elle décida de jouer les vigies malgré tout. Elle se dit que c'était une bonne habitude, mais au fond elle voulait surtout rester seule pour réfléchir à la façon dont elle pourrait participer aux discussions du dîner prévu le soir même. Elle se dirigea vers les buissons au-delà de la clairière et trouva un endroit où s'asseoir contre un petit arbre, les yeux face à la route.

*Cela fait un petit moment que j'habite en ville, désormais. Ma famille possède une maison à Aberdeen.* Khoudiemata sentait que pour elle, s'entraîner à l'art de la conversation exigeait de répondre en des termes qui ne soient pas trop précis, ne révèlent pas trop de détails et ne suscitent pas trop la curiosité. Elle voulait se donner un air de retenue plus que de mystère, une aura d'humeur songeuse. Elle espérait pouvoir s'en tirer. Bien sûr, elle affrontait de bien plus grandes difficultés chaque jour, mais là, c'était différent.

Ne gamberge pas trop et garde les pieds sur terre, se dit-elle, prenant note mentalement de coller aux grands thèmes qui éloignaient la discussion des sujets personnels. Agissant de concert avec elle, le soleil perça les buissons et l'atteignit pour la ramener à la réalité de son environnement. Elle se sentit soudain fatiguée, et affamée. Les autres étaient probablement réveillés, maintenant. Il était temps d'aller chercher quelque chose à manger. Plus tard, elle irait dans son havre secret se préparer en vue de son rendez-vous. Être prête à participer aux conversations ne suffisait pas, il fallait aussi savoir comment s'habiller et se tenir, et elle ne pouvait pas s'entraîner à ça ici. Il fallait qu'elle réussisse à se lancer dans un monde parallèle. Elle se leva et retourna à l'avion.

Kpindi l'aperçut. « On partait justement te chercher pour aller manger. Et on voudrait ton avis sur le défilé de mode de Namsa. On lui a dit que sa tenue était super, mais ça ne lui suffit pas. Et on ne sait pas ce que ça signifie. »

Les garçons se retenaient manifestement de rire pour ne pas heurter les sentiments de la fillette, et ils se tournèrent vers Khoudi avec une expression suppliante qui lui demandait de remédier à la situation.

« Ah, tu es revenue », dit Namsa en la voyant. Elle était debout à l'entrée de l'avion, vêtue d'un pantalon noir, d'une mini-jupe rouge par-dessus, d'un maillot de corps sous une chemise d'homme à manches longues et d'un bonnet qui lui couvrait les oreilles.

« Tu es belle, lui cria Khoudi, et Namsa rayonna. Tu te sens bien dans cette tenue ?

– Oui, et j'adore son odeur de neuf. » La fillette descendit fièrement les marches, avec l'aplomb d'un top model sur le podium d'un défilé.

À vrai dire, Khoudi se sentit mal en découvrant son accoutrement. Namsa portait comme elle des vêtements d'homme, sauf qu'elle n'avait aucune notion de l'assortiment des couleurs. Elle ressemblait, en pire, à une version de Khoudi dont Khoudi apprenait tout juste à se débarrasser. Il ne lui arrivera rien comme ça, se dit la jeune femme. Ce qu'elle voulait vraiment, c'était retirer son bonnet et montrer à la fillette sa magnifique coiffure, mais elle n'en fit rien parce qu'elle désirait encore plus que cette nouvelle et fragile part d'elle-même reste secrète encore un peu.

« Alors, où est-ce qu'on va manger ? » demanda-t-elle.

Namsa rit. « Là où on va toujours quand on a de l'argent. Chez Mama Fofanah. » Les autres ne prirent même pas la peine de réagir à la question.

Khoudi aurait voulu leur dire qu'avec tout le liquide qu'ils avaient, ils pourraient aller manger n'importe où si seulement ils étaient en mesure de s'habiller autrement. Mais leurs vêtements élimés et difformes, quel que soit leur état de propreté, éveilleraient forcément les soupçons. Même la veste de costume d'Elimane avait déjà perdu de sa superbe ; ce qui le sauvait, c'était le livre qui dépassait invariablement de l'une de ses poches. Khoudi trouvait intéressant que ce que l'on porte vous absolve de tout soupçon. Dans ce pays, de nombreux voleurs et scélérats vaquaient librement dans leurs costumes élégants, au volant de voitures hors de prix, comme s'il fallait y voir la mesure de leur intégrité.

Ils quittèrent le giron des buissons avec leur prudence

habituelle, se séparant par réflexe. Il y avait très peu de piétons sur la route, principalement des jeunes missionnés pour porter des plats préparés dans une maison ou une autre. Il vint négligemment à l'esprit de Khoudi qu'ils étaient peut-être en train de détourner un succulent ragoût pour s'épargner une longue marche et l'argent qui allait avec.

En ville, la traditionnelle atmosphère de troubles qui régnait dans la rue avait laissé place à un engouement qui transparaissait chez tout le monde. Des enceintes beuglant différents styles de musique rivalisaient pour conquérir l'ambiance, et des rassemblements se formaient sur la moitié des vérandas, devant les magasins, sous les arbres, partout où il y avait de l'ombre. Les gens portaient leur plus belle tenue, et leur corps était si fraîchement enduit de vaseline que tous les passants vérifiaient s'ils n'avaient pas eux-mêmes la peau trop sèche.

Le bar-restaurant de Mama Fofanah était à deux pas de la plage. Son toit de bambou était soutenu par quatre troncs d'arbre enracinés dans la terre. Un muret de briques en béton se dressait à hauteur de la taille, dans l'enceinte duquel bancs et tables étaient disposés en rangées, comme dans une salle de classe. Mama Fofanah trônait derrière un simple comptoir en bois, d'où elle gardait un œil sur tout. Le réfrigérateur ressemblait à un coffre-fort en fonte, et la cuisine ouverte était équipée de gros fait-tout, de pierres à feu, d'un mortier et d'un pilon. C'était un lieu qui n'avait jamais tenté de vivre avec son temps, et s'y rendre avait le charme d'une visite chez ses grands-parents. Il attirait des gens de toutes sortes.

Il y avait une dizaine de clients attablés lorsqu'ils arrivèrent, dont plusieurs hommes vêtus d'un costume encore plus scintillant que celui de William Mouchoir ; c'était sans doute la dernière mode. Un groupe de jeunes dépenaillés – plus encore que la petite famille – sentaient la mer. Sans doute des pêcheurs.

« Bonjour, Mama Fofanah », dit Khoudiemata en entrant. Elle s'arrêta sur le seuil pour se laver les mains dans le bol d'eau savonneuse puis, son argent au creux de la main, s'installa à proximité du comptoir où se trouvait Mama Fofanah. C'était la coutume, ici : il fallait montrer qu'on pouvait payer avant de se faire servir. Kpindi suivit, puis Namsa, Ndevui et Elimane, chacun d'eux s'arrêtant pour se laver les mains et saluer la patronne de la même façon avant que chacun aille s'asseoir à une table différente.

« Bonjour mon enfant, et bienvenue. » Mama Fofanah les salua chacun à tour de rôle. Mais quand vint le tour de Namsa, elle prit les joues de la fillette dans la coupe de ses mains chaudes et brillantes et couvrit d'amour le visage de l'enfant. C'était le moment préféré de Namsa quand elle venait ici, et la raison qui la poussait toujours à choisir Mama Fofanah dès qu'ils avaient de quoi se payer un vrai repas.

« Qu'est-ce qu'il y a au menu, aujourd'hui ? demanda Khoudi.

– Ragoût de poulet, ragoût de gombos au poisson séché, riz wolof et haricots. » Mama Fofanah montra successivement toutes les marmites qui mijotaient. L'un après l'autre, ils s'approchèrent tous les cinq du comptoir, firent leur choix et payèrent. Mama Fofanah piocha dans la pochette où elle gardait l'argent à l'arrière de son pagne pour leur rendre la monnaie. Les billets, elle les mettait au frigo, par peur du feu, puis le verrouillait avec une clé qu'elle portait autour de la taille.

Ils retournèrent s'asseoir et attendirent leur plat, l'appétit aiguisé par les bonnes odeurs qui les environnaient. Une fille apporta un plateau de ragoût de poulet au riz wolof qu'elle posa sur la table devant Elimane. Elle repartit puis revint avec un autre plateau, cette fois du ragoût de gombos, et apporta ensuite un gobelet plein de cuillères qu'elle déposa à côté des plateaux de nourriture. La petite famille fut déconcertée. D'habitude, on servait les repas dans des bols individuels en plastique, et ils regardaient tous le bol du voisin avant de harceler le serveur pour qu'il leur mette plus de ceci ou de cela, affirmant que certaines portions étaient plus copieuses que d'autres.

« Tout est pour vous. » Mama Fofanah dessina un cercle avec son doigt pour désigner leur groupe, en commençant par Namsa, puis un autre cercle pour montrer les plateaux. Elle savait qu'ils formaient un groupe, et aujourd'hui, allez savoir pourquoi, elle voulait qu'ils mangent ensemble, comme une vraie famille. Sous le regard de Mama Fofanah qui coupa court à leurs réticences, ils prirent place en silence autour des plateaux. Ce fut presque douloureux, au début, de goûter ces délicieux plats aux arômes irrésistibles. Cela équivalait à réveiller les souvenirs et ressusciter le passé.

« Bonjour, Mama. Combo maison pour moi, comme d'habitude. » La voix qui venait de commander un assortiment de chaque plat était curieusement familière. Ils se regardèrent discrètement tous les cinq puis, en un même geste réflexe, chacun posa un doigt sur la nourriture. Namsa fut la plus lente, ce qui signifiait qu'il lui revenait de confirmer leur intuition. Elle quitta la table et alla sur le perron, faisant mine de se laver les mains une nouvelle fois. Elle revint avec la réponse : un hochement de tête affirmatif. C'était bien William Mouchoir. Le groupe soupira. Ils ne voulaient pas le voir, surtout pas aujourd'hui, et encore moins quand ils étaient réunis tous ensemble. Mais l'endroit était trop petit pour qu'ils ignorent sa présence. Au moins, se dirent-ils, en prêtant l'oreille ils apprendraient peut-être son vrai nom.

« Eh, mon fils, comment vas-tu ? Tu n'as jamais l'impression de régresser en venant chez moi, même après avoir gravi les échelons », plaisanta Mama Fofanah. La petite famille abandonna tout espoir d'apprendre comment William Mouchoir s'appelait vraiment. Ce n'était pas le fils de la patronne, bien sûr. Les anciens dans son genre n'appelaient pas les jeunes par leur nom – ils étaient tous des fils, des filles ou simplement des enfants, peu importait leur identité ou ce qu'ils avaient accompli. On ne vous appelait par votre prénom que si votre conduite méritait de graves reproches.

William Mouchoir portait une chemise blanche cintrée qui contenait son ventre à grand-peine. En short blanc, chaussettes blanches, baskets blanches et bandeau blanc autour du front, il tenait une raquette de tennis flambant neuve qui avait encore son étiquette. Il doit préparer un sale coup, pensa le groupe. Ils étaient si occupés à interpréter sa présence qu'ils en oublièrent la douloureuse promiscuité de ce repas publiquement partagé. Ils mangèrent en silence, appréciant la nourriture mais restant sur leurs gardes. Il revenait à William Mouchoir de les autoriser à montrer qu'ils le connaissaient, mais l'homme ne regarda pas une seule fois dans leur direction. Il mangea avec enthousiasme, riant aux plaisanteries de Mama Fofanah. En fait, il mangea beaucoup pour quelqu'un qui se préparait à disputer un match de tennis ou qui venait d'en disputer un. La petite famille n'avait pas souvenir d'un terrain alentour ; peut-être y en avait-il un dans quelque propriété privée, mais ils avaient fureté dans toutes les maisons chics du coin en l'absence de leurs propriétaires et n'en avaient jamais vu.

Une fois que William Mouchoir eut fini son repas, une voiture se gara devant l'établissement, et aussi brusquement qu'il était venu, il repartit.

Le téléphone d'Elimane vibra peu après. Il montra le message aux autres. *Content de vous avoir vus, toi et tes amis. Je vous contacterai bientôt, Sam.*

Ils sortirent un par un, tâchant de ne plus penser au léger froid que la présence de William Mouchoir avait jeté sur leur restaurant préféré. Ils se regroupèrent dehors, tout en veillant à garder une certaine distance. Il était encore tôt pour que chacun parte de son côté. Comme toujours, Namsa voulait aller écouter Chadrac le Messie. Khoudiemata accepta, songeant que cela lui donnerait des idées de sujets à aborder au dîner. Ndevui et Kpindi décidèrent de se joindre à elles. « Elimane, tu viens ? demanda Ndevui. Peut-être que tu pourras engager la conversation avec lui. Ce sera comme si deux dictionnaires discutaient ensemble. »

Kpindi passa devant, hilare, suivi d'un Elimane plus réticent. Il préférait ne pas parler avec Chadrac le Messie. Il ne voulait pas que ce genre d'incident lui rappelle sa famille, ou révèle aux autres plus de choses de son passé que ce qu'il avait choisi de partager avec eux. Il était néanmoins convaincu qu'il aimerait écouter celui en qui il voyait un fou d'intelligence.

Ils allèrent à la plage sans se presser, en accord avec la nature de cette journée. Mais Chadrac n'était pas près du kiosque. Ils longèrent la plage jusqu'aux débarcadères, où des bateaux privés déposaient ceux qui pouvaient s'offrir ce type de transport pour attraper un avion. Une foule s'était formée. Ils se glissèrent tous les cinq dans l'attroupement pour voir ce qui se passait.

Un groupe d'hommes armés en uniforme attendaient sur la jetée. Ils semblaient fouiller chaque embarcation qui accostait, chercher quelque chose ou quelqu'un. Ils venaient de terminer une fouille quand un nouveau bateau apparut. Celui-ci ralentit à l'approche de l'étroit débarcadère, puis vira brusquement vers un autre point d'accostage un peu plus loin sur la plage sablonneuse. Un homme en costume bien coupé et chaussures noires en descendit d'un bond, attaché-case à la main, et traversa la plage avec une telle agilité qu'il donnait presque l'impression de marcher sur l'eau. Avant que quiconque puisse l'intercepter, il sauta à bord d'une Jeep qui venait de débouler et mit les gaz. Les militaires montèrent dans leurs véhicules et se lancèrent à sa poursuite.

La foule applaudit à l'unisson. Les gens avaient reconnu le fugitif, il s'agissait de l'ancien ministre des Finances et maire de la ville. Tout le monde savait qu'il était sous le coup d'une enquête pour détournement de fonds, mais jusqu'à ce jour, les autorités n'avaient pas réussi à réunir suffisamment de preuves pour l'arrêter. À vrai dire, pareille corruption était si fréquente qu'elle débouchait rarement sur des arrestations. Mais apparemment – comme l'affirma quelqu'un dans la foule –, la cupidité de cet homme avait dépassé les bornes, à tel point que les personnes au pouvoir avaient décidé de le chasser de leur cercle. Tandis que la foule observait la scène avec stupéfaction, la Jeep fit demi-tour près de la plage, l'homme sauta du véhicule en marche et courut en direction de la mer, visiblement pour tenter de remonter à bord de son bateau et s'enfuir. Sauf que cette fois, les militaires l'attrapèrent et l'emmenèrent.

La foule, qui espérait un dénouement plus spectaculaire, grommela de déception. Mais il ne fallait généralement pas attendre longtemps avant qu'un nouveau divertissement se produise sur la plage.

Khoudiemata se fraya un passage parmi les curieux et se posta juste derrière Namsa. Elle chuchota : « Suis Ndevui quand il partira à son match de football, et tu me diras s'il a fait des progrès depuis la dernière fois qu'on l'a vu jouer ensemble. » Ce n'était pas une simple instruction ; c'était aussi un au revoir. Khoudi sut que Namsa comprendrait, et que les autres seraient au courant de son départ vers la route principale même s'ils ne se retournaient pas. Dans son dos, elle entendit les rires redoubler parmi la foule.

Dès qu'elle arriva à 35 Degrés, Khoudiemata sentit son corps se détendre. Elle se mit en sous-vêtements, leva la tête vers le soleil, puis écarta les bras comme si elle se préparait à étreindre le ciel. Elle inspira et expira, sensible à la chaude brise de l'océan et au soleil sur sa peau. Le rythme lancinant de l'eau sur les rochers la berça peu à peu.

Elle alla chercher les articles qu'elle avait dérobés après sa rencontre avec les belles personnes de la plage. Ils étaient toujours là où elle les avait cachés, secs et imprégnés du parfum de leurs anciens propriétaires. Khoudi tint chaque article à tour de rôle devant elle pour l'admirer, de nouvelles possessions dont elle se servirait pour accéder à un monde qui préférait faire comme si elle n'existait pas. Elle les étendit ensuite sur le sable et entra dans l'eau. Elle s'était lavée il n'y avait pas si longtemps, mais elle s'habituait à ces bains plus réguliers. D'autant plus que la dernière mission accomplie pour William Mouchoir lui avait laissé l'impression d'être sale. C'était surtout ça qu'il fallait laver.

Le soleil avait réchauffé la mer, et Khoudi fit durer son bain bien après avoir lavé son corps et ses sous-vêtements, qu'elle étendit au soleil pour les faire sécher. Le ciel bas semblait recouvert d'une pellicule de sueur brillante au-dessus de la mer d'huile, se fondant presque en elle. Depuis l'endroit où elle se trouvait, les bateaux lui donnaient l'impression d'être peints. Khoudi tâcha de les cacher un à un derrière sa main pour regarder au bout de quelques minutes s'ils avaient bougé. Puis elle se rappela pourquoi elle était là et vérifia si ses sous-vêtements avaient suffisamment séché pour qu'elle puisse les remettre.

En sortant de l'eau, elle observa son ombre sur le sable. Comme le soleil était presque au zénith, les contours de sa silhouette étaient particulièrement nets, y compris ceux de ses pommettes. Elle se toucha le visage, puis traça le contour de ses lèvres, de son cou, de sa clavicule et de ses seins, ainsi que de son ventre et de ses jambes, qui étaient plus longues et plus douces qu'elle ne s'y attendait. C'était une expérience complètement nouvelle d'explorer son corps au lieu de constamment lutter contre.

Elle enfila ses sous-vêtements, puis se planta devant les habits étalés sur le sable. Elle fit les cent pas, se demandant quelle tenue porter. Elle opta finalement pour le haut jaune à col en V et motif tressé. Il mettait sa silhouette en valeur, son collier arrivait pile à la naissance de son décolleté, et chaque fois qu'elle inspirait et expirait, elle le voyait se soulever et retomber avec sensualité. Satisfaite, elle enfila ensuite le jean noir, découvrant qu'il était plus moulant que tous les pantalons qu'elle avait pu porter jusque-là. Elle s'étonna de constater qu'il épousait confortablement ses fesses et d'être consciente de l'allure que cela lui donnait. Elle essaya ensuite les sandales aux lanières à boucle, qui lui allaient plutôt bien. Elle adorait que ses ongles polis soient si bien mis en valeur, tout en comprenant qu'il allait falloir apprendre à marcher avec ces nouvelles chaussures. Elle s'entraîna un moment sur le sable, faisant la conversation avec elle-même.

Elle attrapa l'un des nouveaux sacs à main noirs, qui contenait lunettes de soleil, kit de maquillage et autres accessoires dont elle ignorait quoi faire. Mais ils remplissaient bien le sac, qui complétait joliment la tenue. Elle y transféra son argent, son couteau et un article de journal en lambeaux qu'elle portait toujours sur elle, une relique de sa vie passée. Elle ne l'avait jamais déplié mais n'arrivait pas à s'en débarrasser. Elle lui trouva une petite poche intérieure, sa nouvelle demeure. Puis elle fourra le reste de ses possessions dans le sac en raphia, qu'elle cacha à l'endroit habituel.

Khoudi avait vu que la plupart des filles comme celles qu'elle allait rejoindre portaient un rouge à lèvres brillant. Elle sortit le kit de maquillage du sac à main, fouilla dedans et trouva un petit pot de gloss translucide. Ça faisait bizarre sur les lèvres, et elle dut se retenir de passer la langue dessus, d'autant qu'il avait une odeur de fruit mûr. Il y avait toutes sortes d'autres tubes et bâtonnets dans le kit, mais elle n'y toucha pas.

Il lui fallut du temps pour trouver le courage de quitter 35 Degrés. Elle se sentait belle dans ces nouveaux vêtements mais aussi vulnérable, un sentiment inédit et quelque peu déplaisant. Habillée ainsi, elle savait qu'elle allait attirer les regards et cela l'inquiétait. Elle avait retiré l'armure d'invisibilité qui lui permettait d'arpenter le monde comme elle l'entendait. Pourtant, le désir de poursuivre dans cette nouvelle direction, obéissant aux changements qui se faisaient en elle, était plus fort que tout. Elle se décida enfin à se mettre en chemin, et fit attention aux cailloux avec ses sandales toutes neuves.

Elle s'arrêta un instant derrière des buissons, d'où elle avait vue sur la route, regardant les gens passer, continuer leur journée avec obstination comme pour narguer leur dépit. Cette contradiction lui était familière, elle imprégnait cette autre vie qu'elle venait cacher à 35 Degrés. Puis elle prit une grande inspiration et se mit en marche. Très vite, les voitures klaxonnèrent en l'apercevant. Des hommes plus vieux que ne le seraient ses grands-parents s'ils étaient encore en vie l'appelaient depuis leur véhicule pour lui proposer de la déposer quelque part. Cela ne l'étonna pas, elle savait que les hommes se croient autorisés à déshabiller les femmes du regard, à faire intrusion dans leur existence en les hélant et en les dévisageant, mais cette soudaine bouffée d'attention la submergea malgré tout.

Un groupe de jeunes femmes la scrutèrent elles aussi, se déhanchant et faisant la moue. « Parasite », dit l'une d'elles, assez fort pour que Khoudi l'entende en les dépassant.

« Elle ne sait même pas ce qu'il faut faire. Comment est-ce qu'elle compte se trouver un papa-gâteau ? » Khoudi les détailla de la tête aux pieds, tapant du poing dans la paume de sa main pour les informer de ce qu'elle leur aurait réservé si elle n'avait pas mieux à faire à cet instant.

Elle savait tout des papas-gâteaux, en vérité. Une femme qui l'avait hébergée un temps en avait eu plusieurs. L'un d'eux avait sequestré Khoudi dans sa chambre le jour où elle avait dû lui servir son repas. Il lui avait dit : « Je vais faire de toi une femme », et elle avait trouvé ces mots étranges : comment un homme pouvait-il faire d'une fille une femme, quand bien même il userait de violence ? Mais il ne s'attendait pas à ce que Khoudi sorte son couteau. Non seulement ça l'avait empêché d'aller plus loin que la déshabiller, mais ça avait aussi provoqué suffisamment de dégâts pour l'envoyer à l'hôpital et, espérait-elle, lui faire passer l'envie de contraindre une fille par la force. La femme, sa « tante », ne l'avait pas crue, et l'avait accusée de vouloir lui prendre son papa-gâteau.

Il y avait longtemps que Khoudi n'avait pas repensé à cet incident qui l'avait obligée à s'enfuir dans cette partie éloignée de la ville où elle était sûre que personne ne la reconnaîtrait. C'était la dernière fois qu'elle avait vécu dans une famille. Jusqu'à ce qu'elle rejoigne Elimane et les autres.

Une nouvelle voiture klaxonna en la dépassant, et Khoudi ne put se retenir de hurler sur le type au volant, pour lui faire comprendre la douleur que lui et ceux de son espèce réveillaient en elle. Elle savait ne pas être la seule dans ce cas-là.

Elle finit par tendre la main pour héler un taxi. Il était presque plein, et la plupart de ses passagers étaient des hommes, mais il restait une place à l'arrière. Elle s'apprêtait à se serrer sur la banquette quand elle surprit le regard de son futur voisin, dont les yeux la déshabillaient avec une concupiscence répugnante.

Elle claqua la portière et recula. « J'attendrai le suivant. »

Le chauffeur lui cria : « Ne casse pas ma bagnole, eh ! », et Khoudi précipita le départ du véhicule en lui donnant un coup de pied.

Elle attendit d'être sûre que le prochain taxi était vide avant de lever la main. Le chauffeur avait un visage juvénile et un sourire avenant, sincère. Il attendit patiemment que Khoudi monte à l'arrière. Celle-ci s'installa en silence, réfléchissant – cet homme lui disait vaguement quelque chose, sans qu'elle sache quoi. Il ne la pressa pas, et quand d'autres passagers potentiels approchèrent, il leur fit signe de s'éloigner.

« Tout va bien, petite sœur ? » lui demanda-t-il gentiment. Quand elle vit son visage dans le rétroviseur, Khoudi s'aperçut qu'il n'était pas aussi jeune qu'il lui avait semblé de prime abord. Il passa la première et démarra lentement, même si Khoudi n'avait pas encore donné d'adresse.

« Ne vous inquiétez pas, quelle que soit votre destination, une petite brise fraîche ne vous fera pas de mal avant d'arriver. Alors je vais prendre la route du littoral si vous êtes d'accord. » Il la regarda dans le rétroviseur, guettant sa réaction. Puis il monta un peu le volume de la musique. Il roula jusqu'à la plage, puis s'arrêta près d'un bar. Il coupa le moteur et sortit.

« Je reviens. Je vais chercher de l'eau », expliqua-t-il en désignant l'établissement. Il était encore tôt pour aller à Pointe Noire de toute façon, et c'était agréable de faire un nouveau crochet par la plage, pensa Khoudi. Elle passa la tête à la fenêtre pour que le vent lui rafraîchisse le visage.

Très vite lui parvint aux oreilles le rugissement d'une foule. Elle savait que cela venait sans doute du terrain de gravier rouge non loin de là, où Ndevui jouait au foot. Elle l'imagina dribbler un, deux, trois, quatre, cinq joueurs ! – comptés par le public en délire avant qu'il se présente seul face au gardien et marque pour la quatrième fois depuis le début du match. Elle l'imagina porté en triomphe par ses coéquipiers, le visage rayonnant d'une joie qu'il ne se permettait jamais de montrer en d'autres circonstances.

« L'Omam-Biyik aux pieds nus, waouh ! » entendit-elle quelqu'un s'exclamer, et elle leva les yeux sur un groupe de jeunes qui s'éloignaient du terrain en courant. Je parie qu'ils parlent de mon frère, pensa Khoudi. Elle aurait voulu leur poser la question, mais comment auraient-ils pu savoir qui était son frère ?

Le chauffeur revint à l'instant précis où Khoudi se disait qu'il était parti pour de bon. Il lui tendit une bouteille d'eau fraîche.

« C'est gratuit, dit-il. De nos jours, tout le monde s'imagine qu'on tend un piège dès qu'on rend le moindre service. » Khoudi le crut sur parole mais refusa quand même la bouteille.

« Ah, pas grave. Les hommes sont horribles, en règle générale, et c'est nous autres qui payons pour la majorité. Une majorité qui du coup nous prend pour des faibles ! » Il remonta dans la voiture. « Bon, maintenant, la course commence. Dites-moi où vous voulez aller, mademoiselle. » Il se retourna sur son siège pour la regarder.

« Pointe Noire.

– Elle parle ! Je commençais à croire que vous n'ouvririez jamais la bouche. Mais vous avez l'air obstiné, comme si vous pensiez : "Je ferai toujours ce que je veux." J'ai une petite sœur comme ça. » Il se tourna de nouveau vers la route. « Bon, moi en revanche, je parle beaucoup trop. Pointe Noire, c'est parti. »

Lentement, le taxi s'éloigna de la plage et monta dans les collines, empruntant une route sinueuse qui emmena Khoudi plus haut qu'elle n'était jamais allée. Les maisons n'avaient rien à voir avec celles des quartiers qu'elle connaissait. En bas, la plupart étaient petites et très rapprochées, semblaient souvent délabrées ou tronquées, certaines portions du toit manquant, les murs s'écroulant, les fosses septiques débordant. Ici, les demeures étaient nettement plus grandes et élégantes, et aussi plus espacées. Tout en elles semblait impeccablement soigné – elles étaient repeintes de frais, et même leurs portails semblaient brillants, comme si la poussière n'existait pas alentour. Khoudi avisa toutefois ici et là des cahutes en zinc ou en bois, au toit de tôle ondulée, lesquelles étaient là comme pour rappeler que ceux qui n'avaient rien continuaient d'exister parmi ceux qui avaient tout. La ville était ainsi : même les riches devaient rouler sur des routes défoncées et passer devant ces évocations du désespoir pour rentrer chez eux.

« C'est comme ça que vivent les autres, hein ? dit le chauffeur. Chaque fois que je passe par là, je me sens mal. Ça me rappelle à quel point je suis tout en bas, à l'autre bout des choses. » Il se tut alors que la voiture peinait à grimper la colline, comme si les véhicules des pauvres rechignaient à entrer sur ce territoire.

Jusqu'à présent, ils étaient restés sur la même route en lacets, mais le chauffeur la quitta soudain et tourna à deux reprises. Khoudi tâcha de prêter attention à l'itinéraire, au cas où elle devrait redescendre à pied après le dîner, mais ne put s'empêcher de lui répondre.

« C'est vrai. Je me demande quand même comment les gens qui possèdent ces maisons ont fait pour gagner autant d'argent. Après tout, dans un pays où la majorité écrasante de la population est désespérément pauvre, n'importe quel riche est automatiquement suspect. Et s'il s'agit d'un homme politique, on parle certainement d'un voleur. Même les étrangers qui viennent ici sont là pour l'argent, l'argent facile et en grande quantité. Évidemment, ils adorent dire qu'ils aiment ce “beau pays”. C'est une façon de rester connecté à l'argent, cette démonstration d'amour. Parce que franchement, comment peut-on aimer un endroit où rien ne fonctionne ? »

Le chauffeur éclata de rire. « Il y a deux catégories de gens qui aiment ce qui ne fonctionne pas. Ceux qui en tirent un bénéfice et peuvent partir à leur guise pour changer d'air. Et ceux qui en ont l'habitude parce qu'ils ne connaissent rien d'autre. » La voiture ralentit pour passer un dos-d'âne, puis accéléra sur les derniers mètres de plat au sommet de la colline.

« Vous êtes sûr de n'être qu'un chauffeur de taxi ? » lui demanda Khoudi, souriant pour la première fois.

Il s'arrêta devant un grand portail.

« On est arrivés. Vous voulez que j'entre ou bien je vous laisse ici ? » demanda-t-il, les yeux rivés sur l'imposant portail métallique noir et brillant et sa décoration ornementée figurant un couple enlacé dans un pas de danse. Il était assez large pour laisser passer quatre véhicules côte à côte. Khoudiemata regarda le mur d'un blanc éclatant ; de toute évidence, la peinture était souvent refaite. Le son assourdi de la musique leur parvint depuis un endroit hors de leur champ de vision. Le chauffeur siffla de stupéfaction, ce qui rappela à Khoudiemata qu'il lui avait posé une question.

« Ici, ça ira. » L'homme se hâta de venir lui ouvrir la portière, mais elle était déjà sortie. Khoudi savait qu'elle ressemblait à quelqu'un qui a l'habitude qu'on s'occupe d'elle, mais ce genre d'égard la mettait mal à l'aise. Soudain, elle regretta qu'ils ne soient pas convenus du prix de la course dès le départ – elle était tellement impatiente de se mettre en route qu'elle avait oublié. Maintenant, le chauffeur avait l'avantage.

Elle prit les devants et lui fit une première offre, prête à aller au clash. « Je vous donne quinze mille.

– Vingt mille, mademoiselle. C'est le tarif pour monter jusqu'ici. » Le chauffeur regarda autour d'eux, indiquant l'abondance de richesses.

Khoudi lui donna un billet de dix mille et un autre de cinq. « Donc vous me demandez de payer plus cher parce que je viens dans les beaux quartiers. »

Il refusa les billets qu'elle lui présentait. « Non, je pratique ce tarif parce que si ma voiture tombe en panne ici, il n'y aura personne pour me dépanner. Et aussi parce que ce n'est pas ici que je vais trouver un client pour redescendre, et que la vue de ce quartier me rappelle tout ce qu'il me reste encore à gagner aujourd'hui pour pouvoir manger. »

Khoudi se détendit, reconnaissant la justesse de ses arguments et les apparences trompeuses de la situation – pour une fois, elle ne donnait pas l'impression d'être fauchée.

Elle fouilla dans son sac et en sortit un autre billet de cinq mille. Le chauffeur rit.

« Je vous donne mon numéro si vous avez besoin de moi pour le retour. » Il commença à le lui dicter, mais s'arrêta, perplexe, en s'apercevant que Khoudi ne sortait pas son téléphone pour l'enregistrer.

« Je vais vous l'écrire. » Il retourna dans sa voiture un instant et revint avec un morceau de papier sur lequel il avait écrit trois numéros différents.

« Et ça se dit pauvre, plaisanta Khoudi en lui prenant le papier des mains.

– Grâce aux Chinois, j'ai les moyens de m'acheter un portable qui contient trois cartes SIM. Comme ça, chaque fois qu'il y a du réseau, j'en ai au moins une qui fonctionne. Même les pauvres ont le droit d'avoir le choix, vous ne croyez pas ? »

Khoudiemata jeta un œil au morceau de papier. *Manga Sewa, votre humble et fiable chauffeur de taxi*, avait-il écrit.

« Manga Sewa, le roi rebelle de la province du Nord ! » s'exclama la jeune femme, avec plus d'excitation dans la voix qu'elle ne s'y attendait. Mais il était rare que quelqu'un lui rappelle un bon souvenir de son passé. Sa mère aimait lui raconter des histoires de personnalités remarquables – celles qu'on ne trouvait pas forcément dans les livres. Manga Sewa était de ceux qui avaient combattu pour avoir leur mot à dire dans la façon dont cette terre devait être exploitée par les étrangers qui avaient traversé les océans.

« Ah, je vois que vous êtes très calée en histoire ! dit ce Manga Sewa des temps modernes. Ça vous vaudra une excellente ristourne sur votre prochaine course ! »

Là-dessus, il remonta en voiture et s'éloigna tandis que Khoudi le saluait d'un sourire.

Le soleil était encore haut à l'horizon, et la jeune femme savait qu'elle avait du temps à tuer avant l'heure du dîner. D'ailleurs, elle n'était pas encore tout à fait prête à affronter Pointe Noire, mais cette partie de la ville ne se prêtait pas aux promenades et elle savait qu'une fille à pied éveillerait les soupçons. Il lui fallait une destination.

Elle se souvint qu'en chemin le taxi était passé devant une supérette, et elle partit donc dans cette direction. Le trajet fut étrange car elle était seule sur cette route étroite. Les voitures étaient rares, et toutes celles qui circulaient avaient des vitres teintées – même en passant si près qu'elle aurait pu les toucher, il lui était impossible de distinguer leurs passagers. Elle ne croisa que deux autres piétons, un couple de personnes âgées qui rentraient manifestement du marché, portant des paniers chargés de produits frais. Leur allure était familière à Khoudi, et ils se firent mutuellement comprendre sans un mot qu'ils s'étaient reconnus dans cette oasis de richesse. Ces gens travaillaient probablement dans l'une des immenses demeures du quartier.

À la supérette, Khoudi songea un instant à s'acheter un portable, mais ici, même le moins cher était au-dessus de ses moyens. Et à supposer qu'elle ait eu assez, elle ne pouvait se résoudre à dépenser autant pour une chose qu'elle payerait moitié moins en marchandant – un échange qui survenait au terme d'une transaction amicale et de salutations cordiales, malgré les vociférations poussées par les deux parties pendant la négociation. Dans cet environnement silencieux et aseptisé où il fallait parler plus bas que le timbre naturel de la voix, le prix était indiqué sur les téléphones et elle savait que cela ne prêtait pas à discussion.

Pour éviter d'avoir l'air plus suspecte qu'elle ne pensait l'être déjà, elle décida d'acheter une bricole – encore une chose dont elle n'avait pas l'habitude. Généralement, elle allait au marché pour voir ce qui était en vente et retenir les prix, de façon à être prête à marchander lorsqu'elle reviendrait avec de quoi payer. Inutile d'acheter quoi que ce soit tant qu'elle n'était pas préparée. Elle arpenta les rayons climatisés, achalandés de nombreuses denrées qu'elle n'avait jamais vues de sa vie et dont elle ne saurait que faire. Au bout de quelques minutes, elle s'aperçut qu'un employé la suivait en silence. Elle chercha les produits d'importation les plus répandus, une canette de Coca-Cola et des chips. C'étaient aussi les articles les moins chers, et les seuls dont elle fût sûre que son estomac ne les rejetterait pas. À la caisse, un Libanais entre deux âges examina ses billets d'un air soupçonneux, son regard noir lui faisant bien comprendre qu'elle ne se comportait pas comme les autres clients. Pourquoi se sentait-il obligé de lui faire sentir à ce point qu'elle n'était pas dans son élément ?

Une fois ressortie, elle s'assit sur un banc face au parking et mangea lentement les chips, l'appétit un peu coupé par l'accueil qu'elle venait de recevoir. Dehors non plus, elle ne se sentait pas la bienvenue. De l'autre côté de la vitrine, les regards la suivaient, insinuant qu'elle préparait un mauvais coup. Elle aurait préféré musarder dans le quartier mais remonta la colline aussi sec, sirotant son soda. Elle avait jeté un œil à la montre du commerçant, et savait qu'il lui restait encore une heure avant le dîner. Elle décida d'en profiter pour explorer Pointe Noire, même si elle avait prévu de rester à l'écart du lieu de rendez-vous pour qu'aucune des belles personnes ne sache qu'elle était arrivée en avance et n'aille croire qu'elle trépignait d'impatience.

Elle attendit nerveusement à côté du portail que quelqu'un la remarque et la fasse entrer. Chaque fois qu'une voiture se présentait, elle klaxonnait deux fois et le grand portail métallique avec son couple ornemental s'ouvrait vers l'intérieur. Mais les gardes de l'autre côté ne remarquaient pas Khoudi, occupés à laisser passer les véhicules, et le portail rendait invariablement la danseuse à son partenaire. Pour occuper le temps, la jeune femme imagina ce que Kpindi pouvait bien faire en cet instant. Elle décida que lui aussi devait être à une fête, sur une véranda non loin de chez Mama Fofanah. Son billet d'entrée était un pack de bières qu'il avait chipé à quelques maisons de là, où était organisée une soirée privée. Comme Khoudi sur la plage, il l'avait dérobé en faisant mine de donner un coup de main. Ainsi va la vie, pensa-t-elle. La vie qui avait toujours des mots doux pour certains, et on pouvait soi-même goûter à cette douceur de temps à autre à condition de savoir se montrer futé et vigilant.

Quant à Elimane, que pouvait-il bien mijoter ? Khoudi n'arrivait pas à le projeter aussi clairement dans son esprit, mais c'était forcément lié à la lecture.

Elle n'avait pas tort. En vérité, le jeune homme se trouvait dans un vieil immeuble du centre-ville, assis sur une chaise bancale derrière un antique bureau en bois tandis que le soleil descendait dans le ciel et que la lumière perçant à travers les chevrons diminuait. Autour de lui, du sol au plafond, des tas de vieux journaux qui s'effritaient. Ils n'étaient pas vraiment classés, mais Elimane aimait venir ici pour en lire quelques-uns au hasard. Il en avait trouvé qui remontaient aux années cinquante. L'endroit n'était pas surveillé comme les banques ou le siège de l'Assemblée ; personne ne s'attendait à ce que quelqu'un vienne voler des objets de savoir, même si le savoir pouvait parfois vous coûter la vie, comme Elimane l'avait compris par le passé. Mais une fois qu'on cessait d'exister, ça aussi il le savait, le savoir pouvait vous redonner vie.

À cet instant précis, il était plongé dans un article intitulé : « Retour vers le futur ». Une veine pulsait dans sa tempe tandis qu'il lisait, tellement concentré que ses oreilles étaient sourdes aux bruits de la ville alentour. Autrefois, il restait souvent assis comme ça avec son père, tous deux lisant pendant des heures et se souriant de temps à autre. C'est seulement plus tard qu'ils discutaient de ce qu'ils avaient appris.

Après avoir patienté un bon moment au portail de Pointe Noire, où se poursuivait le défilé des voitures, Khoudiemata prit son courage à deux mains et appela l'un des gardiens postés de l'autre côté. Il ne la vit pas mais appuya par réflexe sur le bouton qui activait l'ouverture du portail. Puis, comprenant que la jeune femme arrivait à pied, il bloqua l'ouverture. Le portail se referma, et Khoudiemata crut qu'il lui claquait la porte au nez. Elle réfléchit à la meilleure façon de réagir, mais une petite porte s'ouvrit alors dans l'un des grands battants, comme une poche intérieure.

« Bienvenue, mademoiselle. » Le gardien était visiblement méfiant.

« Merci. » Khoudiemata hocha la tête. Elle ne voulait

rien dire qui trahisse encore un peu plus le fait qu'elle était totalement étrangère à ce monde, à ce style de vie. Un silence quasi complet et quelques gestes semblaient la plus sûre façon d'agir. Tâchant de rester discrète, elle chercha son chemin des yeux. Elle vit qu'une allée pavée bordée de pots de fleurs menait à une lourde porte en bois. Cela ressemblait à une entrée, se dit-elle. Elle s'avança d'un pas assuré, passant devant un impeccable alignement de voitures étincelantes.

Un garçon qui semblait du même âge qu'Elimane lui ouvrit la porte et lui souhaita la bienvenue d'une voix respectueuse. Des fresques sculptées, des tableaux et des photographies d'artistes africains contemporains étaient accrochés aux murs du petit vestibule, lequel donnait sur un salon décoré de coussins multicolores avec un bar de chaque côté que prolongeait une véranda garnie de bancs et de tabourets. Au fond à gauche, il y avait la salle à manger, meublée de tables élégantes et de chaises sombres en bois lustré. Chaque détail de ce lieu était un régal pour les yeux – et il y en avait, des yeux, des gens de tout âge dans leurs plus beaux atours, buvant, discutant, riant, regardant le vaste ciel du début de soirée. Ils semblaient heureux, comme si on les avait initiés à un beau et éternel secret. Ce n'était pas encore bondé à cette heure-ci, et le lieu, malgré sa superficie, donnait une impression d'intimité. Quelques personnes s'agitaient, pas encore absorbées par la tranquillité ambiante. Peut-être étaient-elles les dernières arrivées. On entendait le son étouffé d'une musique de fond, une chanson que Khoudi se rappelait avoir écoutée dans son enfance. Elle la fredonna en traversant la pièce, comme détendue par ce petit air familier.

Depuis la véranda, la vue était époustouflante : les montagnes et au loin l'océan, où le soleil se couchait, son éclat peignant le ciel de couleurs spectaculaires. Ici, sur les hauteurs, l'air était plus frais, remarqua-t-elle. Elle trouva un endroit où s'asseoir derrière un pilier, où elle serait difficile à remarquer mais d'où elle-même pourrait bien voir les invités qui entraient dans la salle à manger.

En observant l'entrée, elle remarqua une chose étrange et amusante. De jeunes gens arrivaient, prenaient la pose près du bar ou sur la véranda, se photographiaient et repartaient. Tout cet exercice semblait conçu pour donner l'impression qu'ils avaient passé une soirée merveilleuse à Pointe Noire plutôt qu'ils ne l'avaient fait réellement. Quelques couples posèrent même pour toute une série de selfies : la femme allait se changer aux toilettes et revenait prendre une autre photo au même endroit, faisant mine de se livrer à différentes activités, souriant follement tout du long. Ce simulacre répété plusieurs fois était légitimé par l'achat d'une petite bouteille d'eau pour faire semblant de boire un cocktail sur les clichés. Certains prenaient même des photos de ceux qui se prenaient en photo. Khoudi trouva ce narcissisme hilarant, même si tout ça avait aussi quelque chose de rebutant.

« Dînerez-vous avec nous ce soir ? » demanda un jeune homme courtois en lui tendant un menu. Khoudi baissa les yeux sur la longue liste de plats et de boissons, ce qui lui rappela qu'elle était bien loin de chez Mama Fofanah.

« Oui, je dînerai ici ce soir avec quelques amis, dit-elle, avec toute l'assurance dont elle put faire preuve. Mais je suis un peu en avance, alors pour patienter je prendrai une Star et quelques cacahuètes, si vous en avez. » Elle avait retenu cette commande après avoir entendu des clients dans les restaurants de plage.

« Oui, bien sûr. » Le serveur tira un stylo et un bloc-notes de la poche de sa chemise en coton vert et jaune, la tenue que portaient tous les employés. Khoudi fut stupéfaite qu'il ait besoin d'écrire une commande aussi simple. Avait-il peur de l'oublier le temps d'arriver au bar ? Il tendit la main pour récupérer le menu.

« Je le garde pour plus tard », dit Khoudi. Elle gagnait en confiance, remarqua-t-elle avec plaisir.

À peine parti, le jeune homme était déjà de retour. Encore une différence : dans les endroits qu'elle connaissait, il fallait crier au serveur de vous apporter votre verre avant d'avoir atteint l'âge de la retraite et de vous avoir gâché votre plaisir. Et celui-ci ne demanda pas à Khoudi de payer quand il posa devant elle la bouteille et un petit bol de choses à grignoter. Elle tenta de manger les cacahuètes – qui étaient joliment grillées, entières et bien dorées – aussi délicatement que possible et sirota la bière à petites gorgées au lieu de la boire cul sec. Puis elle se dit que le seul véritable signe de confiance en soi était de faire ce qu'on voulait, comme on voulait. Elle prit donc une poignée de cacahuètes et but une grande lampée, certaine d'avoir cette fois de quoi payer ses consommations, même si ici elles étaient plus coûteuses.

Elle termina sa bière et en commanda une autre, puis examina le menu un moment. Qu'allait-elle commander pour le dîner avec les belles personnes ? Elle ne reconnut aucun des plats du menu. Elle fit de nouveau signe au serveur.

« Y a-t-il un plat sur cette carte que vous et moi avons

mangé enfants ? lui demanda-t-elle. De chez nous, vous voyez ? » Elle tourna le menu face à lui.

« Ah, ces plats-là sont sur le menu local, répondit-il. Il faut en faire la demande. »

Khoudi persista. « Je le ferai, soyez-en sûr. Mais pourquoi n'est-il pas inclus dans celui-là ? »

Le serveur parut troublé par sa question et non, contrairement à Khoudi, par le fait qu'un lieu qui s'appelait Pointe Noire ne propose aucun plat correspondant à son nom. Pour finir, il prononça une phrase toute faite, du genre de celles qui vous obligent à accepter un état de fait immuable et à passer à autre chose : « C'est comme ça, ici, mademoiselle. »

Elle se demanda ce que pensaient les belles personnes de l'absence de plats locaux à la carte, voire s'ils s'en étaient seulement déjà fait la réflexion. Une question pareille suffisait-elle à alimenter la conversation ? Cela permettrait sans doute de lancer la discussion, peut-être même un débat. Elle continua de lire le menu pour passer le temps, riant toute seule de l'intitulé *Succulent poulet élevé en plein air, mijoté avec une pincée de poivre de l'homme noir*, parmi d'autres. Il fallait vraiment qu'elle rencontre le poète de la maison ! Admirable de sa part de permettre à l'homme noir d'utiliser un poivre de son cru avec ce poulet élevé en plein air… Si on utilisait ce genre d'expressions pour parler cuisine là d'où elle venait, les gens viendraient uniquement pour écouter et rigoler, pensant assister à un sketch comique. Un plat, c'était bon ou pas, aussi simple que ça.

Des pensées de sa petite famille lui assaillirent soudain l'esprit, spontanément, alors qu'elle tentait de réprimer le rire qui montait en elle. Elimane aurait adoré se moquer de cette histoire de menu, la version officielle contre la version cachée. Kpindi aurait blagué avec Ndevui à propos de tout ce qu'ils voyaient, et celui-ci se serait très probablement invité sur les selfies des autres. Quant à Namsa, elle aurait fait le tour de l'endroit, admirant tout haut la décoration et posant des questions à Khoudiemata et Elimane.

Khoudiemata ne voulait pas penser à eux, pas maintenant. Elle appela le serveur, désireuse d'engager la discussion avec lui à propos de la carte des boissons, mais cette fois il repartit trop vite pour qu'elle puisse se vider la tête. Elle se remit donc à observer de quelle façon le ridicule pouvait passer pour de la sophistication dans le nouveau mode de vie qu'elle s'était choisi. Elle regardait quelqu'un prendre un selfie à l'entrée des toilettes quand elle sentit une présence faire barrage aux derniers rayons de soleil sur sa peau. Elle leva les yeux et croisa le regard d'un poseur au sourire triomphant.

« Venez. Suivez-moi au bar », dit-il, main tendue. Il était du genre à obtenir ce qu'il voulait – c'était écrit sur son visage et dans chacun de ses gestes, surtout à l'égard de ceux qu'il prenait de haut.

Khoudiemata repoussa sa main, gentiment mais ostensiblement, afin qu'il comprenne qu'il valait mieux éviter de recommencer.

« Permettez-moi de vous offrir un verre, insista-t-il.

– D'accord, dit-elle. Dites au serveur de me l'apporter ici. Merci. Vous avez l'air d'être un gentleman. » Elle lui fit un sourire qui signifiait : *Et maintenant fiche-moi la paix.*

« Votre boisson n'en sera que meilleure si vous acceptez de vous asseoir avec moi. » Il tenta à nouveau de lui prendre la main, ce qu'elle esquiva en retirant la sienne de la surface de la table. Si misérable que fût son existence, elle n'avait jamais pu tolérer la compagnie de ce genre d'hommes, pas même le temps de se faire offrir un verre.

« Merci encore, mais ce n'est pas pour rien que j'ai choisi de m'installer ici », dit-elle, cette fois sans aucune gentillesse dans la voix. Mais c'était comme s'il ne l'avait pas entendue. Il tira une chaise et s'assit à côté d'elle, l'obligeant à se redresser.

« Aimeriez-vous être mon amie particulière ? demanda-t-il, souriant d'avance à la réponse qu'il avait l'habitude d'obtenir.

– Non. Je n'ai pas besoin d'ami particulier. » Khoudiemata se détourna, non sans avoir d'abord constaté l'air surpris et réprobateur de l'homme devant son effronterie.

« Alors qu'est-ce que vous faites, assise toute seule à aguicher des hommes comme moi ? » Il avait haussé le ton pour que tout le monde l'entende. Il s'éloigna, se retournant brièvement pour la regarder comme s'il s'attendait à ce qu'elle fasse moins sa bêcheuse.

Une fille n'avait donc pas le droit d'être seule ? Khoudiemata était franchement troublée et perturbée par ce monde qu'elle découvrait. De toute évidence, le comportement de la plupart des hommes envers les femmes ne changeait pas du simple fait qu'ils étaient plus riches ou mieux éduqués. Elle observa le type servir son baratin à une autre fille.

L'horloge au-dessus du bar indiquait vingt heures passées de quelques minutes quand les belles personnes commencèrent à arriver. Khoudi entendit un groupe de trois jeunes femmes qu'elle n'avait encore jamais vues mentionner la réservation de Mahawa. Elles étaient sur leur trente et un : robe de soirée, talons hauts et une tonne de maquillage qui leur donnait un teint d'une pâleur anormale. Le serveur les conduisit à une immense table dressée de verres innombrables et d'argenterie comme elle n'en avait jamais vu. Khoudi ignorait ce qu'on pouvait bien faire de tant de couverts. Dès que les filles se furent assises, de nouveaux preneurs de selfies arrivèrent et se joignirent à elles, les immortalisant bras écartés ou tenant un verre vide jusqu'à ce que les serveurs viennent leur dire qu'il s'agissait d'une table réservée.

Ophelia fut la suivante à arriver. Au grand soulagement de Khoudi, elle portait le même genre de tenue qu'elle, décontractée mais élégante, et n'était pas trop maquillée. Elle salua les autres filles d'un signe de tête, avec un sourire qui parut forcé à Khoudi, puis s'assit au bout de la longue table, si loin que les autres devaient élever la voix pour lui parler. Elle se mit aussitôt à tripoter son téléphone, ne laissant planer aucun doute sur le fait qu'elle ne souhaitait absolument pas engager la conversation avec elles. Les belles personnes allaient-elles la traiter de la même façon ? se demanda Khoudi. Mahawa était-elle la seule à l'accepter ? L'intérêt qu'elle lui portait était-il sincère, au moins ?

Son exaltation coupa court à ces questionnements inquiets à mesure qu'arrivaient les invités : Bendu, James, Andrew et Frederick Cardew-Boston, puis Mahawa elle-même. Chaque fois qu'une nouvelle personne rejoignait la tablée, tout le monde se levait pour lui faire la bise. Il faudra que je fasse pareil, pensa Khoudiemata. Elle préférait la poignée de main, ce qui permettait de regarder la personne dans les yeux. Lesquels, d'après son expérience, en disaient beaucoup plus que n'importe quelle autre partie du corps.

Elle décida d'attendre encore quelques minutes, pour les observer. Ils avaient commandé des bouteilles de vin, rouge et blanc, et tenaient leur verre comme Khoudi l'avait seulement vu dans les films. Elle finit par appeler le serveur et lui régla ses bières, puis s'approcha de la table de Mahawa avec l'air de celle qui vient d'arriver à Pointe Noire.

« Khoudiemata, bienvenue ! Tu connais déjà la plupart d'entre nous. » La jeune femme se leva, prit Khoudi dans ses bras, l'embrassa sur une joue puis sur l'autre. Les autres n'avaient pas l'air emballés de la voir, lui sembla-t-il. Elle mit ses réserves de côté, se disant qu'elle était simplement devenue trop méfiante. Son hôtesse était chaleureuse, et cela lui suffirait pour ce soir.

« Magnifique tenue, dit Mahawa. Il y en a qui ne vont pas te quitter des yeux, ma chère. Tu devrais montrer ton corps plus souvent. Quelqu'un m'a déjà interrogée à ton sujet depuis qu'on s'est vues sur la plage. » Elle fit un clin d'œil en direction des garçons. Khoudiemata fut soudain prise par la peur que Mahawa ou l'une de ses amies ne reconnaisse son sac, ses vêtements. C'était un petit cercle de jeunes qui menaient la belle vie, après tout, et leurs familles devaient se connaître. Cela semblait peu probable, mais elle essayait toujours d'avoir un coup d'avance sur ce qui était possible ou non.

Elle fit le tour de la table pour embrasser tout le monde, à commencer par les filles au teint pâle, lesquelles évitèrent scrupuleusement d'entrer en contact avec ses joues mais firent des bruits de lèvres inutilement sonores. Elle sourit plus franchement en s'approchant d'Ophelia, Bendu, James, Andrew et Frederick Cardew-Boston, lequel embrassa Khoudi sur les joues plus longuement que les autres tout en évitant de la regarder dans les yeux. Cela lui rappela la façon dont Elimane évitait de croiser son regard ces derniers temps. Qu'est-ce qui ne tournait pas rond chez ces garçons ?

Mahawa fit asseoir Khoudiemata entre elle et Frederick Cardew-Boston, et tout le monde s'installa dans un joyeux bruit de chaises, de conversations et de rires. Andrew et James allèrent au bar et en revinrent avec des verres et le journal. Un article attira leur attention et ils se penchèrent dessus, un voile d'incrédulité se posant lentement sur leur visage. Mahawa, agacée qu'on puisse avoir l'esprit occupé par autre chose que sa soirée, exigea de savoir ce qu'ils lisaient, mais ils étaient trop absorbés pour lui répondre, alors elle leur arracha le journal des mains pour le découvrir elle-même.

« Quoi ? Non ! Je connais ses enfants », dit-elle, comme sous le choc. Elle quitta brusquement la table pour rejoindre le bar, puis sortit son portable et fit les cent pas tout en discutant avec animation.

« Qu'est-ce qui se passe ? » demanda Khoudi à Andrew et James.

Il y avait deux nouvelles intéressantes, lui expliquèrent-ils. La première concernait un détenu de premier plan dont le gouvernement refusait de divulguer l'identité, d'après l'article. Il avait été incarcéré pour « violations de la loi et tentative de trahison », d'après un porte-parole du gouvernement dont le nom n'était pas cité. Le détenu s'était évadé, ce qui laissait penser que des gens de l'extérieur étaient impliqués. Une enquête était en cours. On soupçonnait que le détenu avait quitté le pays à bord d'un vol clandestin.

La seconde concernait l'ancien ministre des Finances et maire de la ville, qui avait été arrêté à son retour de l'étranger. Comme il n'avait pas été possible de rassembler des preuves pour l'accuser d'autre chose, il avait été placé en garde à vue pour tentative de suicide, puisqu'il avait sauté d'un véhicule en marche dans une course-poursuite.

Khoudiemata tenta de se montrer aussi surprise qu'eux à propos de la première nouvelle et de ne pas éclater de rire en entendant la seconde. « Une époque intéressante » fut tout ce qu'elle parvint à dire. Elle se rendit compte qu'elle était sans doute la seule cliente du restaurant à connaître le fin mot de l'histoire, mais elle ne pouvait le dire à personne – et de toute façon, personne ne la croirait si elle le faisait. Elle était contrariée de voir ces événements s'immiscer dans la soirée et menacer de gâcher son plaisir. Elle enviait les belles personnes et l'innocence de leur lien avec ces affaires, qui se limitait au fait de connaître les familles des puissants. Elle se leva et se dirigea vers les toilettes. Là, elle pourrait étouffer ses souvenirs sans témoin et s'assurer que son expression ne trahirait rien en public.

Quand elle retourna à table, Mahawa était déjà de retour. L'inquiétude était moins visible sur son visage, et il n'y avait plus trace du journal. Elle était en train d'expliquer aux autres que le ministre des Finances avait menacé de donner des noms si on le jugeait et qu'il avait donc été relâché. Puis elle changea de sujet et fit bientôt rire tout le monde.

Elle se tourna vers Khoudiemata. « Qu'est-ce que tu

préfères pour le dîner, Khoudi, du rouge ou du blanc ? Frederick Cardew-Boston milite pour le blanc.

– Oui, dit-il, d'une voix grave pleine d'assurance. Il fait chaud, et le palais a besoin de fraîcheur et de douceur. D'ailleurs, je vais prendre du poisson. »

Khoudiemata se demanda comment ce garçon pouvait à la fois l'attirer et l'agacer au plus haut point. « Je peux t'appeler Frederick ? lui demanda-t-elle. Prononcer ton prénom complet est trop pour moi. » Elle se redressa et tâcha de croiser les jambes comme le faisaient les autres filles, ce qui n'était pas facile pour elle.

Le jeune homme éclata d'un rire sonore qui semblait sincère. « Ma grand-mère disait toujours à mon père : "Pourquoi as-tu donné à ton enfant ce fardeau que tu appelles un prénom ? On a le temps d'avaler plusieurs assiettes de riz avant de le prononcer en entier, et une fois que c'est fait, les gens le cherchent du regard parce que son prénom ne lui ressemble pas, ni physiquement, ni moralement." Elle refusait de l'utiliser et me présentait en m'appelant "Petit-fils".

– Bah, je pense que personne ne t'appellera Petit-fils ce soir », dit Khoudi, ce qui fit rire la tablée entière. Elle ne trouvait pas que ce qu'elle venait de dire était si drôle que ça, mais elle s'aperçut que le fait de susciter une réaction positive l'encourageait à parler davantage.

Mahawa tenait une bouteille de rouge et une autre de blanc. « Bon, ma jolie, on attend ta réponse.

– Je préfère du rouge, dit Khoudi, parce que j'aime boire ce qui me plaît quand ça me plaît, sans me soucier de ce qu'il faut boire avec quoi ou du temps qu'il fait. Il fait tout le temps chaud ici, de toute façon. »

Frederick Cardew-Boston leva les mains en signe de capitulation, suscitant de nouveaux éclats de rire.

Mahawa remplit le verre de Khoudi. À vrai dire, celle-ci ne savait pas très bien quelles étaient ses préférences en matière de vin, vu qu'elle n'en avait jamais bu. Elle avait observé les autres le faire tourner dans leur verre, le regarder, le sentir et le siroter avant d'en boire une vraie gorgée. Consciente d'être au centre des regards, elle fit de même, et Mahawa trinqua avec elle. Le goût du vin n'était pas tout à fait en accord avec Khoudi, mais elle lui donna une seconde chance. Toujours rien. Avec le temps, pensa-t-elle.

« En fait, dit-elle à la tablée, ce n'est pas ce que je pense vraiment. Ce lieu s'appelle Pointe Noire, non ? Alors s'il y avait du vin noir, c'est ce que j'aurais choisi. Mais comme il n'y en a pas, je choisis du rouge, parce que le sang qui coule dans mes veines – dans nos veines à tous – est rouge. Je bois donc pour célébrer la vie. » Khoudiemata s'étonna que de telles paroles lui sortent de la bouche en pareille compagnie. Il est vrai qu'elle avait déjà dit des choses plus intelligentes, et mieux tournées, lors de conversations avec Elimane. Elle vit des filles rouler des yeux à l'autre bout de la table en l'écoutant déblatérer – ou bien peut-être regrettaient-elles de ne pas avoir son audace. Mais Mahawa l'embrassa sur les deux joues et lui dit : « Fais gaffe, ma chère Khoudiemata, car je vais tomber amoureuse de toi. » Et Khoudi sentit que Frederick Cardew-Boston la regardait différemment. Il y avait quelque chose de familier dans ses yeux, et avec un pincement au cœur elle comprit à qui il lui faisait penser : Elimane.

Tous les verres étaient désormais pleins, et l'énergie autour de la table se dilua dans une multitude de conversations.

Khoudiemata se tourna vers Frederick Cardew-Boston, mais au lieu de croiser son regard, celui-ci dissimula son visage derrière son verre de vin, souriant. Cela aussi lui rappela Elimane, et l'irrita. Pourquoi étaient-ils tous aussi fuyants, ces garçons sur le point d'accéder à un âge d'homme qui n'arriverait peut-être jamais ?

« Tu ne vas pas me demander pourquoi je souris ? s'enquit-il sans quitter son verre des yeux.

– Tu devrais poser la question à ton vin blanc, vu l'intensité avec laquelle tu le fixes », fit Khoudi. Cela le força à la regarder. Elle fut surprise de constater qu'il était nerveux, et qu'il n'était pas doué pour cacher ses émotions. Il ne survivrait sans doute pas dans mon monde, pensa-t-elle.

« Tu es différente, lui dit-il, ta façon de réfléchir et de réagir. Il y a quelque chose de mystérieux et de stimulant chez toi. Je n'arrive pas à le définir mais j'en ai envie. » Il remua ses longs doigts en l'air.

Le serveur vint prendre leur commande, et tous les autres choisirent sur la carte qui était comme du chinois pour Khoudi, prononçant le nom de leur plat avec une sorte de jubilation. Quand son tour arriva, elle demanda : « Vous avez des plats d'ici ? » Elle voulait que tous soient témoins de ce qu'elle trouvait si étrange.

« Je vous apporte le menu local. » Le serveur finit de prendre la commande des autres, puis se hâta d'aller chercher une feuille à moitié déchirée. Khoudi y jeta un œil et commanda des feuilles de patate douce avec du barracuda, du riz et des plantains.

Devant la perplexité de certains regards, elle dit : « Vous ne trouvez pas bizarre d'être dans un restaurant de notre pays – un endroit qui s'appelle Pointe Noire – et d'avoir du mal à se faire servir un plat local ? Moi je trouve ça bizarre ! » Le silence se fit autour de la table, et Khoudiemata se dit qu'elle était sans doute allée trop loin. Ce n'était peut-être ni le moment ni l'endroit.

Mais Frederick Cardew-Boston intervint : « Je suis d'accord avec toi. Ils devraient proposer à la carte des plats qui ne soient pas étrangers. D'ailleurs, c'est le menu de cuisine étrangère qui devrait être le menu caché, pas l'inverse. »

Khoudiemata ne sut pas trop s'il le pensait vraiment ou s'il volait à son secours, mais elle lui en fut reconnaissante.

« Dans ce cas, pourquoi tu ne commandes jamais de plat local ? » le nargua Ophelia. James et Andrew trouvèrent ça cocasse.

« Aucun de nous n'en commande, répondit-il. Je ne m'étais jamais fait la remarque. On mange ces plats-là chez nous, mais pas quand on sort. »

Andrew s'immisça dans la conversation. « C'est une simple question de choix. On choisit ce qu'on veut manger, et ça s'arrête là.

– C'est peut-être en partie pour ça, mais aussi parce qu'on se dit que commander des plats étrangers en public nous donne l'air sophistiqué, dit Bendu, qui étonna tout le monde. C'est la vérité.

– Je n'avais jamais pensé que tu réfléchissais à ce genre de choses, la taquina Mahawa. Mais Andrew, si c'est une question de choix, pourquoi ne met-on pas tous les plats sur le même menu ? »

Andrew ricana sans lui répondre, et Mahawa se tourna vers sa voisine.

« Bon, puisque Khoudi est le catalyseur de cette

conversation animée, pourquoi le dernier mot ne lui reviendrait-il pas avant qu'on change de sujet ?

– Je crois que si on choisit de ne pas manger notre propre cuisine en public parce qu'on pense qu'elle n'est pas aussi sophistiquée que d'autres, cela signifie qu'au fond de nous, on considère notre héritage comme inférieur. Si on choisissait simplement ce qu'on aime, ce serait une autre histoire. Mais la plupart du temps, on choisit à notre place, sous l'effet d'un lavage de cerveau systématique qui commence dès la petite enfance, au premier jour d'école. » Le silence se fit de nouveau, opportunément rompu par l'arrivée de leur commande et l'effervescence qui s'ensuivit. La conversation dévia sur le lieu où se tiendraient les prochaines fêtes et la destination de chacun pour les vacances. La plupart allaient quitter le pays, presque tous pour l'Europe – Angleterre, France, Allemagne, Italie.

Khoudiemata vit que Frederick Cardew-Boston avait pioché dans son plat sans lui demander son avis, mais elle se retint de tout commentaire, sentant qu'elle en avait déjà assez dit pour la soirée.

« Et toi, où est-ce que tu pars pour les vacances ? lui demanda soudain Ophelia.

– Oh, je ne vais nulle part. Il y a des tas de choses à faire, ici. » Khoudi avait dit ça de sa voix la plus enjouée.

« Moi non plus, je ne vais nulle part, dit Ophelia. Mes parents refusent de me payer un voyage, alors je vais sans doute devoir trouver du boulot si je veux pouvoir profiter de ces vacances. On pourrait peut-être chercher un job ensemble. »

Mahawa intervint. « Non, non, Ophelia, ne me pique pas ma copine. Seulement quand je ne suis pas là – le reste du temps, c'est moi qui décide ce qu'on fait ensemble. » Elle rit, mais il était clair qu'il fallait la prendre au sérieux. Une fois de plus, Khoudi se retint de réagir. Elle détestait que d'autres se croient autorisés à décider à sa place, mais se força à rire avec eux.

Ils continuèrent à boire après le repas, et Khoudi commença à s'inquiéter que l'argent qu'elle avait sur elle ne suffise pas à payer sa part. D'autres se joignirent à eux. Les jeunes femmes exagérément fardées retouchèrent leur maquillage sans même quitter la table. Le volume de la musique monta d'un cran, comme celui de la conversation.

On se leva pour aller danser, garçons et filles s'échangeant leurs partenaires, à l'exception de Mahawa qui refusa de danser avec qui que ce soit. Tout s'expliqua lorsque débarqua un garçon impeccablement mis, qui l'enlaça par-derrière sans crier gare. Mahawa se retourna, radieuse, et ils rejoignirent la piste. À leurs mouvements, il était clair que leurs corps s'épousaient naturellement. Puis Andrew entraîna Ophelia, et Khoudiemata se retrouva seule.

Frederick Cardew-Boston se pencha sur elle et murmura si près de son oreille qu'elle sentit la chaleur de son souffle. « Je ne vais pas te demander de danser avec moi, parce que je sais que tu me répondras par un sarcasme.

– Je n'ai pas besoin de toi pour aller danser, répliqua Khoudiemata. Je peux très bien y aller toute seule. » Elle se dirigea vers la piste et il la suivit, zigzaguant autour d'elle comme s'il hésitait à s'approcher. Khoudi lui en fut reconnaissante, car elle ne savait pas si elle se sentirait à l'aise de danser comme les autres, leurs corps si serrés.

À la fin de la chanson, elle retourna à table, et là encore

il la suivit. Elle s'assit, prit son verre d'eau et but, sous le regard de Frederick Cardew-Boston.

« Il y a tant de choses que je voudrais savoir à ton sujet. Et tant de choses que j'ai envie de te confier. D'abord, je regrette ce que j'ai dit à propos de ton prénom la dernière fois. C'est un beau prénom, voilà ce que j'aurais mieux fait de dire. »

Elle ne répondit pas.

« J'attends que tu me lances un de ces traits d'esprit dont tu as le secret.

– Je t'épargnerai pour le reste de la soirée, mais ne joue pas trop avec le feu non plus. Tu es sur des sables mouvants… »

Il éclata de rire. « Tu sais quelle est ma mission, ce soir ? » Une veine pulsa sur son front, et une fois de plus Khoudi pensa malgré elle à Elimane.

« Pourquoi faut-il que ce soit une mission ? dit-elle. Tu vas me le dire, que je veuille l'entendre ou pas.

– Justement. Je vais te surprendre et te faire rire, et je te dirai pourquoi après. » Il se leva brusquement de table, et Khoudi le suivit des yeux. Il était facile à repérer, puisque les tables et les chaises avaient été poussées sur le côté pour faire de la place et qu'il était le seul entièrement vêtu de blanc. Elle l'aperçut près de la cabine du DJ, lui parlant à l'oreille. Puis on entendit un morceau d'afro-trap, et il rejoignit le centre de la piste. Khoudi avait cru qu'un garçon affublé d'un prénom comme le sien n'avait probablement aucun sens du rythme, et leur première danse avait fini de l'en convaincre, mais il apparut qu'elle se trompait. Frederick Cardew-Boston ne faisait qu'un avec la musique, c'était un danseur-né. Il termina sa performance sous un tonnerre d'applaudissements, puis retira sa veste et la lança à Khoudi. Elle l'attrapa, riant si fort que son corps en fut secoué et qu'elle dut s'asseoir pour éviter de perdre l'équilibre. Quand elle leva les yeux, Frederick Cardew-Boston était debout à ses côtés.

« Maintenant je peux rentrer chez moi avec l'image de ce beau sourire. » Immédiatement, elle reprit son sérieux.

« Trop tard, lui dit-il. Je sais qu'il est là, et désormais c'est ce que je verrai tout le temps, même si tu me lances des regards noirs. » Il mima Khoudi et son air signifiant qu'il ne fallait pas la lui faire.

« Au revoir », cria-t-il en adressant un signe à l'assemblée. Puis il se tourna brusquement vers Khoudi et l'embrassa sur la joue avant qu'elle puisse l'éviter. À l'autre bout de la pièce, elle vit Mahawa lui faire un clin d'œil.

Khoudiemata vit les filles exagérément maquillées se lever d'un même geste juste après le départ de Frederick Cardew-Boston et sortir précipitamment à sa suite. Étaient-elles avec lui ? se demanda-t-elle. Puis, agacée par sa propre réaction, elle se dit que cela n'avait pas la moindre importance.

Elle décida de rentrer chez elle. Elle récupéra son sac et alla payer sa part de l'addition, mais la femme derrière le comptoir lui dit que le garçon en blanc avait tout réglé. Khoudiemata fut soulagée mais aussi mal à l'aise, parce qu'elle n'aimait pas être redevable, surtout vis-à-vis des hommes.

Dehors, elle aperçut Frederick Cardew-Boston s'engouffrer dans sa voiture et fermer la portière. Aucun signe des filles. Khoudi attendit, cachée derrière une colonne. Parce qu'elle ne voulait pas qu'il lui propose de la déposer quelque part, avec toutes les complications que cela génèrerait, ou parce qu'elle ne voulait pas savoir si les filles étaient à bord avec lui ?

Ophelia apparut à ses côtés, légèrement titubante. « Je suis prête à rentrer. Enfin, je crois surtout qu'il *faut* que je rentre. » Elle ricana et poursuivit : « On s'est bien amusés, et c'était chouette que tu sois là. Je sais pourquoi Mahawa t'adore. Tu es fraîche, originale, vraie et mystérieusement singulière, dans le bon sens du terme. » Elle tenait Khoudi par le bras, à la fois pour garder l'équilibre et par esprit de camaraderie, semblait-il. « Tu veux qu'on partage un taxi ? »

Même si l'idée lui plaisait, Khoudi était nerveuse. Elle ne voulait pas qu'Ophelia se doute de l'endroit où elle habitait, et n'avait même pas de portable pour en appeler un. Elle cherchait un moyen d'échapper à ce dilemme quand un taxi garé sur le parking klaxonna et fit un appel de phares pour attirer leur attention. Le chauffeur descendit de voiture.

C'était Manga Sewa. Il réagit au plaisir qu'avait visiblement Khoudi de le revoir en lui décochant un de ses sourires narquois.

« Voici mon amie Ophelia. » Khoudi les présenta. « Nous ferons deux arrêts.

– Ophelia d'abord, et ma fidèle cliente ensuite ? fit-il. Comme ça, miss Ophelia n'aura pas à s'inquiéter de se retrouver seule avec un chauffeur qu'elle ne connaît pas à une heure aussi tardive. Mais la prochaine fois, ce sera une autre histoire. » Cela fit rire l'intéressée, qui lui donna son adresse.

Sur le trajet, Khoudi en apprit un peu plus à son sujet. Son père était en charge du commerce extérieur au sein du gouvernement. C'était un homme strict qui refusait que ses enfants soient pourris gâtés, Ophelia n'avait donc pas de voiture ni de chauffeur. Son père disait qu'elle devrait travailler pour ça.

« T'imagines que j'en suis encore à le rembourser pour un voyage scolaire en Angleterre ? Il est pas croyable. Je sais pas ce qu'il lui faut de plus, avec tout l'argent qu'il a. » Après quoi Ophelia cessa de parler, et Khoudi s'aperçut bientôt qu'elle s'était endormie. Cela valait peut-être mieux, qu'est-ce que Khoudi aurait bien pu lui dire ? Que c'était un luxe de se plaindre pour ça ? Qu'elle n'avait jamais connu personne qui soit parti en Angleterre pour un voyage scolaire ? Elle trouva aussi inquiétant qu'Ophelia puisse s'endormir dans un taxi, au cœur de la nuit avec une fille qu'elle connaissait à peine et un chauffeur qu'elle venait de rencontrer. On ne voyait pareille naïveté que chez ceux qui avaient toujours eu la vie facile.

Manga Sewa avait mis de la musique, doucement, et il fredonnait en serpentant sur la route. Khoudiemata décida qu'il était trop dangereux d'aller à 35 Degrés à cette heure. Aussi tard le soir, sa présence risquait d'attirer l'attention d'un automobiliste, et elle ne pouvait pas courir le risque d'être suivie. Il faudrait qu'elle retourne à l'avion habillée comme elle l'était, et reparte le lendemain matin avant que les autres ne se réveillent. Mais que se passerait-il si elle émergeait trop tard ou que l'un des garçons – voire Namsa – se levait avant elle ?

Tout ça la tracassait quand le taxi s'arrêta devant l'entrée d'une vaste propriété. Un portail et une allée pavée obligeaient le regard à se perdre au loin avant de se poser sur une immense demeure.

Khoudi réveilla Ophelia, qui regarda autour d'elle. « Au portail, ça ira. » Elle sortit son téléphone, le genre d'appareil hors de prix qu'il suffit d'effleurer du doigt, pas de ceux où il faut laborieusement appuyer sur chaque touche. « Prends mon numéro, Khoudiemata, et appelle-moi demain. »

Khoudi fit semblant de fouiller dans son sac. « Je ne sais pas où est mon téléphone, je vais le noter à la main. » Manga Sewa prit du papier et un stylo dans sa boîte à gants et les lui tendit. Elle les donna à Ophelia, qui inscrivit son numéro, avant de descendre du taxi et de tituber en direction du portail. Elle appuya sur un bouton et un gardien armé apparut. Ophelia fit au revoir de la main puis disparut.

Manga Sewa conduisait depuis déjà une bonne minute quand Khoudiemata se rendit compte qu'elle ne lui avait pas donné d'adresse. Elle comprit qu'il roulait en direction de l'endroit où il l'avait prise en charge quelques heures plus tôt. « Je me dis que quand on s'approchera, vous m'indiquerez où aller, lui dit-il.

– Qu'est-ce qui vous fait croire que j'habite dans ce coin ? demanda Khoudi d'un ton un peu cassant.

– Parce que quand vous m'avez fait signe, vous ne transpiriez pas et vous donniez l'impression d'être contrariée. Alors j'ai assemblé ces données, j'y ai ajouté les connaissances qui sont en ma possession, et j'en suis arrivé à ma conclusion. » Il semblait choisir ses mots de façon à s'exprimer avec la plus grande précision possible, qu'ils soient élégants ou pas.

« Vous arrivez toujours à une conclusion ? lui demanda Khoudi, souriante.

– Oui, avec mes formules d'observation, d'expérience,

d'inconnu et d'imagination. Des formules à la fois très complexes et très simples, agrémentées des diverses connaissances que je possède. » Khoudi aurait voulu lui demander quelles étaient ces connaissances, mais une fois de plus elle se retint, consciente qu'elle risquait d'engager une longue conversation qu'il valait mieux garder pour une autre fois. Elle se dit que cet homme plairait à Elimane.

Elle demanda à Manga Sewa de la déposer au bord d'un champ non loin de l'avion. Une rumeur courait à propos de ce champ – ou plutôt deux. Il était parfait pour jouer au football, avait une magnifique pelouse, et on racontait qu'il était jadis équipé de beaux buts avec des filets. Mais d'après la légende, toute personne qui y jouait était frappée par le malheur, parce que des esprits y jouaient eux aussi. On racontait en outre qu'il était truffé de mines antipersonnel. Quoi qu'il en soit, les gens l'évitaient. Alors, dès que les feux arrière du taxi disparurent, Khoudi se dirigea vers l'autre extrémité du champ, mais en approchant elle entendit des bruits de moteur et vit des phares venir dans sa direction. Immédiatement, elle se cacha dans des buissons.

Trois 4×4 s'arrêtèrent juste à côté d'elle. Des hommes en uniforme en descendirent, se disputant d'une voix sonore, et prirent à l'arrière des barrières de fortune qu'ils placèrent au hasard en travers de la route pour bloquer le passage. Khoudi savait que les soldats faisaient souvent ça pour soutirer un peu d'argent au nom de la sécurité.

Très vite, un premier véhicule approcha. Quand il s'arrêta, son conducteur baissa la vitre et alluma le plafonnier ; il avait visiblement l'habitude de ce genre d'intervention.

Les soldats firent semblant de fouiller la voiture, mais cessèrent dès qu'ils virent deux packs de bières au pied de la banquette arrière.

« Ah, merci chef. Ça, c'est pour nous », dit l'un d'eux, tandis que ceux qui flanquaient le véhicule affichaient une courtoisie de façade. Le conducteur leur abandonna la bière, se doutant qu'il valait mieux ne pas protester, et les militaires lui firent signe de circuler. Dès qu'il s'éloigna, ils se jetèrent sur les bouteilles.

Khoudiemata se replia sans un bruit, retournant au rond-point où Manga Sewa l'avait déposée. Il était plus sûr de faire demi-tour que de passer par le poste de contrôle, seule, à cette heure.

Elle eut soudain une idée. Elle se souvint des maisons vides sur lesquelles la petite famille était tombée ici et là – des maisons que les riches faisaient construire mais habitaient rarement, puisqu'ils passaient la plupart de leur temps dans d'autres régions du monde. Les cinq avaient eu la surprise de découvrir que ce genre de maisons – et ce genre de personnes – existaient. Khoudi se rappelait plus particulièrement l'une d'entre elles, qui était vide la majeure partie de l'année. Ils l'avaient surveillée à la dernière saison des pluies et s'étaient aperçus que le gardien censé s'en occuper le faisait seulement de jour, pour qu'on voie qu'il faisait bien son travail. Mais dès la nuit tombée, il allumait la lumière, à l'extérieur comme à l'intérieur, et rentrait chez lui.

Khoudiemata et Elimane y étaient retournés depuis, pour vérifier son potentiel comme refuge en cas de problème avec l'avion, et ils avaient trouvé le moyen d'entrer. La maison était trop à découvert et trop risquée pour être plus qu'une solution d'urgence, mais elle ne semblait pas, pour une nuit et une fille seule, présenter un risque démesuré. D'ailleurs, pour une fois, elle avait envie de dormir dans une vraie maison et un vrai lit.

Elle parcourut la distance d'un bon pas, ravie de pouvoir ainsi se réchauffer un peu dans la fraîcheur nocturne, sans prêter attention aux chiens qui à cette heure-ci aboyaient au moindre bruit ou mouvement. Lorsqu'elle arriva devant la maison, les lumières étaient allumées, comme elle s'y attendait, mais elle n'entendit rien. Elle vérifia qu'il n'y avait personne sur les vérandas des habitations voisines qui soit susceptible de la voir. Puis elle fit le tour par l'arrière, qui était ceint d'un mur de béton à côté duquel se trouvait un goyavier. Elle lança quelques pierres pour s'assurer qu'il n'y avait pas de chien de garde, avant de grimper à l'arbre et de sauter par-dessus le mur, atterrissant sur la terre meuble du jardin. En sandales, l'impact lui fit un peu mal aux pieds, mais rien de grave. Elle se dirigea vers une petite cabane à outils près de la porte de derrière. Elle y trouva un câble et un tournevis qui lui permirent de forcer facilement la serrure. Elle ouvrit la porte avec précaution, la soulevant sur ses gonds fragiles pour qu'elle ne grince pas ou ne racle pas le sol, et entra.

À l'intérieur, l'odeur de propreté submergea ses sens un instant. Il fallut qu'elle s'en débarrasse pour se concentrer, après quoi elle tâcha de se souvenir de la disposition des pièces. La première où elle entra était la salle de bains. Elle fit couler de l'eau chaude au robinet pendant quelques secondes pour se laver les mains et le visage. C'était un miracle, cette eau chaude à volonté. Elle mourait d'envie de prendre une douche, mais cela lui parut trop risqué.

Elle se contenta donc de mettre un peu de dentifrice sur son doigt pour se brosser les dents. Mais dès qu'elle porta son doigt à la bouche et se regarda dans le miroir au-dessus du lavabo, elle eut une puissante réminiscence, se revoyant devant un miroir similaire quand elle était petite. Elle se rinça le doigt et ferma brusquement le robinet, craignant de prolonger ce sursaut de mémoire.

À côté de la salle de bains, il y avait une chambre, et elle préféra ne pas jouer avec le feu en s'aventurant plus loin. Elle s'allongea sur le lit tout habillée, son sac et ses chaussures à portée de main pour être prête à déguerpir à tout instant. Elle tâcha de dormir. Son corps était épuisé, mais son esprit lui livrait une lutte acharnée. Une maison pareille éveillait en elle un sentiment à la fois familier et inédit qui l'empêchait de se détendre.

Elle repensa à Frederick Cardew-Boston et à sa danse, qui avait révélé une personnalité plus intéressante que l'image de jeune arrogant qui s'était dégagée de lui la première fois. Elle se toucha les joues, sur lesquelles elle sentait encore son souffle chaud.

Ses pensées allèrent ensuite à Namsa. Elle se demanda ce que faisait la petite et si elle dormait bien, repoussant les tourments du souvenir même si Khoudi n'était pas là pour la réconforter. Elle pensa à chacun des membres de la famille, à ce qu'ils avaient fait de leur journée et comment elle s'était terminée. Elle le découvrirait le lendemain, mais avait déjà décidé de ne pas leur raconter la sienne. Elle n'était pas encore prête à embarquer sa petite famille dans les secrets de son nouveau monde, ni ce dernier dans les leurs.

Le martèlement d'une grosse averse s'annonça, étouffé par les murs épais et les fenêtres closes. La saison des pluies commençait. Il devenait difficile d'habiter le vieil avion, qui fuyait un peu plus chaque année. C'est pour cette raison qu'Elimane et elle s'étaient initialement mis en quête d'une nouvelle maison et avaient trouvé celle-là.

Ses yeux se posèrent sur une photographie noir et blanc encadrée au mur. C'était un portrait de famille : la mère, le père et les trois enfants – deux filles, qui devaient avoir dix et cinq ans, et un petit garçon d'environ trois ans. Les filles étaient vêtues de la même robe brodée aux épaules et autour du cou, et le garçon portait un cafetan noir. Ils étaient tout sourire, découvrant leurs dents, penchés vers leurs jeunes parents. Elle l'avait déjà remarquée la dernière fois qu'elle était venue mais aurait juré qu'elle était alors exposée dans un couloir et non dans la chambre. Elle continua un moment à observer le cliché, tâchant de voir au-delà des sourires, et parvint enfin à s'endormir.

# 7

« Il faut juste qu'on trouve la bonne personne pour éviter tout risque de se faire voler », dit Elimane. Il était en train d'enfiler sa vieille veste de costume afin de jouer le rôle d'un homme susceptible de posséder en dollars américains le montant qu'ils s'apprêtaient à changer. Il était bien conscient que l'une des combines auxquelles auraient recours ceux qui tenteraient de l'arnaquer serait justement de l'accuser d'avoir dérobé cet argent. Même lorsqu'il s'agissait de changer de plus petites sommes, ils avaient toujours un plan. Elimane s'habillait bien, et ils se renseignaient à l'avance pour connaître le cours du dollar dans la rue. Les autres le suivaient partout, au cas où.

Khoudi était rentrée tôt dans la matinée. *Propriété du roi, propriété du roi, tout est en ordre*, avait-elle sifflé, et Namsa lui avait répondu, mais n'avait pas couru à sa rencontre comme d'habitude. Khoudi ne l'avait pas non plus aperçue à l'un des postes de garde à son arrivée dans la clairière. Elle commençait à s'inquiéter lorsqu'elle entendit la fillette ricaner. Khoudi se retourna et vit un buisson frémir. Namsa s'était si parfaitement parée de feuilles que la jeune femme était passée plusieurs fois devant elle sans la remarquer.

La fillette était ravie d'avoir pris Khoudi par surprise, mais le ton de sa voix était sévère lorsqu'elle parla. « Tu n'es pas rentrée hier soir, dit-elle. Tu vas nous laisser tomber ? » Et même si Khoudi se hâta de la rassurer et de changer de sujet, demandant à Namsa de lui raconter ses aventures de la veille, la jeune femme fut elle aussi prise d'une vague appréhension.

À l'intérieur de l'avion, elle découvrit que Ndevui et Kpindi ronflaient de concert – même dans leur sommeil, ils étaient en compétition –, mais Elimane était déjà parti chercher de quoi manger, et à son retour il la salua plus cérémonieusement que d'ordinaire. Tout le monde était désormais prêt à se mettre en route sauf Khoudi, ce qui ne lui ressemblait tellement pas que les autres l'interrogèrent du regard.

« On n'est pas obligés d'y aller tous », dit-elle. Elle leur fit remarquer que les gens avaient tendance à se sentir plus désespérés juste après un jour férié, ce qui pouvait présenter un risque inhabituellement élevé pour leur refuge.

« Oui, mais c'est aussi un bon jour pour changer de l'argent, car un jour férié fait toujours monter les cours, dit Kpindi. Et comme personne n'a fait d'affaires ces derniers jours, on sera peut-être parmi les seuls à changer, ce qui nous donnera l'avantage.

– Dis simplement que tu n'as pas envie de venir », fit Ndevui, sachant qu'Elimane était déjà agacé, et Namsa visiblement déçue que Khoudi ne les accompagne pas. Mais la jeune femme était fatiguée, et elle se devait d'être en forme quand elle irait travailler au salon de Kadiatou pour la rembourser. Elle ne voulait pas laisser traîner sa dette.

« Alors, qui veut venir ? » demanda sèchement Elimane,

et quand ils levèrent tous la main sauf Khoudi, ce fut réglé. Ils partirent avec les feuilles de plastique qu'ils se mettaient sur la tête quand il pleuvait, car le ciel était menaçant. Elimane fut le dernier à sortir, et au regard qu'il lui lança, Khoudi sut qu'il soupçonnait quelque chose.

« Je sais que tu vas tout faire pour qu'on ait un bon taux de change, lui dit-elle pour tenter d'apaiser la tension ambiante. Peut-être que tu pourras t'acheter ce livre sur le Nil dont tu m'as parlé, hein ? » Elimane sourit malgré lui, content qu'elle se souvienne de ce détail d'une conversation précédente, ce qui détendit un peu l'atmosphère du départ.

Khoudi attendit sur le seuil de la carlingue de ne plus les voir ni les entendre avant de se replonger dans le souvenir des détails de la veille, et de se demander ce qu'elle en pensait vraiment. Ce n'était ni le dîner ni la danse qui l'avaient fait vibrer, comprit-elle, même si cette vie-là n'était pas sans attrait. En réalité, sa force motrice résidait dans l'intolérable désir qui montait en elle ces jours-ci d'embrasser ce qu'elle devenait, et la frustration grandissante liée à la nécessité d'osciller en permanence entre deux mondes.

Elle ferma la porte de l'avion, mais pas complètement. Elle voulait être en sécurité tout en restant capable de porter secours à l'un des membres de la famille s'il revenait ici en ayant besoin d'aide – l'habitude de se préparer au pire était une seconde nature chez elle. Puis elle s'assit sur son lit de camp et regarda ceux des autres. Tous hormis celui de Ndevui étaient bien faits, avec une couverture et des draps miteux. À côté de chacun se trouvait un sac d'affaires personnelles, principalement des vêtements, sauf dans le cas d'Elimane, où les livres l'emportaient sur tout le reste. Comment ferait-il si un jour ils devaient s'enfuir ?

Elle l'imagina traîner le sac avec difficulté, car rien ne lui ferait plus mal que de perdre ses bouquins, et cette idée la fit sourire malgré elle. Leur chez-eux avait beau être fait de bric et de broc, Khoudi s'y sentait bien, et son corps s'abandonnait déjà plus volontiers au sommeil que la veille.

Elle repensa à tout ce qui s'était passé dans cet endroit. Comme la fois où ils avaient décidé d'y fêter l'anniversaire d'Elimane et manqué mettre le feu à l'avion. Un autre jour, ils s'étaient aperçus en rentrant qu'ils n'avaient pas bien fermé la porte et qu'une antilope dormait dans le lit de Ndevui. L'animal avait paniqué lorsqu'ils avaient tenté de le faire sortir, déchirant leurs draps et cassant quelques hublots. Ndevui et Kpindi avaient finalement été contraints de l'abattre, et ils avaient donc eu de la viande pendant plusieurs jours, jusqu'à ce qu'ils s'en lassent et enterrent les restes de la carcasse pour que l'odeur n'attire pas d'autres bêtes. Et puis il y avait eu la fois où l'armée avait ratissé la zone à la recherche de criminels et où tout le monde devait montrer ses papiers d'identité. Ceux qui n'en avaient pas étaient censés rentrer chez eux accompagnés de soldats pour prouver qu'ils habitaient bien à l'adresse déclarée, alors que ceux qui avaient les moyens se contentaient de payer les militaires. La petite famille, n'ayant ni papiers ni argent, n'avait pas quitté l'avion pendant trois jours, se nourrissant de pain et de beurre, se faisant faire la lecture par Elimane, inventant des histoires et des blagues.

Il s'était passé tant de choses dans cette clairière que Khoudi avait du mal à imaginer la vie ailleurs, et pourtant elle éprouvait ce sentiment tenace qui l'attirait loin d'ici, dans le monde parallèle du dehors. Elle regardait par les hublots et s'imaginait qu'elle était dans un véritable avion qui faisait le tour du monde. « Alors, miss Khoudiemata, sur quelle destination avons-nous jeté notre dévolu cette fois ? » lui demandait le pilote tandis qu'ils prenaient leur essor dans le ciel, les nuages attendant sa réponse. Bercée par cette rêverie, puis par le tapotement de la pluie qui recommençait à cogner, Khoudi finit par s'endormir profondément.

Elle fut réveillée par le rugissement d'un avion en phase d'atterrissage. C'était si bruyant qu'elle eut l'impression de sentir son lit trembler. Il y avait quelque chose de bizarre, et il lui fallut un moment pour comprendre ce que c'était. Les avions atterrissaient en principe deux fois par semaine, en fin d'après-midi. Il y avait aussi des vols imprévus qui atterrissaient ou décollaient de nuit, sans faire pleinement appel aux infrastructures de l'aéroport. La petite famille avait l'habitude d'être réveillée par des vols clandestins, et après la mission qu'ils avaient accomplie pour William Mouchoir, ils comprenaient mieux les tenants et les aboutissants de ce genre d'activité. Mais un vol clandestin de jour était une rareté. Khoudiemata se leva et alla chercher les jumelles dans le cockpit. Elle observa le ciel, brouillé par la grisaille, avant de repérer l'appareil, son fuselage vert se détachant des nuages. Elle le suivit du regard pendant sa descente vers la piste d'atterrissage.

Elle perdit l'avion de vue à hauteur des arbres, mais son imagination prit aussitôt le relais. L'appareil s'arrêtant sur la piste. L'équipage déchargeant une mystérieuse cargaison ou des corps, ou bien les deux. Puis l'avion redécollant, et tout revenant à la normale comme s'il ne s'était rien passé. Sans surprise, peu après, le même avion vert jaillit dans le ciel et disparut dans les nuages.

Le corps de Khoudi avait perdu tout désir de replonger dans le sommeil. De toute façon, elle voulait aller en ville et rentrer avant les autres. Elle prit son sac en raphia et partit pour 35 Degrés.

Ses affaires étaient restées sèches dans leur poche en plastique et leur cachette. Elle enfila l'une des robes noires, mais elle n'aimait pas trop la sensation de ne porter que sa culotte par-dessous. Elle décida de mettre son jean sous la robe, et de prendre le même sac à main que la veille.

Une fois de plus, dès qu'elle fut sur la route principale, elle attira les œillades et les coups de klaxon. Lorsqu'elle atteignit le quartier des commerces, elle s'arrêta au kiosque et acheta le portable le plus basique et la carte SIM qui allait avec. Pendant que l'appareil chargeait, elle retrouva le morceau de papier où Manga Sewa avait écrit son nom, et dès que le téléphone eut assez de batterie, elle composa le premier de ses numéros. Elle ne voulait plus s'asseoir à côté d'inconnus maintenant qu'on la suivait partout du regard. En attendant qu'il décroche, elle observa son reflet dans la vitrine d'une boutique. Qui était cette femme saisissante qui surgissait de cette fille invisible ?

« Bonjour, bonjour, fit une voix familière. Taxi de Manga Sewa. »

Khoudi fut prise d'une irrépressible envie de rire, amusée par son bagou. Même sa façon de dire bonjour sous-entendait : *Roulons en silence, ou échangeons des pensées, ou rions, ou chantons, ou pleurons, ou soyons en colère mais ne soyons jamais aigris. Bonjour.* Il n'était toutefois pas dans les habitudes des membres de la petite famille de révéler leur humeur à un inconnu – ou quasi inconnu, en l'occurrence –, et elle se retint donc de rire.

Mais ça n'empêcha pas Manga de reconnaître la voix de Khoudi et de se souvenir de l'endroit où il l'avait déposée la veille. Était-il dans les parages ?

« Oui, je suis tout près. Je suis toujours près », dit-il, et cette fois elle éclata de rire. Il avait le sens des affaires, ce Manga Sewa !

Et il l'était vraiment, tout près, parce qu'il arriva en moins de dix minutes. Il attendit patiemment que Khoudi récupère son téléphone et explique au patron du kiosque, qui se prenait la tête à deux mains, qu'elle ne comptait pas payer de supplément puisqu'elle n'avait pas eu le temps de le charger complètement. Elle était prête à lui livrer bataille, mais l'homme se contenta de sourire et lui dit en la dévisageant : « Reviens charger ton portable quand tu veux, ma belle. Ça me portera bonheur. » Elle eut l'envie soudaine de lui crier dessus, mais ressentit en même temps un léger frisson d'exaltation et, tout en évitant de le regarder dans les yeux, elle prit sur elle et tourna les talons. Elle commençait à comprendre le pouvoir que lui conférait sa nouvelle façon d'être au monde et d'en jouer pour parvenir à ses fins. Sachant que le commerçant la regardait, elle rejoignit le taxi et monta à bord. Dès qu'elle fut à l'intérieur, elle se détendit. Manga Sewa l'accueillit avec un sourire, mais son regard était simplement bienveillant, ce qui la mit à l'aise.

« Bienvenue, miss Khoudiemata », dit-il, et à sa façon de prononcer son nom elle comprit qu'il était sincèrement heureux de la voir, et elle se sentit heureuse elle aussi – si heureuse, en fait, que pendant un moment elle ne fut même pas surprise qu'il sache comment elle s'appelait, alors même qu'elle ne le lui avait jamais dit.

« Ton amie a prononcé ton nom hier soir », expliqua-t-il, et elle s'étonna une fois de plus de sa propre inattention. Bien sûr. Ophelia, qui était pompette, avait trop parlé, et Khoudi aussi, probablement.

Enhardie, elle lui demanda si elle pouvait finir de charger son portable en le branchant sur la prise du tableau de bord. « Je vous en prie, miss Khoudiemata, dit-il, s'attardant de nouveau sur son nom tout en lui prenant le téléphone. Alors, on va où, aujourd'hui ? »

Elle lui donna l'adresse du salon de Kadiatou, et il démarra. Ce jour-là Manga Sewa resta silencieux, jetant seulement un coup d'œil de temps à autre dans le rétroviseur. Mais en se garant devant la boutique, il lui dit : « Ça vous est déjà arrivé de perdre quelque chose, d'abandonner tout espoir de le retrouver, et finalement d'avoir la plus merveilleuse surprise qui soit ? » Il se retourna pour la regarder, son visage empreint d'une émotion impénétrable.

« Non, fit Khoudi, un peu bouleversée par cette déclaration, et il m'arrive souvent de le regretter. » Pour tenter d'alléger l'atmosphère, elle ajouta : « Mais je suis ravie que vous ayez vécu ça. Cette fois, tâchez de ne plus perdre cette chose ! » Elle tendit la main pour récupérer son portable, qu'il débrancha d'un geste vif et lui rendit. Mais lorsqu'elle voulut le payer, il refusa.

« Aujourd'hui, c'est votre conseil qui a réglé la course. » Il sortit d'un bond et fit le tour de la voiture pour lui ouvrir la portière.

Kadiatou rayonna comme une grande sœur débordante de fierté quand Khoudiemata entra dans le salon. Et avant que cette dernière ait le temps de la saluer, la coiffeuse la prit par la main et la fit asseoir dans l'un des fauteuils vides, où elle lui toucha les cheveux.

« Vous voulez que je vous rembourse jusqu'à la fin de mes jours, c'est ça ? » Khoudi souriait, mais elle était sérieuse. De fait, elle s'était aperçue qu'elle avait volé assez d'argent sur la plage pour payer sa dette, mais elles avaient un accord et Khoudi était prête à travailler pour l'honorer.

« Très franchement, je n'ai pas besoin de renfort, dit Kadiatou. Mais je voulais voir si tu étais prête à faire ce qu'il faut pour obtenir ce que tu veux. Malgré ta jeunesse, j'apprécie ta compagnie. » Kadiatou fit pivoter le fauteuil pour regarder la jeune femme en face, son visage portant le fardeau des mots qui lui restaient sur la langue. Khoudi se demanda si elle n'avait pas découvert son adresse et son histoire.

« Tu as un admirateur sur qui ta magie féminine a fait forte impression ! reprit Kadiatou dans un éclat de rire.

– Forte impression ? Comment ça ? s'étonna Khoudi.

– Tu te souviens quand je t'ai dit que tu étais en train de découvrir ton pouvoir ? Bah, il s'est libéré plus tôt que je croyais », répliqua simplement Kadiatou.

Khoudi décida de ne pas insister – il valait mieux attendre que Kadiatou prenne l'initiative d'une explication. De toute façon, elle ne pouvait pas s'attarder si elle voulait être rentrée à l'avion avant les autres. Elle se leva. « Puisque vous parlez par énigmes et qu'il est clair que vous n'avez pas besoin de mes services, je vais y aller, dit-elle. Mais je reviendrai bientôt vous voir. Je tiens à vous rembourser d'une façon ou d'une autre. »

Elle dit au revoir à la coiffeuse et à ses employées. Une cliente qui entrait lui tint la porte, et quand Khoudi se retourna pour la remercier, elle remarqua que la femme la suivait des yeux. Kadiatou, tout en accueillant la cliente, regarda Khoudi avec une expression qui signifiait : « Tu vois, c'est de ça que je parle ! Même les autres femmes sentent ton pouvoir et ta magie. »

Khoudi sortit son téléphone et composa le numéro de Manga Sewa, puis se ravisa. Elle rentrerait à pied. Elle rédigea un texto à l'intention de Mahawa, qui lui avait donné son numéro – pourquoi ne pas faire comme tout le monde ? Puis elle l'envoya. À chaque pas, elle se sentait plus à l'aise avec sa nouvelle allure. Oui, elle attirait les regards, mais ce n'était pas entièrement négatif. C'était, elle en convenait, une forme de pouvoir.

« Khoudiemata ! » l'appela quelqu'un. Mais qui parmi ses connaissances pouvait crier son nom en public comme ça ? Certainement pas un membre de sa petite famille. Elle se retourna et vit Frederick Cardew-Boston qui courait dans sa direction. À un moment, il s'arrêta pour lisser son costume. Plus il approchait, plus il semblait tendu.

« Tout va bien ? » lui demanda Khoudi, qui comprit en lui touchant l'épaule qu'en fait c'était elle qui le rendait nerveux. Il ne répondit pas, se pencha seulement en avant et lui fit la bise, feignant le détachement mais trahi par sa maladresse. Où étaient donc passées sa confiance et sa sophistication ?

« Qu'est-ce que tu fais en ville sans ton chauffeur ? le charria Khoudi. Tu es sûr que ça va aller ? Tu risques de te casser la cheville sur ce trottoir rugueux.

– Très drôle, dit-il, retrouvant un peu de sa contenance.

Je n'ai pas besoin de chauffeur, je suis un homme indépendant ! Mais ça me fait plaisir de te croiser. »

Il se détourna, évitant son regard. Khoudi savait qu'il mentait, mais elle aussi était contente de le voir.

« Je peux t'inviter à déjeuner ? lui demanda-t-il. Je connais un restaurant pas loin. C'est-à-dire, si tu n'es pas occupée et que tu n'as pas encore mangé. Et même si tu as déjà déjeuné, tu peux m'accompagner et boire un verre pendant mon repas. » Son téléphone sonna, mais il ne décrocha pas.

« D'accord, je veux bien que tu m'invites si tu promets qu'on aura une conversation passionnante. » Elle le trouvait très séduisant quand il faisait son timide et, d'une certaine façon, le mettre mal à l'aise lui plaisait.

« Les conversation passionnantes, c'est ma spécialité, dit-il avec crânerie. Sinon, à quoi bon parler ? » Il tendit la main vers elle. « On y va ? »

Elle lui prit le bras et ils marchèrent côte à côte, riant d'eux-mêmes, jusqu'à atteindre l'entrée voûtée d'un bâtiment dénué d'enseigne. Un gardien leur ouvrit la porte, et ils montèrent trois volées de marches dans un silence seulement troublé par l'écho de leurs pas. Ils franchirent ensuite une porte métallique et arrivèrent sur une sorte de véranda entièrement vitrée. Les clients, nombreux et pour la plupart plus âgés qu'eux, étaient assis à des tables avec vue sur la rue, occupés à manger, boire et discuter.

Frederick Cardew-Boston circulait au milieu de tout ce monde avec l'aisance d'un habitué, et le personnel le saluait avec révérence, non seulement pour sa richesse mais aussi pour son pouvoir. Qui était ce garçon, et que faisait sa famille ? Khoudi voulait-elle vraiment le savoir ? Peut-être valait-il mieux profiter du rêve sans trop l'analyser tant qu'elle en faisait partie. Elle aurait tout le temps d'y réfléchir une fois qu'elle se réveillerait.

Un serveur les conduisit à une table au fond de la salle avec une vue imprenable, un peu à l'écart. « Tu as déjà emmené d'autres filles ici pour les impressionner ? demanda-t-elle une fois assise.

– Non, c'est la première fois, dit-il. En général, je viens déjeuner ici avec mon père et ma sœur. » Khoudiemata comprit soudain qu'il avait sans doute cherché à en savoir plus à son sujet auprès de Mahawa et qu'il s'était rendu au salon de coiffure dans l'espoir de tomber sur elle. Après tout, à quelle autre adresse Mahawa aurait-elle pu l'envoyer ? Voilà pourquoi Kadiatou avait fait tant de mystères !

Le serveur se hâta de déplier leur serviette à leur place. Frederick Cardew-Boston lui fit signe qu'il n'avait plus besoin de lui dans l'immédiat.

« C'est ta famille qui possède ce restaurant ou quoi ? » lâcha Khoudi dans un éclat de rire, indiquant le service obséquieux et tâchant aussi d'en apprendre un peu plus sur lui sans poser de questions trop directes.

« Non, répondit-il avec sérieux. Ils savent qui est mon père, c'est tout. » Il remua sur sa chaise puis desserra le nœud de sa cravate, avant de se lever et de se débarrasser de sa veste, qu'il commença à suspendre au dossier de sa chaise jusqu'à ce que le serveur s'approche en silence et l'emporte aussitôt. Même s'il semblait toujours légèrement tendu en présence de Khoudi, il manifestait une certaine aisance dans sa façon de porter le costume – ou de le retirer. Il retroussa les manches de sa chemise et se rassit.

Khoudi sentit son ventre se nouer. Elle se força à sourire pour n'en rien montrer.

« Je suis content de ne plus avoir à danser pour décrocher un sourire, dit Frederick Cardew-Boston d'une voix douce.

– Ne compte pas trop là-dessus, répliqua-t-elle. Je souris uniquement quand ça me plaît. » Elle contempla la salle. Voyant le port altier des autres femmes, elle se redressa.

« Je l'avais remarqué, dit-il. Mais j'aime cultiver l'illusion d'y être pour quelque chose. » Khoudi sentit qu'il la dévisageait, mais quand elle tourna la tête vers lui, il évita de croiser son regard, comme s'il avait peur que ça lui fasse quelque chose et n'y était pas préparé.

« Alors, quand penses-tu trouver le courage de me regarder dans les yeux, Frederick Cardew-Boston ? » Khoudi le fixait sans ciller, mais il réussit à lui échapper, faisant signe au serveur qu'il venait de congédier. Son téléphone sonna de nouveau et il quitta la table pour prendre l'appel. Il était assez loin pour que Khoudi ne l'entende pas, mais elle voyait à ses gestes et à sa façon de bouger qu'il ne s'agissait pas d'une conversation plaisante. Le serveur attendit près de la table avec elle.

« Pardon. Encore une affaire urgente à régler », dit Frederick Cardew-Boston en revenant à table, montrant son téléphone pour indiquer l'insistance de son interlocuteur. Il fit signe au serveur. « Nous sommes prêts. »

« Ravi de vous revoir, monsieur, dit celui-ci. Qu'est-ce que ce sera aujourd'hui ?

– Nous prendrons le poisson au riz wolof. Et deux bouteilles de Heineken. » Le serveur manifesta une certaine surprise en prenant la commande, car ce n'était pas sur le menu ici non plus – ni dans les habitudes de Frederick Cardew-Boston.

Khoudi fut agacée par son outrecuidance. « Je ne veux pas de riz wolof. Je préfère la soupe d'arachides, si vous avez ça, et une Star. Merci. » Le serveur eut l'air encore plus étonné et se tourna vers Frederick Cardew-Boston pour obtenir confirmation.

« Vous l'avez entendue, dit-il. Elle aura ce qu'elle a demandé. » Quand le serveur s'éloigna, il dit : « Pardon. Je pensais me conduire en gentleman.

– Il y a une différence entre se conduire en gentleman et vouloir tout régenter. Je suis parfaitement capable de parler en mon nom. »

Il était évident que ce jeune homme n'avait pas l'habitude qu'on lui tienne tête, encore moins lorsqu'il avait affaire à une femme. Mais une fois de plus, elle s'étonna que le plaisir de sa compagnie soit plus fort que l'agacement qu'elle éprouvait. « Frederick Cardew-Boston », dit-elle, lentement et posément, et il leva les yeux avec une expression de chagrin, prêt à encaisser une nouvelle réprimande. « On apprend à se connaître. Tu ne sais pas encore ce que je veux, c'est normal. Et maintenant, engageons cette conversation passionnante que tu m'as promise. » Elle tentait de faire retomber la tension.

« Khoudiemata, dit-il avec sérieux. Je peux être sincère ? J'avais l'impression que les filles – les femmes – aiment les hommes qui prennent les choses en main. Je suis habitué à ça. » Son portable sonna à nouveau, mais cette fois il le posa face contre la table et coupa la sonnerie. Puis il le reprit, envoya un texto et le reposa. « Alors, qu'est-ce que tu as d'autre à m'apprendre ? lui demanda-t-il. À propos de toi, je veux dire.

– Ne fais pas ton insolent », dit Khoudiemata. Elle fut soulagée que le serveur arrive avec leurs bières. Elle brandit la sienne et proposa un toast. « Au garçon qui porte le plus immuable des noms coloniaux. » Elle rit.

« Ce n'est pas de ma faute si je m'appelle comme ça, tu sais. C'est mon père qui a choisi mon prénom. » Il se tut brusquement, comme s'il ne comptait pas être beaucoup plus prolixe à propos de son passé qu'elle ne l'avait été. Pourquoi tournait-il autour du pot ? se demandait Khoudi. La plupart des gens parlaient sans retenue de leur famille et de leur histoire, a fortiori lorsque la famille en question possédait un lopin de terre, un tas de sable et quelques sacs de ciment prêts à servir de fondations pour bâtir une maison. Et le langage corporel de ce jeune homme sous-entendait qu'il n'avait pas goûté à la dureté de la vie si familière à Khoudi.

À la fin du repas, après quelques bières supplémentaires, elle avait néanmoins appris des petites choses sur lui et les siens. Pour commencer, leur affinité pour les prénoms à rallonge, très anglais, avait commencé avec son arrière-grand-père, qui avait décidé de changer de nom et opté pour Cummings. Frederick Cardew-Boston ne précisa toutefois pas quel était leur nom d'origine.

« Mon père s'appelle Wilberforce Granville Cummings, dit-il, l'air chagrin. Pendant un temps, j'ai envoyé mon CV à des banques et à des compagnies internationales en dressant toute une liste de diplômes et récompenses académiques pour leur jouer un tour. Invariablement, on me rappelait tout de suite pour m'offrir un poste, sans même me rencontrer ni vérifier l'information. Le pouvoir de mon nom suffisait. » Il laissa échapper un petit rire.

« Mais un nom pareil, ça donne tout de suite un côté pompeux, le taquina Khoudi.

– Oui, c'est sûr ! Il faut que je sois à la hauteur, tu vois. » Il rit de nouveau. « Mais nous sommes des hommes d'affaires ; on fait des affaires, chez moi. » Il but une gorgée d'eau.

« Ton nom de famille ne me dit rien, et pourtant je lis les journaux », fit Khoudi, certaine qu'elle l'aurait déjà entendu dans la bouche d'Elimane, qui ne cessait de s'informer sur l'actualité et d'en parler. Le business dans leur pays, après tout, était aux mains d'une poignée de clans.

« On utilise peut-être seulement notre nom colonial pour certaines choses bien précises, hein ? Bonjour monsieur, je m'appelle Frederick Cardew-Boston Granville Cummings.

– Sans blague, tu portes aussi le nom de “Granville” ? »

Il eut l'air peiné. « Mon grand-père – le père de mon père – voulait que notre famille soit perçue comme sophistiquée. C'est du moins ce que croyait la mère de ma mère. Elle l'appelait “l'andouille intelligente”. » Il rit et secoua la tête. « La famille du côté de ma grand-mère, c'était tout le contraire. Elle restait attachée à la tradition, alors on se disputait tout le temps pour des questions d'étiquette et d'identité.

– Une andouille intelligente vaut mieux qu'une andouille sans cervelle ? demanda Khoudi en pensant le faire rire.

– Pour ma grand-mère, oui. Parce que l'andouille intelligente se rappelle de temps à autre sa vérité intérieure, même si elle ne s'en sert pas aussi souvent qu'elle le devrait. »

Il soupira, et ils gardèrent le silence un moment tout en sirotant leurs bières.

Malgré elle, Khoudi commençait à avoir de le peine pour le jeune homme. Elle avait décidé de se moquer gentiment de lui et d'orienter la conversation sur son histoire pour qu'il ne l'interroge pas trop sur la sienne, mais elle sentait que son milieu familial lui pesait vraiment.

« Notre bibliothèque à la maison est pleine de livres sur les Européens dont nous portons le nom, reprit-il. Quand j'étais petit, on me lisait l'histoire de ces héros pour m'endormir. Mais je préférais celles que me racontait ma grand-mère, celles du "pays", comme disait mon père. C'étaient surtout des fables, sur des araignées ou des renards rusés, ou encore des oiseaux qui parlent. Des poissons qui marchent sur la terre ferme, des maisons qui volent de nuit. Aussi étranges qu'ils soient, je me projetais dans ces contes. Ils m'ouvraient les yeux sur tout un monde de possibles et m'ont montré comment me servir de mon imagination. Ces histoires étaient porteuses d'un véritable enseignement, sur la façon d'apprendre de ses erreurs par exemple, et certaines étaient même pleines d'informations pratiques, comme les vertus curatives ou le poison mortel de certaines plantes. Le monde entier y prenait vie. Mon père ne voulait pas que je les écoute, parce qu'elles étaient selon lui le produit d'une "imagination rétrograde". D'une certaine façon, j'avais l'impression qu'il m'inculquait une vérité fabriquée de toutes pièces en laquelle il se forçait à croire. Comment l'imagination pouvait-elle être rétrograde ? Ma grand-mère se fichait pas mal de ce qu'il pensait et continua à me raconter ces histoires. Mais avec le temps, mon père commença à prendre de plus en plus en main mon éducation. Nous allions moins souvent rendre visite à ma famille restée au village, et les livres qu'on me lut par la suite étaient plus puissants que les histoires de ma grand-mère. » Frederick Cardew-Boston appela le serveur et commanda une autre tournée, prenant soin de demander à Khoudi si elle voulait la même chose.

« Et qui étaient les auteurs de ces livres que ton père te lisait ? voulut-elle savoir.

– Les mêmes que tous ces hommes dont les membres de ma famille portent le nom. Chez nous, on lit uniquement des livres qui racontent notre histoire mais qui ont été écrits par d'autres. Mon père s'enorgueillissait de son intelligence, et de fait il est vraiment brillant, mais tu peux aisément foncer dans les angles morts de sa pensée aux commandes d'un bulldozer. Il est très têtu et très strict. » Il soupira de nouveau.

« Pourquoi tant de soupirs quand tu parles d'une maison pleine de livres ? » lui demanda Khoudiemata. Une vie pareille ne pouvait pas être si terrible, se dit-elle. Et le seul fait qu'il la critique signifiait que l'esprit rebelle de son enfance était toujours vivace.

« Un jour, j'ai dit à mon père que j'étais étonné de voir la rapidité avec laquelle un missionnaire fraîchement débarqué dans notre pays, dont je lisais l'autobiographie, avait formulé une opinion négative sur notre mode de vie, simplement parce qu'il était différent du sien. Mon père m'a répondu que je n'étais pas assez instruit pour comprendre ce qu'il avait écrit. » Il laissa échapper un petit rire.

« Donc tu savais qu'une autre interprétation des choses était possible, fit Khoudi.

– Oui. Je me souviens d'avoir lu un autre texte qui décrivait les Noirs comme des “sauvages dans chaque aspect de leur style de vie”, à commencer par leur façon de chasser avec des lances et d’égorger les animaux avec un couteau ou de les tuer à coups de massue sans le moindre remords. J’avais éclaté de rire en lisant ça, et mon professeur avait signalé mon comportement à mon père, lequel m’avait réprimandé. » Il marqua une pause. « Mais j’étais allé en Europe, et je soupçonnais que leurs poulets, leurs chèvres et leurs vaches ne trottinaient pas jusqu’au supermarché pour supplier d’être emballés sous plastique et consommés. Après tout, eux-mêmes appellent les lieux où ils effectuent ces tâches des “abattoirs”, et ceux qui les abattent des “bouchers”. S’ils ont trouvé un moyen de convaincre les animaux qu’ils doivent mourir pour nourrir les hommes, je n’en ai jamais entendu parler ! »

Khoudi éclata d’un rire sonore et incontrôlable qui contamina aussitôt le jeune homme. Ils rirent si longtemps et si fort qu’ils en pleurèrent, tapant du poing sur la table. Quand Khoudi s’aperçut que les clients des tables voisines les dévisageaient, agacés, elle s’arrêta net et se redressa sur sa chaise.

« Ne prête pas attention à eux, dit-il, assez fort pour qu’ils l’entendent. Qu’est-ce qu’on en a à faire, de ce qu’ils pensent ? »

Khoudiemata fut une nouvelle fois impressionnée par le caractère que Frederick Cardew-Boston commençait à lui révéler. Mais lequel était le plus authentique, celui-là ou celui qu’il affichait en présence des belles personnes ? Elle se demanda si elle oserait l’emmener voir Chadrac le Messie, qui pourrait lui apprendre deux ou trois choses sur son nom d’emprunt colonial.

« Merci Khoudi, dit-il, la regardant avec reconnaissance.

Cela fait très longtemps que je n'avais pas pu parler de ces choses-là. Personne parmi les gens de mon âge ne pense ni ne s'intéresse à ces sujets. Et je ne me souviens pas de la dernière fois que j'ai ri comme ça. » Son visage était détendu, et il croisait désormais volontiers son regard.

« Il n'y a pas de quoi, mon jeune ami africain au lourd fardeau colonial, dit-elle, ce qui les fit rire de nouveau. Pour être tout à fait sincère, tu as suscité ma curiosité et accepté de répondre à toutes mes questions, dit-elle. Quelles sont les tiennes, Frederick de l'Empire britannique ? »

Il hésita, comme s'il avait quelque chose d'important à lui confier, mais ne trouva rien de mieux que : « Tu sors avec quelqu'un ? » Il eut l'air horrifié à la seconde où ça lui échappa, soit parce qu'il craignait la réponse, soit à cause de la question elle-même, Khoudi n'en savait rien.

« Ce n'est pas très classe de demander ça à une jeune fille, le réprimanda-t-elle, surtout venant de quelqu'un qui a lu tant de livres. Et tu t'en sortais si bien jusque-là ! » Mais il parut tellement accablé par sa moquerie qu'elle ajouta plus gentiment : « Non. Je ne sors avec personne. Je suis seule, et ça me va très bien. »

Ils gardèrent un silence complice pendant un moment, puis Khoudiemata reprit : « Ça me fatigue de prononcer ton nom complet. On ne pourrait pas te choisir un diminutif ? »

Il prit sa main dans la sienne. « Tu as une idée en tête ? lui demanda-t-il.

– Qu'est-ce que tu dirais de FCB ? » dit-elle.

Il éclata de rire. « Ça sonne comme le nom d'une banque. Ou d'un club de foot. »

Son portable sonna. Et sonna encore. Le charme était rompu. Frederick Cardew-Boston se leva pour décrocher.

« Je vous rappelle dans une minute », dit-il, redonnant à sa voix des accents de sévérité. Puis il remit sa veste et redressa le nœud de sa cravate.

Pour la première fois depuis qu'ils étaient à table, Khoudi se demanda combien de temps était passé. Soudain, sa petite famille lui manqua et elle eut envie d'aller la retrouver. Elle prit son sac à main et dit : « Jeune homme, cette conversation était à la hauteur de votre promesse.

– Jeune homme ? Il faut qu'on trouve mieux que ça ! »

Il posa délicatement une main dans son dos en sortant du restaurant, mais une fois à la porte, Khoudi se retourna. « On a oublié de payer.

– Je m'en suis occupé.

– Quand ça ? Je n'ai rien vu.

– C'est ma façon de te remercier pour ce merveilleux moment. Pour moi, en tout cas ! Et si ça n'a pas été merveilleux pour toi, alors je me devais de t'inviter pour t'avoir torturé par ma présence et mon bla-bla. »

Dans la rue, plusieurs hommes au visage fermé attendaient devant la porte de l'établissement. Des gardes du corps, visiblement, même si Khoudi était sûre qu'il n'y avait personne à leur arrivée.

« Ils sont là pour toi ? plaisanta-t-elle.

– J'en ai peur, répondit Frederick Cardew-Boston avec regret. Voilà ce qui arrive quand on fait partie d'une famille colonisée dans les règles. »

Khoudi rit et dit d'un ton enjoué : « Je crois que personne ne veut te voler ton fardeau colonial. » Mais elle se demandait pourquoi le rejeton fortuné d'une famille de financiers avait besoin d'une telle protection. Quel mal avaient-ils fait à autrui pour en arriver là ? Même les enfants de politiciens n'avaient pas une protection pareille.

« Jeune maître, dit l'un d'eux, il faut partir. Un ordre de votre père. »

Le téléphone de Frederick Cardew-Boston sonna de nouveau, et cette fois il répondit d'une voix cassante et furieuse. « Attendez-moi là-bas. Dites-leur de m'attendre. Tout de suite. » Il raccrocha, et les gardes qui les entouraient se dirigèrent vers une berline de luxe dont le moteur tournait. L'un d'eux ouvrit la portière pour Frederick Cardew-Boston et un autre hésita à faire de même de l'autre côté du véhicule, les yeux posés sur Khoudiemata. Mais celle-ci recula pour indiquer que leurs mondes se séparaient à partir de maintenant.

Frederick Cardew-Boston se tourna vers elle. « Prends mon numéro », dit-il. Elle hésita, puis sortit son portable bon marché pour l'enregistrer. S'il trouva ça bizarre, il n'en montra rien, et il ne lui demanda pas non plus si elle voulait qu'on la dépose quelque part. Peut-être pensait-il, à juste titre, qu'elle refuserait. À moins tout simplement que, quelle que soit sa destination, il ne puisse pas l'emmener. Le jeune homme s'approcha de la berline et se glissa sur la banquette arrière. Puis la voiture fit des appels de phares et accéléra, précédée d'une Land Rover qui ne s'arrêta pas au feu rouge.

Khoudi leva les yeux et vit qu'un certain nombre de femmes l'observaient, avec jalousie, se dit-elle. La prenaient-elles pour une idiote ou une perdante parce qu'elle n'avait pas tout fait pour monter en voiture avec cette personne visiblement si riche et importante ? Khoudi comprenait ce que le désespoir peut vous forcer à faire, mais quelque chose la retenait de prendre ce chemin-là les yeux fermés.

« Un Njamete, hein ? chuchota l'une des femmes. Très ambitieux pour une fille avec un téléphone à clapet. »

Khoudi s'en alla. Njamete ! Voilà le nom qu'il lui avait caché. Où l'avait-elle déjà entendu ? Les femmes continuèrent de jaser à propos de la famille, parfaitement conscientes qu'elle les entendait, mais Khoudi ne les écoutait plus. Ce nom avait fait jaillir une kyrielle d'associations d'idées, gravées en elle par de longs après-midi pluvieux passés à écouter Elimane parler des faits et gestes des riches et des puissants. Le monopole des télécommunications. Ainsi qu'une chaîne de supermarchés, lui semblait-il. Et des poursuites pour détournement de fonds ? C'était vague, ce genre d'accusations était si fréquent. Elle se rappela l'extrême déférence du serveur, l'addition payée comme par magie, les gardes du corps baraqués et si nombreux. Elle fut presque tentée d'appeler Frederick Cardew-Boston sur-le-champ pour lui dire qu'elle avait compris, mais éprouva le besoin de digérer d'abord l'information. Voulait-elle vraiment s'engager, ne serait-ce qu'à titre amical, avec le membre d'une famille pareille ?

Elle s'éloigna aussi rapidement que possible, tâchant d'ignorer les regards sans doute moralisateurs qui la suivaient. Il fallait qu'elle parle avec Mahawa de tout ça, mais elle devrait veiller à ne pas trop trahir ses propres sentiments. Personne dans le petit cercle de son amie ne voyait rien de troublant dans ce genre de profil.

Elle marchait si vite qu'elle se retrouva rapidement dans un quartier plus douteux. Tous les regards étaient sur elle, ce qui ne lui serait jamais arrivé si elle avait été en sweat à capuche et bonnet, mais elle s'aperçut qu'elle n'en perdait pas pour autant sa nouvelle assurance, ce qui semblait maintenir à distance les héleurs et les siffleurs. Elle était toutefois loin de chez elle, et à l'idée du long chemin qui lui restait à parcourir et de l'argent qu'elle avait dans son sac, elle songea à appeler Manga Sewa. Quand elle aperçut un taxi libre, elle lui fit signe. Même si d'autres passagers montaient à bord sur le trajet, elle serait capable de protéger son espace. Elle donna l'adresse au chauffeur et s'installa à l'arrière.

À l'approche du premier rond-point, le taxi ralentit dans les embouteillages, et c'est là qu'elle les vit, marchant du côté droit de la route. Elimane était en tête. Il prenait son temps, sa cadence n'attirant l'attention de personne, mais ses yeux se posaient ici et là, à l'affût de ce dont il fallait se méfier ou de ce qui pouvait être chapardé. Juste derrière lui marchait Ndevui, ses longues mains se balançant avec une apparente nonchalance qui était sa façon à lui de passer inaperçu. À ses côtés se trouvait Namsa, mains croisées dans le dos, non loin d'une femme qui tenait ses deux petits par la main pour qu'on puisse penser qu'elles étaient ensemble. Kpindi fermait la marche, lui aussi à proximité de quelques écoliers.

Lorsque le taxi passa à leur hauteur, Khoudiemata remarqua l'air de concentration et de résolution sur leurs visages. Elle se dit qu'elle était la seule au monde à savoir qu'ils formaient un groupe. Elle eut un pincement au cœur de ne pouvoir tout simplement s'arrêter pour leur demander de monter, mais elle n'était pas encore prête à leur révéler cet autre aspect de sa personnalité. Sa nouvelle identité semblait si éloignée qu'elle ne prit même pas la peine de se cacher, certaine que leurs yeux seraient incapables de la reconnaître, en taxi, dans cette tenue inhabituelle. La voiture arriva presque à hauteur d'Elimane, et juste au moment où elle le dépassait, le jeune homme tourna la tête dans sa direction et Khoudi crut un instant qu'il l'avait malgré tout reconnue. Elle fit glisser son regard sur lui d'un air aussi indifférent que tous les gens qu'ils croisaient d'ordinaire, dans l'espoir qu'il pense avoir simplement aperçu quelqu'un qui lui ressemblait.

La circulation reprit, et le taxi accéléra. Khoudi eut le temps d'arriver à 35 Degrés, de se changer, de cacher ses beaux habits et son sac à main puis de retourner à l'avion avant l'arrivée des autres. Elle alla s'allonger sur son lit. Elle aurait voulu revenir à la première soirée avec Frederick Cardew-Boston, quand elle n'avait pas encore découvert son nom de famille ni croisé Elimane et les autres. Mais un souvenir vivace réapparut dans son esprit, comme une écharde qui remonte à la surface de la peau.

Elle est assise à une table, sur les genoux de sa mère, la tête blottie dans son long cou, et celle-ci lui apprend à écrire en attaché. « Essaie d'imaginer d'abord la forme du mot, de la voir et de la sentir. Ça t'aidera ensuite à l'écrire avec confiance. » La voix est apaisante, si apaisante que ça fait mal. Khoudi se redressa vivement pour briser l'emprise de la mémoire. Il était rare que des souvenirs lui reviennent. Pourquoi étaient-ce seulement les plus doux qui refaisaient surface ? Préférerait-elle les autres ?

Elle pensa à ses deux vies parallèles et se demanda combien de temps elle pourrait les maintenir séparées. Y avait-il moyen de les réunir ? Elle baissa les yeux sur son sweat et son pantalon baggy. Elle avait laissé ses autres vêtements à 35 Degrés, mais peut-être pouvait-elle y arriver petit à petit. Elle retira son bonnet.

Son téléphone vibra dans le silence, la faisant sursauter parce qu'elle n'avait pas l'habitude. Encore une chose qu'elle pouvait faire : ne plus le cacher. Elle regarda qui lui avait envoyé un texto. C'était Mahawa, bien sûr – qui d'autre avait son numéro ? Elle proposait de voir Khoudi dans un bar le lendemain soir pour discuter de leurs « plans pour le week-end ». Quels plans pour le week-end ? Son excitation ferrailla avec son inquiétude en attendant le retour des autres.

Namsa annonça leur arrivée de son sifflement haut perché, qui s'arrêta net lorsqu'elle aperçut Khoudi sur le seuil de l'avion. Elle en resta bouche bée.

« Si tu as de si beaux cheveux, pourquoi tu les caches tout le temps ? cria-t-elle, les yeux brillants d'émerveillement. Tu peux m'emmener me faire tresser les miens comme ça ? » La fillette retira son bonnet et le jeta dans les arbres, et toutes deux éclatèrent de rire.

Les garçons apparurent dans la clairière, et ils écarquillèrent les yeux en voyant Khoudi. « Waouh, je n'aurais jamais cru que notre grande sœur était une fille. Une *vraie* fille, je veux dire », lâcha Kpindi. Il semblait avoir du mal à comprendre comment cette jeune femme d'une beauté frappante avait pu être parmi eux tout ce temps.

« Elimane, qu'est-ce que tu dis de notre nouvelle Khoudi ? Je suis vraiment curieux d'avoir ton avis », le taquina Ndevui.

Elimane fut le seul à rester impassible. « Khoudi a toujours été élégante à sa façon, dit-il à voix basse.

– Attends, on n'a pas bien entendu ! » lui cria Kpindi,

mais il ne leur prêta pas attention. Elimane semblait chercher une activité pour faire diversion, changer de sujet. Puis il se souvint de l'argent à partager. Il le disposa sur la table en cinq parts égales et prit la sienne.

« Il faut que je retourne en ville, j'ai une course à faire, dit-il. À plus tard. » Il retraversa la clairière, et les autres le regardèrent jusqu'à ce que sa silhouette disparaisse. Puis tous les yeux se tournèrent vers Khoudi, la dévisageant comme pour savoir ce qu'elle en pensait.

Mais tout ce qu'elle dit fut : « Venez, on a des sous ! Allons au marché de nuit avant que le soleil soit couché. » Chacun prit sa part et la cacha sous ses vêtements. Ils préféraient toujours garder l'argent sur eux plutôt que de le laisser dans l'avion, au cas où un événement les empêcherait de rentrer.

« Namsa, tu passes devant ? » lui demanda Khoudi. La fillette avait déjà repris le chemin de la clairière, sifflotant une chanson qu'aucun d'eux ne connaissait, mais quand elle entendit la requête de son aînée, elle s'arrêta brusquement et endossa son rôle avec sérieux.

Le marché battait déjà son plein lorsqu'ils arrivèrent avec l'entrain propre à ceux qui n'ont guère l'occasion de goûter de tels plaisirs. Ils allèrent d'un groupe à l'autre, prêtant l'oreille aux débats politiques, écoutant radios et télévisions installés dans les endroits les plus baroques, dont étaient crachés simultanément toutes sortes de musiques, de matchs de football et de *telenovelas*. Ils s'achetèrent du pain, des sardines et de la bière, ainsi que du jus de bissap pour Namsa, puis s'assirent ensemble, mangeant, buvant et observant. Ici, pas besoin de faire semblant de ne pas se connaître.

Pendant un moment, Khoudi oublia Frederick Cardew-Boston, les belles personnes et leurs plans pour le week-end. Quelqu'un avait chapardé un rétroprojecteur et projetait un vieux film de kung-fu sur la façade d'une maison voisine visiblement abandonnée. Certains spectateurs l'avaient déjà vu et se mirent à rejouer les scènes devant l'écran de fortune. D'autres, qui voulaient regarder le film, les poussèrent de là, provoquant une échauffourée. Un peu comme si on jouait deux films de kung-fu en même temps – l'un en direct et local, l'autre étranger – et que le public regardait les deux, criant et riant.

Khoudi tourna la tête et vit qu'Elimane les avait rejoints. La course qu'il devait faire avait été rapide. Il semblait avoir retrouvé sa bonne humeur et suivait le film avec la plus grande attention. Elle lui proposa quelque chose à manger et un peu de sa bière.

Il fit un geste en direction du film. « J'ai lu quelque part », commença-t-il – et Ndevui grogna, ce qui n'empêcha pas Elimane de continuer –, « qu'en visant bien, et en donnant un grand coup de pied dans les couilles, on peut faire remonter les deux testicules. Vous croyez que je pourrais y arriver ? » Il se leva et prit une pose de kung-fu. Les garçons éclatèrent de rire, et Namsa se joignit à eux. Khoudi les regarda avec tendresse. Ils restèrent au marché jusqu'à ce que le sommeil les gagne. Puis ils rentrèrent à l'avion, leurs pieds connaissant le chemin même dans l'obscurité, et se réveillèrent le lendemain bien après le lever du soleil.

# 8

Le portable d'Elimane les tira du sommeil, sonnant encore et encore jusqu'à ce que Ndevui le retrouve par terre sous un tas de vêtements. Il décrocha et, sans un mot, en caleçon et enveloppé d'un bout de tissu en lambeaux qui lui servait de drap, alla le coller à l'oreille d'un Elimane ronchon.

C'était William Mouchoir, bien sûr, avec une autre mission pour eux. Elimane regretta d'avoir rechargé son portable au marché de nuit, puisqu'ils avaient désormais assez de liquidités pour tenir un petit moment. En même temps, il ne se voyait pas prendre le risque de refuser un appel à l'aide de William Mouchoir, d'autant que, tôt ou tard, ils auraient besoin de nouvelles rentrées d'argent.

Khoudiemata avait ses propres réserves. Elle était angoissée à l'idée de rater son rendez-vous avec Mahawa, et craignait de ne pas rentrer à temps pour s'apprêter comme il faut. Mais elle ne dit rien et aida Namsa à s'habiller dans l'intimité de la carlingue pendant que les garçons emportaient leurs vêtements pour se préparer dehors. Puis les filles prirent un jerrican d'eau et allèrent se débarbouiller et se brosser les dents avec eux.

La mission du jour aurait lieu à Point View, et William Mouchoir passerait les prendre au rond-point. Leur destination avait en soi valeur d'explication : l'homme ne voulait pas qu'ils arrivent à pied ou en taxi miteux dans les beaux quartiers de la ville, de peur d'éveiller les soupçons. En lunettes noires, il les prit à bord de sa Land Rover. Il ne daigna même pas se retourner lorsqu'ils montèrent à l'arrière. Namsa, assise sur les genoux de Khoudi, était si excitée qu'elle gardait les mains jointes pour résister à l'envie de toucher à tout dans cette superbe voiture aux vitres teintées. Comment cette machine pouvait-elle recréer une saison totalement différente en pleine canicule ? « Donc personne ne nous voit, mais nous on peut voir dehors ? » chuchota-t-elle à Khoudi, qui hocha la tête et posa gentiment un doigt sur les lèvres de la petite pour lui faire comprendre : *Plus de questions.*

William Mouchoir conduisait vite, ses mains tapotant nerveusement le volant tandis qu'il discutait avec Elimane. En un rien de temps, ils se retrouvèrent dans les rues arborées de Point View, passant devant des demeures toutes plus somptueuses les unes que les autres, dont certaines étaient visiblement inhabitées. Ce ne fut qu'après s'être garé devant une grande clôture blanche, de l'autre côté de laquelle se trouvait l'une des plus grandes maisons qu'ils aient jamais vues, que l'homme leur expliqua la tâche du jour : les propriétaires de la maison avaient déménagé. Elimane et les autres devaient mettre en cartons les affaires restantes, puis les charger dans une kyrielle de véhicules de luxe – qui appartenaient aussi aux propriétaires – garés dans l'allée.

Grâce à Elimane, ils en surent vite un peu plus à propos

de cette mystérieuse mission. Peints en rouge sur la clôture, les mots PROPRIÉTÉ PERQUISITIONNÉE PAR LA FACC – ENTRÉE INTERDITE. Tous reconnurent le sigle FACC. Grâce à Elimane qui leur lisait régulièrement le journal, ils savaient que c'était la commission fédérale anticorruption, et que celle-ci avait étendu son champ d'investigation aux membres du gouvernement. Ils savaient aussi que ce genre d'enquête n'était généralement qu'un vaste simulacre. En général, elle ciblait d'anciens responsables qui avaient cédé à la cupidité et refusé de partager l'argent détourné, provoquant la colère vengeresse de leurs pairs. Une fois leur maison stigmatisée de la sorte, les propriétaires emportaient leurs biens de valeur et quittaient le pays. Si en revanche l'accusé s'installait dans une autre région, cela signifiait qu'il avait simplement porté le chapeau pour un scandale si éhonté qu'il était impossible de le passer sous silence. La FACC faisait alors semblant de chercher des « preuves » – une procédure qui durait des années, jusqu'à ce que l'opinion publique l'oublie et que la peinture rouge s'efface, après quoi l'enquête était close, sans poursuites ni explications. On vendait la maison à un étranger ou on la louait à une société internationale, et tout le monde passait à autre chose.

Ils entrèrent dans la maison non sans appréhension. Le plafond était aussi haut que celui d'une cathédrale, et il y avait tellement de pièces que la petite famille eut peur de se perdre. Tous les murs étaient d'une blancheur éclatante, comme le mobilier et le carrelage, qui faisaient ressortir l'escalier doré et sa rampe assortie. Vu l'éclat aveuglant qui régnait, il n'était pas vraiment nécessaire d'allumer, et le soleil projetait leur ombre sur les murs et le sol, leur donnant l'impression d'être suivis en permanence. Le carrelage était si lustré qu'il couinait sous leurs pieds pendant qu'ils s'affairaient. Ils travaillèrent vite, sans un mot mais en sifflant pour s'assurer que tout le monde était à portée d'oreille. Il ne restait pas grand-chose dans la maison à part quelques tabourets, des tables de chevet, des portemanteaux, ainsi que de grandes piles de documents et de dossiers. En un clin d'œil, ils s'enrichirent de cent dollars et William Mouchoir les déposa à un carrefour, où ils prirent un taxi pour retourner à l'avion.

« Il est partout, ton boss, dit Kpindi. Mais il paie bien et ça me plaît. »

À peine rentrés, tous allèrent faire la sieste, épuisés par les pitreries de la veille et le travail de la journée, sauf Khoudi, qui prit son sac et partit. À 35 Degrés, elle enfila la robe noire à dentelle, et le jean noir en dessous. Elle ne se sentait pas encore tout à fait prête à sortir jambes nues.

Mahawa était assise à une table de la véranda du bar-restaurant Sea Cliff, non loin de celui où Khoudi les avait retrouvés la première fois, elle et ses amis. Il était tôt, l'endroit n'était pas encore bondé, et Mahawa, les yeux fixés sur les vagues qui brillaient dans la semi-obscurité, ne la vit pas approcher. Khoudi était désormais plus sûre d'elle lorsqu'elle entrait dans ce genre d'établissement, s'y engouffrant avec un air de légitimité qu'elle tenait de Mahawa et de sa bande sans attendre d'être conduite à une table.

« Pardon, jeune fille, puis-je interrompre votre conversation avec l'océan ? » fit-elle, tirant une chaise et s'asseyant. Mahawa se tourna vers elle, rayonnante, l'embrassa sur les deux joues et lui prit le visage à deux mains pour la regarder droit dans les yeux. Khoudiemata fut frappée par la subtilité de son maquillage, qui évitait l'apparence de masque qu'elle voyait sur tant d'autres visages africains. Il faudrait qu'elle lui demande son secret. Mais elle ne put soutenir plus longtemps l'intensité du regard de sa nouvelle amie, rougit, sourit et tourna la tête.

« Tu m'as manqué, ma jolie, dit Mahawa. Tu as toujours des choses intéressantes à dire. Mes autres copines m'ennuient, elles parlent toujours des mêmes choses. Je n'arrête pas de leur dire, mais il n'est pas si facile de changer, j'imagine. »

Elle leva la main pour appeler le serveur et commanda une bouteille de cabernet 2007. « Depuis que tu as fait cette belle observation à propos du vin rouge, c'est la seule chose que j'ai envie de boire ! Cette bouteille sera particulière, parfaite pour fêter notre soirée entre filles. » Elle prit la main de Khoudiemata et elles éclatèrent de rire, respirant l'air marin.

Elle devait être vraiment particulière, cette bouteille, parce que le gérant en personne vint la leur présenter, la tenant devant lui tel un trophée, et versa un fond pour le faire goûter à Mahawa. Celle-ci le fit tourner dans son verre et le huma, en avala une gorgée comme l'avait fait Khoudiemata à Pointe Noire. Puis elle hocha la tête en direction du gérant qui les servit, posa la bouteille sur la table et s'éloigna révérencieusement.

« J'ai entendu certaines rumeurs, lâcha Mahawa. Dis-moi qu'elles sont vraies, sans quoi je serai obligée de tuer mes sources. Je veux dire, à quoi bon écouter des ragots s'ils ne sont pas fiables ?

– Quelles rumeurs ? » lui demanda Khoudi. Elle savait

très bien à quoi elle faisait allusion, mais ça l'amusait d'asticoter les gens, et encore plus Mahawa.

« Tu vas m'obliger à te supplier ? dit celle-ci, entrant dans son jeu.

– Ah, je crois que j'en connais une... » Khoudi fit mine de réfléchir un moment. « Non, j'ai oublié. Ma mémoire est tellement fugace ! Peut-être qu'un peu de vin m'aidera. » Elle but une gorgée de son verre, mais ne put garder le silence très longtemps face au grand jeu de séduction auquel se livrait Mahawa et, une fois la bouteille à moitié vide, cette dernière savait tout de son déjeuner avec Frederick Cardew-Boston.

En réalité, Mahawa avait déjà eu droit au compte-rendu de Frederick en personne. « Il m'a dit que tu étais "intrigante". » Elle fit tourner son verre et porta un toast en direction de la lune.

« Intrigante ? Pourquoi ne me l'a-t-il pas dit lui-même ? » lâcha sèchement Khoudiemata, alors même qu'en son for intérieur elle était aux anges. Elle se savait intelligente, perspicace, dure et rompue aux codes de la rue, mais personne ne lui avait encore jamais dit qu'elle était intrigante.

« Il m'a tenu la jambe au téléphone, ça non plus ça ne lui ressemble pas, poursuivit Mahawa. Bref, il nous invite à passer le week-end au bord de la mer, loin de la ville. Toi, moi, mon homme Musa et lui – tous frais payés. Il faut savoir accepter un cadeau, ma chère insoumise », ajouta-t-elle avec une expression de fausse réprimande en voyant l'air inquiet de Khoudi. « D'ailleurs, dit-elle, tu vas tout de suite t'entraîner. » Elle fouilla dans son sac et en sortit un paquet emballé dans du tissu qu'elle posa entre elles sur la table, avant de faire signe à Khoudi de l'ouvrir.

C'était un magnifique maillot de bain deux-pièces bleu. Comme la jeune femme hésitait, Mahawa se leva, tenant le haut et le bas contre son corps sans la moindre gêne. « Je n'ai pas pu résister, dit-elle. J'ai tout de suite pensé qu'il était fait pour ton corps sexy. »

Khoudi se sentit rougir et regarda autour d'elle pour voir si quelqu'un l'avait entendue.

« Mais c'est vrai ! insista Mahawa, la détaillant de la tête aux pieds. Alors pourquoi se priver de le dire ? » Elle posa le maillot devant Khoudi et se rassit. « Bref, je me suis acheté exactement le même, mais en rouge. Tu peux prendre celui-là si tu préfères. On sera assorties ! »

Khoudi reprit son verre de vin. « Il aurait mieux fait de m'inviter directement. Je ne suis peut-être pas libre ce week-end, j'ai un emploi du temps surchargé. » Quand elle leva les yeux, elle vit que Mahawa fronçait les sourcils, et elle éclata de rire. On pouvait légitimement supposer – à juste titre – que comme la plupart des jeunes gens qui faisaient des études, elle était relativement libre pendant le week-end à cette période de l'année.

« Il est très épris de toi, tu sais, dit Mahawa. C'est la première fois que je le vois aussi emballé par une fille, pour être honnête. Il a l'habitude d'obtenir ce qu'il veut. Tu sais, ajouta-t-elle sur un ton plus sérieux, c'est un Njamete. »

Khoudi se sentit de nouveau mal à l'aise. S'il s'intéressait tellement à elle, ce n'était plus qu'une question de temps avant qu'il découvre la vérité à son sujet.

« Il ne me l'a pas dit en face, répliqua-t-elle. Il a fallu que je l'apprenne par moi-même.

– Je sais ce qu'on raconte au sujet de sa famille, mais

c'est un chic type, dit Mahawa. On porte tous notre famille comme un fardeau, après tout. »

Son portable sonna. Elle regarda le numéro qui s'affichait et décrocha. « Allô ? » dit-elle d'une voix hésitante. Puis ses traits se relâchèrent. « Ah, bonjour, jeune homme… Tu es chez moi ?… Non, je ne suis pas là. Je suis au Sea Cliff. » Elle regarda Khoudiemata et remua les lèvres en silence : *C'est lui.* « Non, je ne ferai pas ça pour toi, cher ami. Tu n'as qu'à le lui demander toi-même quand tu la verras. Très bien, salut. » Elle raccrocha et lança à Khoudi un regard triomphant. « Il va passer. Il aura l'agréable surprise de te trouver ici.

– Bah, qu'il vienne, et on verra s'il a le courage de me demander ce qu'il veut tant savoir. »

Khoudi leva son verre, puis se figea à l'instant même où elle le portait à ses lèvres. Elle venait d'apercevoir Elimane parmi la foule grandissante du bar. C'était un choc de le découvrir ici, leurs existences parallèles se télescopant à cet endroit et à ce moment précis. Il portait une veste de costume blanche, un pantalon noir et une cravate. Le barman lui tendit un verre, et quand il se retourna elle repéra William Mouchoir quelques pas derrière, dans son costume marron, tenant devant lui une canne sculptée comme une sorte de chef tribal. Ils parcoururent l'endroit des yeux ; ils avaient rendez-vous avec quelqu'un. Khoudi attendit qu'il la regarde, pour voir sa réaction. Elle était sûre qu'il ne la trahirait pas, ne serait-ce que parce que William Mouchoir ne voudrait pas qu'un témoin importun sache qu'ils préparaient un mauvais coup.

L'alcool avait fait taire Mahawa, son silence seulement ponctué de ricanements éméchés et de soupirs, ce qui permit à Khoudiemata de rester concentrée sur Elimane. Elle fut frappée par l'aisance avec laquelle il portait le costume. Un peu comme quand il lisait un livre, c'était naturel et spontané, à croire qu'il avait fait ça toute sa vie.

Deux Blancs entrèrent à cet instant, un attaché-case à la main. William Mouchoir s'avança pour les accueillir, puis le serveur les conduisit immédiatement à une table. Ils passèrent commande et furent promptement servis. Khoudi remarqua que les deux Blancs mangeaient vite, et ils partirent avant même qu'on leur apporte l'addition. Elle remarqua aussi qu'ils avaient laissé leurs attachés-cases. Puis William Mouchoir s'en alla, emportant les deux mallettes et abandonnant une liasse de billets sur la table, sans doute pour qu'Elimane règle la note.

Frederick Cardew-Boston arriva au même moment et traversa la salle. Le cœur de Khoudi fit un bond lorsqu'elle le vit, et elle oublia complètement la présence d'Elimane. Mais si elle avait continué à le regarder, elle aurait vu une ombre passer sur son visage quand il posa les yeux sur elle et remarqua sa joie soudaine à l'apparition du nouveau venu. Elle aurait ensuite vu Elimane lever son verre dans sa direction, et aurait peut-être même lu sur ses lèvres les mots qu'il prononça tout haut – « Je suis ravi de voir que tu fais honneur à ton élégance » –, ce qui fit sourire une serveuse qui passait par là et crut à tort que le commentaire s'adressait à elle. Comprenant la méprise, Elimane lui retourna son sourire, en prélude à l'enquête qu'il entendait mener sur cet élégant jeune homme à l'autre bout de la salle.

« Bonsoir, mesdames, dit Frederick Cardew-Boston en se présentant à leur table. Puis-je avoir le plaisir de votre compagnie ? » Il n'eut pas l'air étonné de voir Khoudi, mais sembla ravi.

« Je t'avais dit qu'il viendrait, fit Mahawa. C'est une abeille, maintenant, et tu es sa fleur. Oups, mauvaise analogie, mais tu vois ce que je veux dire. » Elle se leva, légèrement chancelante. « Je vais nous chercher une autre bouteille, dit-elle, et peut-être ce monsieur ici présent pourra-t-il nous aider à la terminer. » Elle se dirigea vers le bar en ricanant.

« Je vous en prie, Monsieur l'Importun, prenez place. » Khoudiemata poussa du pied une chaise pour lui. Il s'assit et s'approcha d'elle.

« J'ai quelque chose à te dire avant que Mahawa ne revienne, fit-il. J'ai l'habitude de prendre les choses en main, mais ta présence me désarçonne complètement et ça me plaît. Ça ne me plaît pas que ça me plaise, mais c'est comme ça. Tu comprends ce que j'essaie de te dire ?

– Non, fit Khoudi, mais j'ai une question. Combien de fois viens-tu d'utiliser le mot "plaire" ? » Elle fit mine de les compter sur ses doigts, mais pour une fois il ne rit pas. Elle continua : « Une suggestion. Regarde-moi dans les yeux et dis-moi ce que tu as à me dire succinctement. Tu connais le sens de ce mot, hein ? » Elle se redressa et le regarda en face. Il ferma les paupières un instant, puis les rouvrit et planta ses yeux dans ceux de Khoudiemata.

« J'aimerais pouvoir te regarder comme ça tout le temps », dit-il, et ce fut un moment d'une telle intensité qu'elle aussi garda le silence. « Je crois bien que je suis en train de tomber amoureux de toi », balbutia-t-il.

Il fallait qu'elle fasse quelque chose pour rompre la

solennité de cet instant. « Tu crois que tu es en train de tomber amoureux de moi ? Alors pourquoi tu restes assis ? »

Il soutint son regard. « Je suis sérieux. Je veux juste être tout le temps avec toi.

– Continuez, je vous en prie, monsieur Njamete, dit-elle, accoudée sur la table et le menton dans sa main. Je suis tout ouïe. »

Il lui fit un sourire moqueur. « Alors comme ça, tu es au courant pour ma famille, dit-il. Et donc ? »

Mahawa les rejoignit à table, brandissant une autre bouteille de vin. « Me revoilà ! J'espère que je vous ai laissé assez de temps, les tourtereaux. » Elle avait apporté deux verres supplémentaires, en posa un devant Frederick Cardew-Boston et remplit les deux généreusement.

Il leva le sien. « Avant de trinquer : Khoudiemata, acceptes-tu de passer le week-end avec Mahawa, son copain et moi ? J'ai besoin de couper avec la ville. J'ai réservé des chambres pour nous dans un bel endroit sur la péninsule. Deux nuits et deux jours de pure détente et de conversation brillante. Viens avec nous, s'il te plaît. » Son portable sonna. Il jeta un œil à l'écran, puis le mit sur silencieux.

« Oblige-le à te supplier, Khoudiemata », dit Mahawa. Khoudi leva son verre et but, et les deux autres firent de même.

« Ça veut dire oui, reprit Mahawa. Je sais que même les plus intelligents des hommes n'ont pas toujours la sensibilité et la finesse nécessaires pour décrypter une femme. » Elle rit, et le visage de Frederick Cardew-Boston s'éclaira.

De soudaines percussions attirèrent leur attention sur la plage. Un groupe de danseurs s'était peint sur le corps un squelette fluorescent. Khoudi, Mahawa et Frederick

Cardew-Boston regardèrent et applaudirent les danseurs qui faisaient des pirouettes et bondissaient à travers des anneaux de feu, tous plus énergiques et audacieux que les autres. Une fois leur spectacle terminé, ils plongèrent les flammes dans les vagues et s'immergèrent entièrement.

« Merveilleux, n'est-ce pas ? dit une voix. Mais cela me rend toujours mélancolique. » Même sans se retourner, Khoudi reconnut Elimane, et elle préféra ne pas regarder pour en avoir la confirmation. Était-ce à elle qu'il s'adressait ? Sans doute pas. Mais que faisait-il à leur table ?

« Ah, j'ai bien cru que vous m'aviez fait apporter le verre pour rien. Voici Conrad Jean-Claude. Je viens de faire sa connaissance au bar. C'est un jeune homme à l'esprit vif qui maîtrise la langue comme personne. Et je vous présente Khoudiemata et Frederick Cardew-Boston, dit Mahawa.

– Enchanté de vous rencontrer. Votre amie m'a assuré que si je voulais avoir une conversation pleine d'esprit, c'est à cette table que je la trouverais. Même si je n'ai pas la réputation d'être laconique. » Elimane s'assit et prit le verre de vin que lui tendait Mahawa, dont il but une grande gorgée sans quitter Khoudiemata des yeux.

« Je vous avais dit qu'il savait manier les mots, fit Mahawa. Je pense qu'Ophelia irait bien avec lui », ajouta-t-elle, souriant malicieusement.

Khoudiemata était profondément contrariée par cette intrusion dans son monde, mais elle tenta de ne pas le montrer.

« Alors, dis-nous un peu qui tu es, demanda Frederick Cardew-Boston. Qu'est-ce que tu fais dans la vie, où as-tu fait tes études ? »

Elimane était prêt pour l'interrogatoire. « J'ai fait mes études universitaires à Paris et Londres, mais il y a longtemps que j'ai obtenu mon diplôme – j'ai commencé jeune. Désormais je dirige l'entreprise familiale, et à mes heures perdues je lis des livres d'histoire. Beaucoup de livres d'histoire », dit-il, en appuyant sur ce dernier mot. Il se leva et déboutonna sa veste, puis se rassit.

« Paris et Londres ? Tes parents sont d'ici ? lui demanda Frederick Cardew-Boston, qui semblait impressionné.

– Mon père est d'ici, et ma mère vient de Côte d'Ivoire. D'où mon nom, dit Elimane. Enfant, j'avais l'habitude des disputes pour savoir qui étaient les pires, les Français ou les Anglais. » Il but une autre gorgée de vin.

Frederick Cardew-Boston se pencha en avant. « Tu parlais de votre entreprise familiale ? Dans quel secteur ?

– Ah, réservons les discussions de travail à la lumière du jour. C'est pour avoir une conversation pleine d'esprit que je me suis joint à vous, après tout. » Elimane reposa son verre sur la table et s'adossa à sa chaise, mais son téléphone vibra sans doute, parce qu'il le sortit de sa poche et le regarda, puis se leva brusquement. « Cela attendra une prochaine occasion, je le crains, car il me faut malheureusement partir. J'ai une affaire à régler demain matin, et il faut que je sois frais et dispos. Vous savez ce que c'est. » Il serra la main de Frederick Cardew-Boston, puis se tourna vers les filles. Il embrassa Mahawa sur les deux joues, puis fit de même avec Khoudi. C'était étrange de respirer son odeur familière en faisant mine de le rencontrer pour la première fois. Il serra une fois de plus la main de Frederick Cardew-Boston, soutenant son regard un moment, puis disparut dans la nuit.

Une fois qu'il fut parti, Khoudi tenta de toutes ses forces de retrouver sa gaieté, même si elle ne pouvait s'empêcher de se demander de quoi lui et Mahawa avaient discuté au bar. Avaient-ils échangé leur numéro ? Puis elle se souvint que Mahawa avait laissé son téléphone sur la table, cela semblait donc peu probable. À moins qu'il lui ait envoyé un texto ? Elle résista à la tentation de jeter un œil au portable de son amie et se versa un autre verre de vin pour se calmer.

Khoudiemata se demanda quoi faire pour le reste de la soirée. Elle ne voulait pas rentrer à l'avion, car cela impliquait de passer par 35 Degrés pour se changer, ce qui était au-dessus de ses forces à cette heure tardive où même la lune cherchait un prétexte pour aller se coucher sous la couverture des nuages. D'ailleurs, elle était tellement en rogne contre Elimane d'avoir envahi son univers secret qu'elle craignait de lui dire des choses qu'elle regretterait si elle le recroisait ce soir. Mais elle n'avait pas non plus envie de passer la nuit chez Mahawa, même si elle savait que celle-ci allait insister pour l'inviter. Elle se sentait incapable de ne pas en dire trop, soumise au feu roulant de ses questions. Quant à passer la nuit chez Frederick Cardew-Boston, il n'en était pas question. C'était trop tôt.

Une légère pluie se mit à tomber. La meilleure chose à faire était de retourner dans l'une des maisons inoccupées près de la plage. Tandis qu'elle sirotait son vin, la brise marine soufflant sur son visage, la musique du bar s'accordant au bruit des vagues et de la pluie, elle s'abandonna au fantasme de passer la saison des pluies toute seule. Quel soulagement ce serait de ne plus devoir passer d'un monde à l'autre ! Mais comment ferait-elle avec tous ces arrêts à 35 Degrés si les pluies redoublaient ? Et que deviendrait

Namsa ? Khoudi n'avait jamais sérieusement imaginé la laisser trop longtemps.

Elle finit son verre et reporta son attention sur la table, mais s'aperçut que Mahawa avait déjà réglé la note. Cela valait peut-être mieux. Il fallait qu'elle commence à mettre de l'argent de côté si elle comptait vraiment abandonner les autres et s'enfuir.

« Il faut que je file », dirent-elles en même temps. Mahawa rit, même si Frederick Cardew-Boston semblait abattu. « Tu devrais venir dormir chez moi jeudi pour qu'on se prépare ensemble, continua Mahawa. Et vendredi, on pourra prendre ma voiture. D'ici là, j'ai rendez-vous chez le coiffeur, si tu veux m'y rejoindre demain. Je t'enverrai l'heure par texto. » Mahawa fit la bise à Khoudiemata sans quitter des yeux Frederick Cardew-Boston. Il n'était pas le seul à avoir le béguin pour Khoudi, disait son regard, et il ferait mieux de rester sur ses gardes.

« Je vais aller faire un tour sur la plage. Seule. Et ensuite, j'appellerai mon taxi », annonça Khoudi. Frederick Cardew-Boston eut l'air déçu mais résigné. Avec cette jeune femme, ce n'était pas lui qui menait la danse.

Après le départ du jeune homme, Khoudiemata retira ses chaussures et sauta par-dessus la rambarde pour rejoindre le sable. C'était plus calme, maintenant, et la pluie s'était changée en bruine. Elle passa devant des amoureux enlacés ici et là, riant, s'embrassant, gémissant ou profitant simplement de la vue sur l'océan. Et puis il n'y eut plus de bars, plus d'amoureux, rien que des maisons plongées dans le silence, mais allumées pour certaines. Elle continua jusqu'à atteindre celle où elle avait dormi l'autre nuit. Il y avait de la lumière à l'intérieur, mais elle savait que cela ne voulait rien dire. Elle ramassa des cailloux et les jeta sur la véranda et le toit. Aucune réaction. C'était une fois de plus son jour de chance.

Elle se réveilla au son des pêcheurs qui chantaient pour attirer le poisson, et elle reprit la route à temps pour croiser un évangéliste matinal et son mégaphone, qui entonnait : « Réveillez-vous et priez, ou le jour du Jugement dernier sera un cauchemar pour vous. Ne vous laissez pas tenter par la chaleur du lit où vous êtes allongé, ni celle des mains de la femme à vos côtés. Arrachez-vous à elle et venez prier. Sa nudité est tentation. Ses seins ronds vous tentent. Ses ravissants tétons vous tentent. Dieu vous met à l'épreuve. » Khoudiemata rit par-devers elle, certaine de ne pas être la seule à trouver que ce plaidoyer faisait davantage la promotion du sexe que de la prière. D'ailleurs, qui pouvait dire que prendre son amant dans ses bras avant le début de la journée n'était pas en soi une prière ?

Elle croisa Ndevui alors qu'elle retournait à l'avion. Celui-ci se préparait à son jogging quotidien, écouteurs dans les oreilles, et elle se contenta donc de cogner son poing contre le sien pour le laisser vivre son autre vie.

Puis vint le tour de Kpindi, qui se dirigeait vers le poste de garde. « Grande sœur, tu as l'air d'avoir passé une bonne nuit. Si jamais tu as besoin d'un garde du corps, dis-le-moi et je viendrai. »

Dans la clairière devant l'avion, il n'y avait personne d'autre en vue. Puis Elimane émergea de la carlingue, le visage manifestement assoiffé du sommeil qu'il n'avait pas eu. Il lui jeta un bref regard et s'assit à la table, un livre ouvert devant lui, l'air captivé par sa lecture.

Khoudi sentit de nouveau monter une grande colère contre lui, mais parla d'une voix volontairement posée. « Vas-y, lis, et moi je vais te dire ce que je veux que tu entendes et comprennes, commença-t-elle. Ce n'est pas une discussion. Je pars de temps en temps pour avoir mon propre monde, pour découvrir quelque chose de très important sur moi. J'ai besoin de faire ça seule. Tu veux que cette famille continue d'exister et que j'en fasse partie ? Alors respecte ma vie privée, et je respecterai la tienne. »

Elimane ne leva pas les yeux, mais fit un petit sourire forcé pour signifier qu'il l'avait entendue. « Très bien. Je voulais juste être sûr que tu étais en sécurité, et c'est uniquement dans ce but que j'ai dépassé les bornes. »

En l'écoutant, Khoudi sentit sa colère retomber. Bien sûr qu'il voulait la protéger. Il voulait les protéger tous.

« Je comprends, dit-elle. Je vais au marché.

– J'espère que la vue des étals te comblera. » Il psalmodia ces mots presque comme une prière. « Je sais que tu es très douée pour trouver de la beauté partout. » Il se tourna pour la regarder, lui adressant désormais son sourire le plus sincère, et elle le lui rendit, hochant la tête pour sceller ce qui ressemblait à un accord tacite. Puis il reporta son attention sur son livre.

Le temps qu'elle arrive au marché, Khoudi avait raté ce précieux moment du soupir juste avant le lever du soleil. La nuit précédente l'avait épuisée, et elle pensait se contenter d'acheter de la nourriture mais se rappela son projet d'économiser. D'ailleurs, pourquoi dilapider son argent quand il lui suffisait de faire preuve d'un peu de jugeote ?

Elle fit le point sur ce qui l'entourait. Le boulanger

derrière son étal semblait nerveux et distrait chaque fois qu'une voiture se garait ou que son téléphone sonnait. C'était une possibilité, mais du pain seul ne ferait pas l'affaire ce matin. Ce qu'elle voulait vraiment, c'était un peu de ce poisson fumé que l'on vendait tout près, mais il y avait une sacrée file d'attente. Elle s'approcha, étudiant le langage corporel des gens, écoutant les conversations à la dérobée. Un homme accompagné de deux adolescentes venait de passer une grosse commande. « C'est une de mes filles qui passera la prendre », dit-il à la caissière, pointant du doigt les adolescentes dans son dos tandis qu'il payait. Réagissant au quart de tour, Khoudiemata se pencha vers lui et croisa le regard de la caissière. Puis elle s'éloigna avec eux, attendit dix minutes et revint prendre le paquet.

Ensuite, elle alla se poster à l'écart de l'étal du boulanger et composa le numéro de téléphone écrit sur le panneau. Elle regarda le vendeur décrocher avec nervosité. Elle ne dit rien et se contenta de respirer fort dans le combiné, puis raccrocha. L'homme se leva, regarda autour de lui, l'air angoissé, puis courut derrière l'étal, jetant des coups d'œil inquiets de tous côtés. Khoudi s'approcha du comptoir à vive allure et prit plusieurs petits pains, qu'elle enveloppa dans du papier journal qui traînait là, avant de faire semblant de laisser de l'argent. Puis elle se retourna, s'éloigna la tête haute et quitta les lieux, attendant d'avoir tourné au coin pour presser le pas. Une fois que les bruits du marché se furent atténués, elle s'arrêta pour reprendre son souffle. Puis elle éclata de rire lorsque ses yeux tombèrent sur une vision familière. C'était l'homme du recensement, cette fois accompagné d'un collègue dans la même tenue ridicule que lui, l'air tout aussi perdu, assis par terre, un tas de documents étalés devant eux.

Elle retira son bonnet et les interpella. « Pardon, messieurs. Vous avez commencé votre décompte de la journée ? »

Les hommes échangèrent un regard puis la dévisagèrent, déconcertés.

« Nous sommes des agents du recensement et du Trésor public, répondit celui qu'elle connaissait déjà. Donnez-nous votre nom et votre adresse, ainsi que le nombre de personnes vivant au sein de votre foyer. Vous n'auriez pas votre avis d'imposition sur vous, par hasard ? » Il flanqua un coup de coude à son collègue pour qu'il ouvre son grand livre et prenne des notes.

Khoudiemata éclata de rire. « Vous avez déjà envisagé une carrière de comiques ? »

Son collègue, qui avait l'air plus jeune, intervint, tâchant clairement d'impressionner son supérieur. « Ce n'est pas une blague, jeune fille. Il faut compter tout le monde.

– Bah, ça fait un moment que je suis là, et je crois savoir pourquoi ça intéresse soudain le gouvernement de m'intégrer dans son décompte. C'est parce que les élections approchent et qu'il veut truquer le résultat. » Elle avait tiré son couteau de son sac en raphia et le faisait tournoyer dans sa main, l'air de rien mais d'une façon vaguement menaçante. Les agents du recensement l'observèrent avec méfiance, prenant la mesure à la fois de l'audace de cette jeune femme et de la taille de son couteau. Ils se levèrent vivement et battirent en retraite, fourrant leur paperasse dans leur sacoche.

Khoudi s'approcha d'eux. « C'est bon, je les tiens !

cria-t-elle à d'invisibles complices. Préparez-vous à leur barrer la route. »

Là-dessus, les types prirent leurs jambes à leur cou, éparpillant leurs documents aux quatre vents dans leur fuite. Khoudi les poursuivit jusqu'à ce qu'ils disparaissent au coin d'une rue, puis elle retourna à l'endroit où ils avaient égaré leur paperasse pour voir de quoi il s'agissait. Les formulaires de recensement, elle n'y prêta pas attention ; ils étaient inutiles. Mais il y avait une liasse d'attestations fiscales vierges. Pour les pauvres comme eux, celles-ci n'avaient aucune valeur. Ceux qui gagnaient peu ne donneraient jamais ne serait-ce qu'une fraction de ce qu'ils avaient à l'État, lequel prenait déjà ce qui appartenait à tout le monde sans rien donner en retour. Ce n'étaient peut-être même pas des attestations authentiques. Parfois, les percepteurs des impôts, ou leur supérieur pour être plus précis, faisaient des faux afin d'empocher les sommes collectées. Toujours est-il que ces documents permettraient à leurs possesseurs de déjouer toute tentative d'extorsion, et les commerçants du marché les verraient sans doute d'un bon œil. Elle et les autres pourraient les vendre, pour de l'argent ou contre de la nourriture et d'autres provisions, en proposant un tarif certainement plus intéressant que ce que les trouillards du recensement auraient demandé.

Elle était sûre que les deux zigotos ne signaleraient pas ce qui s'était passé. Ils n'allaient pas admettre qu'ils avaient été terrifiés par une jeune fille armée d'un canif. Ils inventeraient une histoire invraisemblable de vol avec violences, laquelle entraînerait peut-être l'interpellation injustifiée d'un inconnu.

Elimane était toujours plongé dans son bouquin quand

elle rentra. Kpindi et Ndevui jouaient au foot dans la clairière, et Namsa émergea de l'avion en bâillant lorsqu'elle l'entendit arriver.

Khoudi tapota l'épaule d'Elimane, qui leva les yeux, le visage triste mais apaisé. Elle posa son sac sur la table et commença à déballer la nourriture. Ils se rassemblèrent et prirent du pain et du poisson fumé. Pour une fois, il y avait plus qu'assez, et ils se régalèrent.

# 9

Khoudi savait que les au revoir prolongés faisaient ressurgir chez chacun d'eux des émotions douloureuses, alors quand le week-end finit par arriver, elle annonça simplement aux autres qu'elle partait quelques jours, puis elle se mit aussitôt en chemin avant qu'ils puissent dire ou demander quoi que ce soit. Et même si elle ne s'était jamais absentée aussi longtemps, ils lui firent juste un petit signe de la main, non sans hésitation, et se saluèrent en sifflant.

À 35 Degrés, le soleil était déjà trop chaud pour qu'elle ne se hâte pas de retirer sa tenue de garçon manqué. Pour la première fois, Khoudiemata n'eut pas peur de rester nue. Elle essaya le maillot de bain que Mahawa lui avait offert, se souvenant des louanges que son amie lui avait faites sur son physique, et imagina qu'elle se promenait sur une plage bondée sans éprouver la moindre gêne. Puis elle retira le maillot et alla se baigner, se mettant dans l'eau jusqu'au cou. La mer était chaude, et sa main le fut encore plus lorsque elle se caressa le visage et le cou, puis qu'elle la glissa délicatement sur son beau corps noir, son ventre et en dessous, où un fourmillement de plaisir lui fit se mordre les lèvres. Après quoi elle s'allongea sur le sable, chérissant son havre de paix, ce lieu de passage, éprouvant une sensation inhabituelle de sérénité. Elle espérait que personne n'y ferait intrusion en son absence. Et dans le cas contraire, elle espérait que ce serait une autre jeune fille comme elle, qui découvrait son corps et avait besoin d'intimité.

Elle s'attarda sur ces pensées en récupérant la valise qu'elle avait planquée là quelques jours plus tôt et prépara ses affaires pour les trois jours à venir. Elle s'habilla pleine d'une assurance toute neuve à l'égard de cette existence inédite qui devenait vite normale à ses yeux. Et pourtant, elle savait qu'en faisant son entrée dans ce nouveau monde, elle perdait le sentiment d'invincibilité qui l'accompagnait dans la vie des rues qu'elle menait jusque-là, invisible pour la plupart, saisissant des opportunités que les autres ne voyaient pas, créant chaque jour d'autres façons de survivre – s'emparant par exemple de ces papiers des impôts en sachant immédiatement par quel moyen les monnayer. Kpindi avait ri en l'écoutant raconter son aventure. « C'était donc toi ! » avait-il crié. Ndevui avait sifflé – pas sous forme de signal, mais pour montrer son appréciation –, et Namsa lui avait lancé un regard admiratif. Même Elimane fut impressionné. « Beau boulot, l'avait-il félicitée. J'ai toujours voulu détourner un bien de l'État. » Et il avait ajouté : « Sois prudente. Les voleurs d'élite ne font pas de cadeau à la concurrence. »

Mais le frisson qu'elle éprouva au souvenir du courage et de l'ingéniosité dont elle avait fait preuve perdit de son éclat lorsqu'elle repensa à ses rencontres avec Mahawa et ses amis, l'aisance avec laquelle ils parlaient et se mouvaient dans la société, invitant crânement les passants à les regarder. Elle ferma les yeux et éprouva une nouvelle fois cette intense sérénité intérieure, qui ressemblait presque à un sommeil bref et profond. Cramponnée à ce sentiment, elle se concentra sur l'image de sa petite famille, l'allure de chacun d'eux quand ils rentraient à la fin de la journée, comme s'ils venaient d'une autre dimension, le visage dur et fermé. Qu'ils les gardent, ces papiers. Elimane trouverait un moyen de les écouler, au compte-gouttes pour ne pas éveiller les soupçons. L'argent et les produits de première nécessité que leur vente rapporterait leur permettrait de voir venir, même s'ils devaient ne plus travailler au service de William Mouchoir, comme cela finirait bien par arriver.

À l'entrée de son havre de paix, Khoudi remarqua des bouteilles de bière qui jonchaient le sol. Non, ce ne serait plus très long avant qu'on découvre son lieu secret. Elle sortit son portable de la poche de son jean et appela Manga Sewa.

Sa voix paraissait lointaine, mais comme toujours il fut là en un rien de temps. Elle attendit qu'il mette sa valise dans le coffre et lui ouvre la portière arrière.

« Comment se fait-il que vous ne soyez jamais loin quand j'appelle ? Vous passez votre temps à m'attendre dans les parages ? lui demanda Khoudi sur le ton de la plaisanterie lorsqu'il s'installa au volant.

– J'ai un don d'anticipation, dit-il. Je suis là où je sais que mes meilleurs clients auront besoin de moi avant même qu'ils le sachent. » Il la regarda dans le rétroviseur. « À quelle adresse, cette fois-ci ? Vous partez en voyage ?

– Vous n'êtes donc pas capable d'anticiper ma destination ? fit Khoudi avec un grand sourire.

– J'ai peur que mes dons soient un peu limités ce soir. » Il rit, et elle lui donna l'adresse de Mahawa.

« Beau quartier, remarqua-t-il.

– De nouveaux amis que je me suis faits. » Elle regarda son téléphone pour voir si elle avait reçu des textos.

« Vous voulez que je mette la climatisation ? » demanda-t-il.

Khoudi réfléchit un instant. « Non. Mais baissons un peu les vitres pour faire entrer l'air.

– J'espérais que vous diriez ça », fit-il.

L'air du dehors était presque aussi chaud que celui dans l'habitacle, et poussiéreux, mais la brise fut la bienvenue, et ils roulèrent un moment dans un silence amical alors que le jour tombait. Elle se dit qu'un air pareil ferait forcément tousser ceux qui n'étaient pas d'ici et qu'ils le détesteraient. À l'inverse, si on vivait ici jusqu'à ce que la terre nous enlace, et qu'ensuite on la quittait, c'était justement cette poussière et cette chaleur qui finiraient par nous manquer.

Elle croisa le regard de Manga Sewa dans le rétroviseur.

« La dernière fois que je vous ai vu, vous m'avez demandé s'il m'était déjà arrivé de retrouver quelque chose que je croyais avoir perdu. C'est vraiment ce qui vous est arrivé ? » Cela ne lui ressemblait pas de poser ce genre de questions, parce qu'elle n'aimait pas qu'on puisse les lui retourner, mais elle n'était plus celle qu'elle avait été, ainsi qu'elle commençait à s'en rendre compte.

« Oui, pour ainsi dire. » Le visage de Manga Sewa affichait un curieux mélange de mélancolie et de plaisir. « Du moins, j'ai trouvé le moyen de m'accrocher à ce que j'ai perdu. »

Quelque chose dans les manières du chauffeur la fit hésiter à insister pour en savoir plus, et ils replongèrent dans le silence. Avant même qu'elle s'en aperçoive, la nuit était tombée et ils étaient arrivés au portail d'une enceinte éclairée par des lumières plus aveuglantes que celles du marché. Un garde ouvrit promptement les grilles, et Manga Sewa entra plus lentement que ne l'exigeait l'asphalte poli, comme s'il retardait la fin de la course. La suite de leur conversation serait pour une autre fois.

Khoudi descendit de voiture, et le chauffeur alla prendre sa valise, qu'il déposa à côté d'elle. Elle était ravie de n'avoir pu se payer qu'une valise de seconde main. Les bagages élimés donnaient l'impression qu'on avait l'habitude de voyager. « Je vous appellerai si j'ai besoin d'être secourue, lança-t-elle à Manga Sewa. Sinon, je vous dis à lundi. »

Elle suivit des yeux ses feux arrière dans l'allée, puis se retourna face à l'imposante demeure, observant les manguiers plantés le long de l'entrée, aussi soigneusement taillés que ses cheveux. Mais avant de pouvoir embrasser tout cela du regard, elle vit Mahawa débouler en short et T-shirt. Celle-ci prit Khoudiemata dans ses bras et la serra de tout son corps, chuchotant : « Il va falloir que je te fasse l'amour ! » Son souffle chatouilla l'oreille de Khoudi. Puis elle relâcha son étreinte et éclata de rire. Sans trop savoir comment réagir – c'était forcément une blague, non ? –, Khoudi hésita un instant. Puis elle aussi éclata de rire, une fois de plus admirative devant la liberté d'esprit de son amie. Elle était malgré tout contente que Manga Sewa soit déjà parti. Elle avait l'impression qu'il n'aurait pas approuvé.

Une fillette qui devait avoir le même âge que Namsa se matérialisa et disparut avec la valise de Khoudi avant même qu'elle ait le temps de dire qu'elle pouvait la porter toute seule. Puis Mahawa la prit par la main et l'attira dans la maison, qui semblait s'étendre sans fin dans la nuit, brillant de mille feux aussi bien dedans que dehors.

« Tu veux d'abord aller te rafraîchir dans ta chambre, ou boire tout de suite un verre en guise d'apéritif ? À toi de choisir. » Mahawa marchait à reculons, tenant les mains de Khoudi dans les siennes, et la conduisit dans la salle à manger. Par la fenêtre, Khoudi aperçut la vallée et vit au loin l'éclairage atténué et plus familier des lampes à kérosène. Certaines, elle le savait, étaient toujours en mouvement, allant et venant au rythme de ceux qui cherchaient encore ce que la journée ne leur avait pas apporté.

« Je commencerais bien par un verre et ensuite j'irai dans ma chambre me “rafraîchir”, comme tu dis. » Khoudi regarda discrètement autour d'elle, consciente qu'il ne fallait pas laisser ses yeux la trahir. La pièce était parfaitement fraîche, mais aucun système de climatisation n'était visible. La fraîcheur semblait sortir de bouches d'aération dissimulées dans le parquet lustré. Les étagères qui recouvraient les murs créaient une atmosphère à la fois sophistiquée et conviviale. Une flopée de jumelles et de télescopes étaient alignés sur le rebord des fenêtres, et des plantes en pot géantes occupaient les coins, insufflant leur fraîcheur à la pièce. Khoudi tenta de cacher son insatiable curiosité en levant son portable et en faisant mine de scruter l'écran alors que ses yeux regardaient au-delà, se repaissant de l'élégance et des dimensions de cette maison. Comment pouvait-on avoir envie de sortir quand on habitait un endroit pareil ?

« Ne sois pas si guindée ! la sermonna Mahawa. Mets-toi à l'aise, d'accord ? Je bois de la bière parce qu'il fait trop chaud ce soir, mais prends ce qui te plaît. Si on n'a pas ce que tu veux, je peux envoyer quelqu'un en chercher. » Elle passa derrière le bar qui occupait un pan de la pièce et ouvrit une vitrine. Elle était pleine de bouteilles d'alcool de toutes sortes aux couleurs claires et ambrées.

Khoudi pensa à Ndevui et Kpindi, qui se soûlaient avec tout ce qui leur tombait sous la main, puis balaya cette idée de son esprit. « Une bière, ce sera parfait », dit-elle, bien qu'elle ait l'intention d'examiner de plus près et peut-être même de goûter certains de ces alcools, au cas où elle doive en commander un jour au restaurant. Mahawa lui tendit une bouteille de Star qu'elle avait prise dans un petit réfrigérateur sous le bar, puis la conduisit dans un dédale de couloirs où elles passèrent devant d'innombrables portes jusqu'à la « chambre d'amis », comme l'appelait Mahawa. C'était la plus grande chambre qu'ait jamais vue Khoudi, avec salle de bains et véranda privatives. Le lit aurait pu accueillir six personnes couchées tête-bêche. Elle tâcha de ne pas montrer à quel point elle était bouleversée. Combien y avait-il de pièces dans cette maison ? Et où étaient les parents de Mahawa ? Pourquoi la laissaient-ils seule avec tout cet alcool ?

« Ma chambre est au bout du couloir. Rejoins-moi quand tu es prête et on passera à table. Tu es ici chez toi, mon amie. » Mahawa ferma la porte et s'en alla. Khoudiemata but sa bière, incapable de réfléchir à ce qu'elle pourrait faire de tant d'espace. Elle regarda autour d'elle et s'assit un moment sur le lit, puis alla dans la salle de bains, où elle se lava la figure à l'eau chaude. Elle se réinstalla sur le lit pour une durée qui lui sembla raisonnable, puis sortit en prenant son sac avec elle. Dans le couloir, qui semblait s'étirer à l'infini, elle entendit de la musique. Elle tourna au coin et tomba sur une porte au bas de laquelle filtrait de la lumière. Ce devait être celle de Mahawa. Elle frappa.

« Entre », répondit son amie.

Sa chambre était encore plus grande que celle de Khoudiemata, aussi incroyable que cela puisse être. Au lieu de deux grandes fenêtres, il y en avait six, et entre elles étaient accrochées de grandes peintures colorées de ce qui ressemblait vaguement à des silhouettes féminines. Il y avait une bibliothèque intégrée, pleine de livres et de bibelots dont Khoudi supposa que Mahawa les avait rapportés de ses voyages. C'était moins une chambre qu'une suite, avec un immense lit à baldaquin dans une alcôve, un canapé et des fauteuils, comme dans le salon, et de l'autre côté une table et deux chaises, et même un petit réfrigérateur. La porte de la penderie était entrouverte, on devinait derrière tout un alignement de paires de chaussures, de portants et d'étagères de vêtements colorés soigneusement repassés et pliés.

« On peut dîner dans ma chambre si tu n'as pas envie de t'installer à la table de la salle à manger, dans ce décorum qui plaît tant à mes parents. Ils me répètent que lorsqu'un invité vient pour la première fois, c'est là qu'il faut le recevoir. Je fais une exception pour toi parce que je sais qu'il en faut plus pour t'impressionner, Miss Énigmatique. » Comme Khoudi ne répondait pas, Mahawa attrapa le téléphone et appuya sur un bouton. « Pouvez-vous nous servir le repas dans ma chambre ? » Une pause. « Non, un simple souper. Oui, très bien. »

Elle raccrocha et se tourna vers Khoudi, puis éclata de

rire. « Idiote, pourquoi tu as pris ton sac avec toi ? Tu aurais dû le laisser dans ta chambre. Personne ne te le volera ! »

Khoudi hésitait à s'en séparer, même si elle savait qu'elle avait l'air ridicule. Le sac contenait tout l'argent qu'elle possédait en ce monde. Elle le posa à l'autre bout du lit, où ses yeux ne chercheraient pas constamment à vérifier sa présence.

Sur le mur près de la table de chevet étaient encadrées des photos d'une famille qu'elle supposa être celle de Mahawa. Trois enfants en bas âge : deux garçons et une fille. Une famille de cinq. Le père, grand et sombre, entourait de ses bras une femme élégamment vêtue. Sur une autre, on voyait deux garçons plus grands – sans doute les mêmes que sur la première photo – et une petite fille qui était visiblement Mahawa, malgré le fait qu'il lui manquait les dents de devant. Elle arborait le même sourire espiègle qu'aujourd'hui. « Où sont tes parents ? » demanda Khoudi, sur un ton aussi détaché que possible, tandis que Mahawa ouvrait le frigo pour en sortir d'autres bières. Elle ne voulait pas que son amie lui répète qu'elle était énigmatique.

« Ils sont allés rendre visite à mes grands frères, qui sont à l'université – l'un aux États-Unis et l'autre en Angleterre. » Elle ajouta des informations que Khoudi n'avait pas cherché à connaître, ravivant son inquiétude quant aux questions qui pourraient lui être posées en retour. Mais elle se rappela que Mahawa aimait être écoutée et mener la conversation, être au centre de l'attention.

« Donc tu es toute seule ?

– Non, il y a les cuisinières, les gouvernantes et les gardiens. » On frappa à la porte et une jeune femme entra dans la chambre, portant un grand panier de bambou. Elle en sortit plusieurs plats recouverts d'une cloche, qu'elle déposa sur la table avant de la dresser, sortant tour à tour assiettes en porcelaine, bols, coupes, argenterie et serviettes en tissu.

« Il y a de la sauce gombo et du riz wolof avec un ragoût de poisson. Laissez-les couverts si vous voulez que ça reste bien chaud. » La fille s'écarta de la table. « N'hésitez pas si vous avez besoin d'autre chose, mademoiselle. » Sur un signe de tête de Mahawa, elle quitta la pièce. Khoudiemata la suivit du regard, effarée non pas par ce qu'elle avait dit mais par le teint rosâtre maladif de sa peau. On voyait seulement à ses phalanges et à ses coudes que la teinte naturelle de sa peau était aussi sombre que celle de Khoudi.

Mahawa surprit son expression. « Ma mère a fait tout ce qu'elle a pu, elle lui a même confisqué ses crèmes blanchissantes et les a jetées, mais elle s'est débrouillée pour en trouver d'autres. » Elle soupira. « Bref, c'est un sujet délicat qui nous mettra d'humeur mélancolique si on boit, alors que dirais-tu de parler d'autre chose ? » Elle leva sa bière. « À notre week-end ! »

Khoudi trinqua avec elle, et elles burent une gorgée. Puis elles allèrent s'asseoir à table et soulevèrent les cloches, libérant de délicieux arômes.

Ce fut une soirée inoubliable, d'abord pour le luxe de pouvoir déguster tous ces plats une bouchée après l'autre, et de boire une gorgée après l'autre, jusqu'à ce que tout devienne très amusant. Mahawa raconta des anecdotes sur ses voyages et sur sa vie, et Khoudi lui posa question sur question pour la faire parler. Il y avait cette fois où la famille de Mahawa était allée en Suisse mais avait trouvé le climat si déplaisant que son père avait affrété un avion pour les ramener chez eux plus tôt que prévu. Une autre fois, ils étaient allés à Londres pour ce qui était censé être un long week-end, mais des émeutes avaient éclaté au pays et ils avaient fini par passer six mois dans la capitale britannique, où ils avaient loué l'étage entier d'un hôtel dont elle avait oublié le nom, même si elle se souvenait qu'il y avait le mot « Lord » dedans. Ses parents avaient engagé des précepteurs pour faire cours à leurs enfants, et une fois rentrés chez eux, ils s'étaient aperçus qu'ils étaient en avance sur leurs camarades de classe. Khoudi hochait la tête en écoutant ces histoires, comme si c'était normal, tout en s'émerveillant du fait que la vie puisse décidément se montrer très généreuse avec certaines personnes.

À deux heures du matin, elles étaient passées de la table à la moquette merveilleusement moelleuse. Khoudi commençait à piquer du nez quand Mahawa se leva pour aller à la salle de bains, dont elle laissa la porte ouverte. Elle la vit dans le miroir retirer ses vêtements et enfiler le maillot de bain identique à celui qu'elle lui avait offert. Elle ressortit tel un mannequin sur le podium d'un défilé, s'arrêtant juste devant Khoudi et prenant une pose exagérément sexy.

« Qu'est-ce que tu en dis ? » Gênée, Khoudi tâcha d'éviter de la regarder, mais Mahawa se baissa au niveau du sol juste à côté d'elle. « Tu es plus timide devant le corps d'une femme que la plupart des garçons que je connais », la taquina-t-elle. Puis elle prit un air sérieux.

« Khoudiemata. Je sais que tu fais tout pour éviter de parler de toi. J'ignore pourquoi, mais je crois qu'on a le droit de décider de ce qu'on veut partager à propos de sa vie personnelle, et je refuse d'être indiscrète. Ce que je sais et vois de toi me plaît. Tu es intelligente, tu penses par toi-même, et ça ne gâche rien qu'en plus tu sois très belle. » Elle fit un clin d'œil aguicheur à Khoudi, avant de poursuivre sur le même ton solennel : « Mais maintenant que Frederick Cardew-Boston et toi commencez quelque chose, quelle que soit la suite des événements, tout le monde – à commencer par les filles qui te jalouseront – va vouloir fouiller dans ton passé. Je suis de ton côté, quoi qu'il arrive, mais il faut que tu t'y prépares. »

Khoudiemata leva les yeux et croisa le regard de son amie. Elle se sentait éveillée, alerte et dégrisée, et Mahawa aussi, visiblement. Elles se sourirent, conscientes que pour l'instant il n'y avait rien à ajouter. Puis Mahawa se pencha et l'embrassa. Khoudi hésita un moment et lui rendit son baiser. Elles se reculèrent, apaisées par l'énergie qui circulait entre elles.

Mahawa se releva et aida Khoudi à faire de même avant de mettre de la musique – une chanson que Khoudi reconnut et qu'elle trouvait très sexy. *I dey mad over you girl, say you are my woman, eh eh, my super-woman*, entonnèrent-elles, dansant ensemble jusqu'à ce que le sommeil les gagne.

« Je crois bien que je vais avoir besoin d'un GPS pour retrouver ma chambre, dit Khoudi. Ta maison fait la taille d'une petite ville.

– Reste ici avec moi, dit Mahawa. Mon lit est assez grand pour nous deux. »

Et sans même répondre, Khoudi s'effondra sur l'immense lit, où elle s'endormit aussitôt.

Elle fut réveillée par la lumière du petit matin, et se sentit un moment désorientée avant que la délicieuse séquence de la veille ne lui revienne. Mahawa n'était pas là, alors Khoudi se leva, retrouva son sac à main, puis traversa le couloir et son interminable succession de portes jusqu'à atteindre sa chambre.

Elle se déshabilla, alla dans la salle de bains et ouvrit le robinet de la douche. Une fois l'eau à la bonne température, elle entra dans la cabine. Elle resta immobile un instant, s'abandonnant au jet continu de chaleur sur son dos, un miracle apparent après les bains de rivière et de mer. Elle y resta plus longtemps que nécessaire mais en sortit quand même plus tôt qu'elle ne l'aurait voulu, craignant d'utiliser toute l'eau chaude. La plupart des bonnes choses, elle le savait, avaient une fin.

Elle enfila son short en jean avec un débardeur blanc et retourna dans le couloir. À la porte de Mahawa, elle entendit le bruit de la douche et de la musique, une chanson mélancolique dans une langue qu'elle ne reconnut pas. Elle attendit un peu, mais comme ni l'eau ni la musique ne s'arrêtaient, elle décida de se laisser guider par les arômes du petit-déjeuner.

Ces effluves l'entraînèrent sur la véranda, où la lumière du jour lui révéla une vue spectaculaire, et une table si richement dressée qu'elle faillit retourner à l'intérieur en courant. Il y avait des petits pains, de la viande, des confitures et des fruits de toutes sortes, dont certains qu'elle n'avait jamais vus. Tandis qu'elle se demandait si elle devait revenir sur ses pas, elle entendit Mahawa dans son dos.

« Salut, la fêtarde. Viens, mangeons, et ensuite on prendra la route. Je suis trop impatiente ! » Elle prit Khoudiemata par la main et l'attira vers la table.

Khoudi remplit son assiette et se mit à manger. « Je suis étonnée de te voir de si bonne humeur, commenta-t-elle.

– Pourquoi ça ? » Mahawa leva les yeux de sa tasse de thé avec une expression de curiosité.

« La musique que tu écoutais sous la douche était un peu déprimante. » Khoudi mordit dans une tranche de pain beurré à la confiture.

« Ah, je comprends ! dit Mahawa. C'était Cesária Évora. Je ne la trouve pas déprimante. J'adore la sensualité de sa voix. » Elle se tut un moment, puis reprit avec sa malice habituelle : « Mais la prochaine fois, je mettrai un morceau de R&B bien sirupeux et peut-être que tu me rejoindras ! »

Elle croisa le regard réprobateur de Khoudi, qu'elle soutint pour la mettre au défi. « Je continuerai jusqu'à ce que tu sortes de ta chrysalide pour laisser s'épanouir la merveilleuse femme que tu es.

– Très bien. » Khoudi ne tenait pas à ce que la conversation aille plus loin dans cette direction, même si une part d'elle-même voulait lui demander à quel moment cette transformation en femme merveilleuse était censée se produire. À son grand soulagement, Mahawa se concentra sur son assiette, et elles mangèrent en silence, profitant de la brise et du chant des oiseaux, qui célébraient cette nouvelle journée.

Après le petit-déjeuner, elles sortirent dans l'allée, où était garée la voiture de Mahawa – une Jeep cabriolet noire étincelante, dont le moteur tournait déjà, flanquée d'un domestique de chaque côté qui leur tenait la portière ouverte. Khoudiemata grimpa sur le siège passager, non sans avoir d'abord jeté un regard furtif à la banquette arrière. Sans surprise, ses affaires étaient là, déposées par des mains invisibles. Elle se détendit, faisant le vœu d'essayer de profiter autant que possible de cette aventure. Qu'avait-elle à perdre ? Si cela ne se reproduisait plus jamais, qu'il en soit ainsi.

Très vite, elles longèrent l'océan, musique à fond dans la voiture, Mahawa dansant et chantant sur son siège. Progressivement, Khoudiemata se joignit à elle et commença à se dandiner, visage offert au vent. Elle ne s'arrêta que lorsque Mahawa ralentit à l'approche d'un village. Des jeunes assaillirent la voiture, vendant à la criée du pain, de l'eau fraîche et des cigarettes, tout ce sur quoi ils étaient parvenus à mettre la main et qui était susceptible d'être vendu. Khoudi pensa alors à sa petite famille. Ils s'étaient eux aussi livrés à ce genre de trafic avant d'améliorer leur ordinaire aux marges de la société. Elle tâcha de deviner lesquels d'entre eux étaient liés les uns aux autres, à la façon dont Elimane, Kpindi, Ndevui, Namsa et elle pouvaient l'être. Et puis elles les dépassèrent, Mahawa accéléra et Khoudi oublia cette image pour se remettre à chanter jusqu'à la ville suivante.

Environ une heure et demie plus tard, elles quittèrent la route asphaltée pour un chemin de terre rouge, les pneus crissant de réprobation. « Attention, nous voilà ! » dit Mahawa. Les lacets les menèrent tout en bas, où l'océan embrassait la plus blanche des langues de sable que Khoudiemata ait jamais vue. Même Mahawa, qui était déjà venue, cessa de chanter et coupa la musique. Elles écoutèrent le vent souffler vigoureusement à travers les arbres et regardèrent l'eau bleue et scintillante.

Khoudi finit par retrouver sa langue. « On pourrait rester comme ça dans la voiture pendant des jours, je serais comblée. » Elles firent durer ce moment encore quelques minutes, jusqu'à ce que Mahawa rompe le charme en prenant son sac à main et celui de Khoudi. Un jeune homme avait déjà surgi, prêt à sortir leurs valises.

« Les jeunes maîtres vous attendent au restaurant, annonça-t-il. Ils m'ont donné pour instruction de déposer vos bagages dans votre chambre. »

Mahawa rit. « Alors comme ça, ils se font déjà appeler maîtres… » Mais au lieu de l'emmener tout de suite au restaurant, elle fit faire un détour à Khoudiemata par la plage. Se baissant pour retirer ses chaussures, elle lui fit signe de l'imiter pour se promener pieds nus, savourant la beauté de l'endroit avant de rejoindre leurs compagnons.

Elles retrouvèrent finalement Musa et Frederick Cardew-Boston attablés face à l'océan, plusieurs bières vides devant eux. Ce dernier se leva d'un bond. « Ah, ça me fait plaisir que vous soyez venues ! J'avais un doute, parce que ma soi-disant amie ici présente ne répond plus au téléphone depuis hier soir. » Il désigna Mahawa de la tête avec un regard de réprimande, mais celle-ci était accaparée par un langoureux baiser de retrouvailles avec Musa.

Frederick Cardew-Boston tira une chaise pour Khoudi. « Je n'ai pas pris la liberté de commander à ta place, mais je me suis renseigné sur leur carte de vins rouges, au cas où tu préfères ça à la bière. »

Mahawa émergea des bras de son petit ami. « Regarde un peu ce que tu as fait, Khoudiemata. Tu as dompté sa prétention. Bien joué, jeune fille ! » Elle appela le serveur d'un claquement de doigts.

« Je crois qu'en secret, il a toujours voulu être un gentleman, dit Khoudiemata, et Frederick Cardew-Boston se tortilla d'un air gêné sous son regard.

– Le jeune homme fait ce qu'il peut… Je lui filerai

quelques tuyaux », répliqua Musa en donnant un petit coup de poing sur le bras de Frederick Cardew-Boston, qui finit par rire avec eux, conscient qu'on le faisait marcher. Le soleil avait chassé jusqu'au dernier nuage, et le vent caressait de temps à autre la surface de l'océan, provoquant des ondulations. Ils commandèrent d'autres bières, puis choisirent leurs plats. Ils discutèrent tout en mangeant, lentement, savourant le rythme nonchalant de la journée. Khoudi remarqua qu'aucun d'eux, même pas Frederick Cardew-Boston, n'avait sorti son téléphone, et rien ne vint troubler le moment qu'ils passèrent ensemble.

Le déjeuner terminé, ils décidèrent de se retirer dans leurs chambres et de se retrouver quelques heures plus tard pour aller se baigner. Musa et Mahawa traversèrent le couloir main dans la main. Khoudi hésita, sans trop savoir où aller, jusqu'à ce que Frederick Cardew-Boston sorte de sa poche une clé qu'il lui tendit.

« Pour entrer dans la chambre », dit-il. Voyant son embarras, il ajouta : « Ta propre chambre. Je suis ravi que tu sois venue et que tu n'aies pas remisé tes taquineries et tes sarcasmes. À tout à l'heure, Khoudiemata. »

Sa suite était au premier étage, lequel était soutenu par une robuste structure de béton. En entrant, elle se rua vers la fenêtre pour observer l'océan. La marée était basse, et l'étendue de sable scintillait sur fond de ciel ; d'un côté, un affluent se jetait dans la mer. Il y avait une véranda, équipée d'un fauteuil suspendu. Khoudi ouvrit la fenêtre pour convier le son des vagues à l'intérieur.

Alors seulement regarda-t-elle la suite proprement dite. Il y avait une sorte de petit salon, et une salle de bains avec une abondance de serviettes. Ainsi qu'un téléphone, une télé, et des fleurs à plusieurs endroits. Même si elle avait déjà dormi de temps à autre dans des maisons de riches à la saison des pluies, elle n'avait jamais profité de ce qu'elles offraient sans avoir peur de se faire prendre.

Elle ferma la porte et la verrouilla. Ne jamais baisser sa garde, surtout dans des lieux inconnus, se rappela-t-elle – surtout dans des lieux où la vie est si douce et paisible, parce que quand ça casse, ça casse violemment. Elle s'approcha du lit et se laissa tomber dessus, bouleversée. La suite était trop spacieuse pour elle, et elle se demanda si elle avait bien fait de venir. Puis elle se redressa et observa la pièce une fois de plus, pour s'imprégner de ce qui l'entourait. Ce faisant, elle prit une décision : elle allait commencer par profiter de tout ce qui se trouvait dans cette chambre, et dans l'hôtel.

Elle se leva et s'approcha de chaque vase, respirant le parfum des fleurs et les arrangeant pour magnifier l'élégance de la pièce. Elle remarqua alors une enveloppe manuscrite posée contre le vase sur la table de chevet. Elle l'ouvrit.

> *Je me suis dit que tu aimerais peut-être ces vers empruntés à Léopold Sédar Senghor. Ils sont extraits d'un poème intitulé « To a Dark Girl ».*
>
> Tu as laissé glisser sur moi
> L'amitié d'un rayon de lune.
> Et tu m'as souri doucement.

Khoudiemata lut et relut le petit mot, prise de frisson à l'idée d'inspirer ce genre de sentiments à Frederick

Cardew-Boston. Dans le même temps, elle ne pouvait s'empêcher de penser à la petite famille avec mélancolie. Elle aurait aimé interroger Elimane à propos de Léopold Sédar Senghor, qu'elle connaissait en tant qu'homme d'État sénégalais et non en tant que poète. Elle était certaine qu'Elimane l'avait lu. Elle se promit de tout leur raconter de ses aventures quand elle rentrerait et se sentit tout de suite mieux.

Elle décida de passer un peu de temps seule sur la plage avant de rejoindre les autres. Devant le miroir, dans son nouveau maillot de bain, elle tâcha de trouver le courage de sortir. Elle mit ses lunettes de soleil et passa son sac à l'épaule, se drapant d'un pagne sur lequel elle pourrait s'étendre ou qu'elle pourrait si besoin attacher autour de sa taille. Elle prit une bouteille d'eau fraîche dans le réfrigérateur du petit salon, puis respira un grand coup et ouvrit la porte.

La plage était longue et belle, et il ne fut guère difficile d'y trouver un endroit à l'écart. Elle étendit son pagne sur le sable et l'attacha à son sac pour que le vent ne le transforme pas en cerf-volant. Puis elle s'allongea et regarda le ciel. Elle ferma les yeux et sentit ses longues jambes et ses pommettes resplendir sous la caresse du soleil. Elle posa les mains sur son ventre et tenta de se projeter : si elle menait cette vie-là à plein temps, qu'en ferait-elle ?

Une image – un souvenir ? – ressurgit. Une enfant courait après sa mère et son père sur une plage très semblable à celle-ci. Puis les parents s'arrêtaient et s'asseyaient sur le sable, admirant la petite fille qui faisait la roue et virevoltait, prise d'un tel vertige qu'elle tombait par terre. Puis elle se relevait et courait autour d'eux jusqu'à ce que le père se lève et s'élance à sa poursuite, la faisant hurler de rire. La vision était si nette que Khoudiemata en eut le souffle coupé et se redressa brusquement, regardant autour d'elle pour être sûre que la scène ne se déroulait pas réellement sous ses yeux. Mais il n'y avait qu'une poignée de gens, tous endormis ou se prélassant comme elle sur le sable.

Son cœur battait à tout rompre, et elle se sentit respirer fort. Elle ouvrit la bouteille d'eau, en but une gorgée, mais il lui fut impossible de retrouver l'état de relâchement dans lequel elle était juste avant. La position allongée n'y changerait rien. Elle se leva, secoua le pagne, le noua autour de sa taille et décida de marcher un peu. Elle entraîna son ombre pensive derrière elle, ainsi que tous ses fantasmes, rêves et cauchemars. Tout le temps dont elle disposait soudain, libérée du besoin de survivre, arrachait des choses à sa mémoire. Elle tenta de ne pas chasser les images mais de les laisser flotter dans son esprit durant sa promenade, les pieds dans l'eau tiède au bord de l'océan. L'homme et la femme couraient maintenant derrière la petite fille sur la plage ; celle-ci riait et leur échappait et ils la poursuivaient, riant eux aussi. Cela lui plaisait d'imaginer qu'elle avait pu mener ce genre de vie, avoir une famille qui semblait heureuse dans ces bribes de souvenirs.

Sa flânerie la conduisit jusqu'au village voisin, composé de maisons coloniales à un étage qui tombaient en ruines. Des anciens étaient assis sur les vérandas qui ceignaient chacune de ces maisons en bois, installés sur des chaises branlantes et dans des hamacs. Des grappes de jeunes traînaient autour des quelques kiosques le long de la route de terre rouge, écoutant de la musique aussi fort que le permettaient leurs téléphones. Une fillette entrait et sortait des vestiges d'une maison abandonnée, criant : « Vous ne pouvez pas m'attraper ! » à ses copines de jeu.

Khoudiemata consulta son portable et s'aperçut qu'elle marchait depuis près d'une heure. Elle fit demi-tour et revint sur ses pas, vers l'hôtel, vers le présent.

« Comme on dit, les grands esprits se rencontrent. Ou dans ce cas précis, un grand esprit se révèle une source d'influence pour un esprit curieux. » Au son familier de cette voix, elle leva les yeux : Frederick Cardew-Boston était sur son chemin. Il portait un short et des chaussures de course et il était en nage, son torse musclé se soulevant et retombant au rythme de sa respiration. Il s'épongea le visage et le cou avec le T-shirt qu'il tenait à la main, et qu'il finit par enfiler.

« J'ai lu ça quelque part récemment, continua-t-il, et ça m'a tellement frappé que je l'ai retenu. Je me suis dit que c'était le moment parfait pour le ressortir. » Elle tenta de se retenir de rire à l'idée qu'il puisse répéter devant le miroir des phrases à lui dire.

« Je ne pouvais pas rester dans ma chambre dans un endroit aussi beau par une journée aussi belle, surtout quand on sait que la saison des pluies arrive bientôt. » Khoudi vit qu'il faisait tout pour éviter de regarder son corps. Elle aurait aimé réajuster son pagne, qui tombait, mais ne voulut pas prendre le risque d'attirer encore plus l'attention sur elle. Elle se dit que ce n'était sûrement pas la première fois qu'il voyait un corps de femme.

Elle se souvint soudain des fleurs dans sa chambre, du petit mot, et l'en remercia. « Je ne savais pas que Senghor était poète. Je le connaissais seulement en tant qu'homme politique. » Elle demeura pensive un instant. « Tu imagines combien le monde pourrait être différent si tous nos hommes politiques étaient des poètes ? »

Frederick Cardew-Boston parut soulagé d'avoir un sujet de conversation. Depuis qu'il la connaissait, lui dit-il, il s'était mis à chercher d'autres livres que ceux de la bibliothèque de son père, en particulier d'auteurs africains.

Il y avait aussi autre chose dont il voulait parler avec elle. Il avait un autre prénom, que sa grand-mère avait choisi avant que son père n'opte pour Frederick Cardew-Boston. Il figurait sur son acte de naissance comme deuxième prénom, mais depuis son père n'avait fait inscrire que l'initiale, S, dans son passeport et ses autres papiers officiels. Ses discussions avec Khoudi avaient éveillé sa curiosité à ce propos.

« Et quel est donc ce prénom ? demanda-t-elle.

– Suluku.

– Suluku, répéta-t-elle. Ça me plaît. »

Il avait appris que c'était le nom d'un grand chef du XIX^e siècle originaire du nord de leur pays, qui avait obtenu par la seule ruse politique le maintien de son indépendance à l'égard des Anglais. Il était convaincu, lui dit-il, que sa grand-mère lui avait donné ce prénom dans l'espoir qu'il apprenne à résister à tout ce qu'il n'avait pas la possibilité de remettre en question.

Khoudi connaissait déjà Suluku, et bien d'autres encore. « Ta grand-mère devait être une femme formidable, dit-elle. Elle me fait penser à Nyarroh, as-tu déjà entendu parler d'elle ? » Et elle lui raconta ce qu'elle savait de cette cheffe de guerre qui avait orchestré la résistance contre la tentative des Européens d'imposer leur mode de vie. « Son nom côtoie celui d'autres figures qui se sont battues comme elle : Bai Bureh, Suluku, Kailondo, Manga Sewa, Momoh Jah, etc.

– Ce n'est pas l'histoire qu'on m'a enseignée ! s'écria Frederick Cardew-Boston. J'avais l'impression que presque tous ces hommes s'étaient simplement rendus aux Anglais. On ne m'a jamais parlé de résistance, et encore moins de résistance menée par une femme. » Il secoua la tête. « Je n'ai jamais compris qu'un peuple aussi fier et indépendant puisse tout simplement capituler. Mais comment sais-tu tout ça ? » lui demanda-t-il.

Elle se souvint des leçons d'histoire d'Elimane. « Eh bien, on en parle ici ou là dans certains ouvrages, mais il est difficile d'en trouver un compte-rendu complet. Ce que j'ai appris, je le tiens essentiellement d'un type qui se fait appeler Chadrac le Messie. Pas un historien au sens strict, continua-t-elle, mais même s'il est exaspérant, ce qu'il dit tient la route.

– J'adorerais le rencontrer. Où est-ce que je peux aller l'écouter ? demanda Frederick Cardew-Boston. Ce type devrait s'exprimer à la Bibliothèque nationale, voire devant le Parlement, d'après ce que j'entends.

– Suluku, fit Khoudi en prononçant son prénom avec délicatesse, laisse tomber le Parlement. L'histoire ne les intéresse pas, surtout celle qui les fait réfléchir à leur propre peuple. D'ailleurs, tu y es déjà allé, à la Bibliothèque nationale ? Elle n'a rien de national. Elle est pleine de livres écrits par des étrangers qui parlent tous de nous. » Khoudi fut surprise par sa propre véhémence, vu qu'elle ne faisait que répéter ce qu'elle tenait d'Elimane, et se sentit un peu coupable à cette idée.

« Un jour, je t'emmènerai voir Chadrac le Messie, promit-elle.

– Tu pourrais peut-être déjà me raconter quelques histoires sur lui pour m'aider à m'endormir ce soir », lâcha le jeune homme d'une voix aguicheuse pour alléger l'atmosphère, et Khoudi le poussa pour rire. Il la poussa en retour, effleurant son sein accidentellement, et ils reculèrent alors d'un pas, gênés.

« On n'était pas censés retrouver Mahawa et Musa à cette heure-ci ? » Khoudiemata espérait presque l'entendre dire : « On ira quand on voudra. » Mais Frederick reconnut qu'ils étaient en retard, et ils partirent à la recherche de leurs amis.

Ils trouvèrent les amoureux sur la plage devant l'hôtel, assis sur une natte et buvant un jus de fruits. Ils restèrent là tous les quatre jusqu'à ce que le soleil vire au rouge à l'horizon, discutant et riant des histoires que Mahawa, Musa et Frederick Cardew-Boston racontèrent de leurs aventures passées et de leurs connaissances communes, Khoudi ponctuant leurs anecdotes de commentaires pleins d'esprit.

Et pourtant, malgré l'air insouciant qu'elle tâchait de se donner, elle ne pouvait s'empêcher de penser qu'aucune des personnes déambulant autour d'elle ne se doutait de la vie qu'elle menait. De l'être insignifiant qu'elle était au vu des traces officielles de son existence, lesquelles étaient dérisoires. Elle pensa aux membres de la petite famille, qui partageaient le même sort. Qu'étaient-ils en train de faire ? Elle les imagina rentrer à l'avion après avoir chapardé ce qu'ils pouvaient dans la journée. Ou peut-être s'étaient-ils simplement reposés, pour une fois, puisqu'ils avaient assez d'argent pour tenir un petit moment.

« Je commence à avoir un peu froid. » Khoudi se leva et s'enveloppa de son pagne. « Je vais me changer. » Les autres lui donnèrent rendez-vous sur la plage pour dîner.

Si fertile que fût son imagination, Khoudi ne pouvait pas savoir que, tandis qu'elle retournait dans sa suite, Namsa quittait la ville, suivie de Kpindi et Ndevui triomphants, les bras chargés des provisions qu'ils avaient amassées. Elimane ne les accompagnait pas : il était allé sur les quais récupérer une boîte pour William Mouchoir, mais, s'il n'avait eu aucun mal à accéder aux docks, la boîte, elle, n'était pas là. Encore plus déconcertant, quand il avait appelé William Mouchoir pour l'en informer, son patron, au tempérament généralement explosif, lui avait donné l'impression de s'en moquer. Or William Mouchoir n'était pas du genre à laisser passer quoi que ce soit.

Cette fois, Khoudi resta un peu plus longtemps sous la douche, et en profita avant de se dire qu'il valait mieux ne pas s'habituer à quelque chose qu'elle ne pourrait pas toujours avoir. Elle coupa l'eau, remisa ses pensées, sortit de la salle de bains enveloppée d'une serviette, et réfléchit à ce qu'elle pourrait porter ce soir. Elle opta pour une jupe jaune et noire et un haut affichant le même motif, avec un foulard pour la tête. Cela lui fit plaisir de savoir que tout ce qu'elle portait provenait du pays dont elle foulait le sol.

Elle se pencha vers le miroir et appliqua du rouge à lèvres noir et de subtiles touches de poudre claire sur ses joues. Elle regarda de plus près, étonnée de découvrir sur chacune de ses pommettes de petits grains de beauté plus sombres que sa peau. Comment avait-elle fait pour ne jamais les remarquer ?

Elle perçut un murmure en entrant dans le restaurant de la plage, sentit de nombreux regards se poser sur elle tandis qu'elle cherchait ses amis puis se dirigeait vers eux, installés à côté d'un brasero crépitant. Tout le monde était tiré à quatre épingles.

Musa laissa échapper un petit sifflement, et Mahawa s'écria : « Il semblerait que je n'aie pas grand-chose à t'apprendre, en fin de compte. Tu es à tomber ! » Seul Frederick Cardew-Boston resta sans voix, jusqu'à ce que Khoudi lui dise : « Si tu comptes rester muet, autant retourner dans ta chambre et dîner tout seul.

– Tu sais, Khoudiemata, fit Musa, il suffit parfois de se taire et de laisser son visage exprimer ce qu'on ressent. Je crois que notre jeune ami est en train de l'apprendre.

– Ça mérite un toast, dit Mahawa. Le fait que nous soyons réunis dans ce lieu magnifique et que nous ayons commencé à dompter les sottises psychologiques qui ont été implantées dans l'esprit de ces garçons. Puissent-ils enfin devenir des hommes !

– Qu'est-ce qui fait de nous des hommes aux yeux de femmes comme vous, qui maîtrisez pleinement votre intelligence et votre force ? demanda Musa.

– Oui, dites-le-nous, fit Frederick Cardew-Boston. J'ai l'impression que les femmes attendent d'un homme qu'il soit fort, presque dépourvu d'émotions, et en même temps affectueux et vulnérable avec elles. C'est un équilibre difficile à trouver, surtout pour ceux d'entre nous qui ont appris à ne pas montrer leurs émotions. » Il leva les yeux sur son ami. « Musa, qu'en penses-tu ? » Pour toute réaction, celui-ci porta sa bière à ses lèvres. J'ai survécu à mon propre éveil, semblait-il dire, et je ne suis pas près de recommencer.

« C'est-à-dire qu'on est compliquées, nous les femmes, et on devient matures plus vite que vous, alors on va passer l'éponge pour cette fois », dit Khoudi, et ils remisèrent les sujets sérieux, blaguèrent et écoutèrent les musiciens, qui jouaient des reprises de reggae.

À la fin du concert, un DJ passa quelques tubes africains, et les rythmes enivrants les poussèrent sur la piste. Mahawa et Musa dansaient serrés, et à mesure qu'un morceau succédait à un autre entre les mains adroites du DJ, la distance entre Khoudi et Frederick Cardew-Boston se réduisait. La fête continua jusqu'à ce que la nuit elle-même tombe de fatigue et n'envoie se coucher la lune, les étoiles et pour finir l'obscurité. Quand Khoudi et Frederick Cardew-Boston se désenlacèrent, le DJ avait rangé tout son matériel, et Mahawa et Musa avaient disparu.

« J'avais peur que tu sois déjà couchée. » Voyant de la lumière sur la véranda de Khoudi, Frederick Cardew-Boston était venu la retrouver, alors qu'elle était lovée dans le fauteuil suspendu. « Je nous ai pris ça, pour rendre nos silences agréables », dit-il en montrant une bouteille et deux verres qu'il avait rapportés du bar. Il versa le vin et lui tendit un verre. Elle se redressa dans le hamac et but une gorgée.

Au bout de quelques minutes, elle se leva et rentra sans un mot. Frederick but en silence un moment. Puis il l'appela en un soupir sonore. « *Khou-di.* Tu reviens ? » Pas de réponse. Il se tourna, vit que la porte de la suite était entrouverte. Il hésita, et finalement entra. Elle n'était pas dans le petit salon. « Tu es là ? » appela-t-il dans la pièce vide pour ne pas lui faire peur. Comme il n'obtenait pas de réponse, il entra dans la chambre. Elle était allongée sur le lit, complètement nue, une main sur son sein, l'autre entre les jambes. Elle le dévisageait, et ses yeux lui disaient qu'elle l'attendait.

Plus tard, il ne se rappellerait pas comment ses jambes l'avaient porté jusqu'au lit, mais il savait qu'elle ne l'avait pas quitté du regard. Qu'elle avait retiré sa main de son sein pour poser celle de Frederick à la place. Qu'elle l'avait pris par la nuque et attiré contre elle. Qu'une fois nus tous les deux, il lui avait touché le visage avec convoitise, avait pris sa tête à deux mains pour regarder au plus profond de son être, les yeux remplis de désir. Que rien d'autre au monde n'existait que son souffle chaud, ses jambes enroulées autour de ses fesses, son menton levé, révélant la beauté de son cou. Ce n'était pas la première fois qu'elle était pénétrée, mais pour la première fois elle fit l'amour comme elle l'entendait, sciemment, joyeusement. Et pour la première fois il autorisa la sensualité d'une femme à prendre complètement possession de son corps. L'énergie qu'ils partageaient les attira l'un contre l'autre encore et encore, jusqu'à ce que la nuit touche à sa fin et qu'ils s'endorment.

Au matin, il n'était plus là. Khoudi se doucha et descendit prendre le petit-déjeuner au café de la plage, s'attendant à l'y trouver, mais il n'y avait personne. Mahawa finit par la rejoindre.

« Alors, tu as passé une bonne nuit, enjôleuse d'éphèbes ? » fit celle-ci dans un éclat de rire sonore, et Khoudiemata, gênée, regarda autour d'elle en espérant que personne ne l'ait entendue. Heureusement, tout le monde semblait perdu dans son propre monde, caché derrière un journal, un livre, ou des écouteurs sur les oreilles.

« Je vois que tu es de bonne humeur. Et toi, tu as passé une bonne nuit ? » répondit-elle posément, sa pudeur peu compatible avec l'esprit taquin de ses mots.

Mahawa n'eut pas l'air de s'en apercevoir. « Oh, mon éphèbe à moi ne se lèvera pas avant midi », dit-elle avec un clin d'œil.

Frederick Cardew-Boston était sans doute dans le même état, se dit Khoudi, à récupérer de leur courte nuit. Et elle se força à soupirer en même temps que Mahawa, comme si elle se rappelait sa propre conquête de la veille.

Mais la journée n'alla pas en s'améliorant. Le restaurant se remplit de clients venus passer le week-end pour profiter des derniers jours ensoleillés avant la saison des pluies, et d'autres en quête d'une différente sorte de plaisirs. Des Blancs entre deux âges, au regard arrogant, les reluquèrent jusqu'à ce que Mahawa leur fasse un doigt d'honneur. Après eux arrivèrent un groupe d'hommes dont les plus jeunes avaient quarante ans, et certains la soixantaine bien sonnée, accompagnés de jeunettes qui ne pouvaient être sorties de l'adolescence. Les filles étaient plus court-vêtues que Khoudi le pensait possible, dans le seul but visiblement de provoquer la lubricité de ces grands-pères qui ne pouvaient s'empêcher de les tripoter sous le regard du reste de la compagnie. Khoudi trouva ironique qu'il y ait un policier de faction à l'entrée de l'hôtel et que des hommes pareils puissent pénétrer ici accompagnés de mineures.

« Allons nous promener sur la plage », proposa Mahawa pour égayer l'atmosphère.

Elles retournèrent dans leur chambre enfiler un maillot de bain sous leur tenue, si l'envie leur prenait de se baigner. Khoudi fut la première à descendre, et rabroua un inconnu qui lui faisait du rentre-dedans quand Mahawa la rejoignit.

« Tu as eu du mal à passer ton maillot de bain ? C'est parfois piégeux », plaisanta Khoudi.

L'homme prit leur rire pour une invite, et Mahawa fut contrainte de le fusiller du regard pour y couper court. « Allons-y avant que je casse la figure à quelqu'un. »

La journée était comme polluée. Elles prirent un bateau qui longea le village où Khoudi avait flâné la veille et les déposa devant un hôtel où les vieux messieurs et les jeunettes semblaient encore plus nombreux que dans le leur. Pendant qu'elles se prélassaient sur la plage, un garde leur passa devant en courant, lancé à la poursuite d'un enfant de sept ans à peine qui proposait aux baigneurs des noix de coco et autres fruits. Quand il attrapa le gamin, le garde le battit à coups de matraque. « Combien de fois je t'ai dit de ne rien vendre aux visiteurs ! » Sous la pluie de coups, son plateau valdingua sur le sable. Khoudi regarda le jeune garçon, imaginant Namsa à sa place – ou n'importe quel autre membre de la petite famille au même âge. Elle se demanda combien de « clients » étaient des étrangers et des locaux travaillant au sein d'une association de défense des droits humains, payés pour protéger les autres quand ils ne prenaient pas leur journée pour profiter de la plage, apparemment peu concernés par la scène qui se jouait sous leurs yeux. Le garde ne s'arrêta que lorsqu'une jeune Africaine avec un bébé intervint, lui reprochant son comportement.

« On s'en va ? » Mahawa avait vu que Khoudi était gênée par ce qui venait de se passer.

« Oui », répondit-elle en observant le garde, qui riait de voir le gamin s'enfuir tout endolori. Celui-ci reviendrait dès le lendemain, elle était prête à le parier. Il tâcherait simplement d'éviter une nouvelle raclée, ou au moins de vendre tous ses fruits avant de la recevoir. Qu'arriverait-il à ce genre d'enfant s'il avait un jour du pouvoir ? se demanda-t-elle.

Sur le bateau du retour, Mahawa demanda à Khoudi si elle se sentait bien.

« Ça me gêne vraiment de voir à quel point on se déshumanise devant des étrangers, répondit-elle. C'est comme si on les encourageait à se conduire de la même façon avec nous.

– Tu as peut-être raison, dit Mahawa. Mais le mal est fait, il a déjà battu le petit. Ne lui donnons pas en plus le pouvoir de gâcher notre journée. »

Quand elles arrivèrent à l'hôtel, elles virent Musa qui allait et venait sur la plage, mais toujours pas trace de Frederick Cardew-Boston. « Il a dû rentrer en ville, expliqua-t-il. Son père a envoyé des hommes le chercher. Il n'a pas dit quand il reviendrait. »

Khoudi savait que cela se passerait comme ça. La vie vous décevait toujours.

« Khoudiemata, ne t'en fais pas, dit Mahawa. Je suis sûre que ce n'est rien. »

Elle alla prendre une douche, promettant de les retrouver

au bar. Dans la salle de bains, elle se posta sous le puissant jet d'eau, prête à profiter de ce plaisir aussi longtemps qu'elle en aurait envie. Elle avait toujours su que cette étrange nouvelle vie prendrait fin un jour, mais il semblait soudain qu'elle doive finir plus tôt que prévu. Quelque chose s'apprêtait à casser. Elle le sentait, sans pouvoir l'expliquer.

Elle sortit de la douche et s'enveloppa dans deux serviettes propres, une pour le corps et l'autre en turban autour de la tête. Puis elle s'assit sur le somptueux fauteuil et s'observa dans le miroir. Elle se dit qu'elle n'avait jamais emprunté de voies toutes tracées. Elle ne s'était jamais prostituée, par exemple, et n'avait jamais été la poule d'un homme qui avait l'âge d'être son grand-père. Elle savait que ce n'étaient pas des choix faciles, psychologiquement, mais que cela demandait moins de résistance et de jugeote que ce qu'elle-même avait enduré. Elle savait que la plupart des jeunes filles le faisaient parce qu'il n'existait pas d'alternative viable. De son côté, elle avait toujours été déterminée à trouver – non, à créer – une alternative viable.

Quand elle rejoignit Mahawa et Musa, elle fut surprise de voir que Frederick Cardew-Boston était avec eux. Elle s'était convaincue qu'il ne reviendrait pas. Peut-être avait-elle eu tort. S'il était revenu, sa nouvelle vie n'était sans doute pas finie – du moins pas encore.

« Alors, comment s'est passée ta convocation ? » plaisanta-t-elle. Frederick Cardew-Boston lui sourit, mais elle vit qu'il se forçait. Et elle remarqua qu'il agrippait de nouveau son portable, comme s'il s'attendait à ce qu'il sonne d'un instant à l'autre.

Ce fut le cas. Il répondit, s'éloignant vers le bar, vociférant des insultes.

« Chaque fois qu'il reçoit un appel, il devient quelqu'un d'autre. » Khoudi soupira d'exaspération.

« Il est sous pression à cause de sa famille, expliqua Mahawa. Les garçons doivent s'investir dans l'affaire familiale dès leur sortie de l'école. Mais ça va aller. »

Frederick Cardew-Boston se confondit en excuses lorsqu'il revint s'asseoir. « Pardon. Il fallait que je règle ça. Mais maintenant je suis tout à vous pour de bon. Reprenez là où vous en étiez, s'il vous plaît. » Il but une gorgée de la nouvelle tournée de bière commandée par Mahawa, mais il garda son téléphone à la main et Khoudi vit qu'il ne se sentait pas bien. Pas vraiment.

C'est fini, lui dit une voix dans sa tête. Et cette fois, elle n'essaya pas de se mentir.

Le reste de la soirée fut ponctué de coups de fil et d'excuses. Lors du dernier appel, il ne quitta même pas la table pour répondre et lança des œillades à Khoudiemata tout en écoutant son interlocuteur. « Entendu », dit-il. Puis il répéta : « Entendu. Tenez-moi au courant quand ce sera réglé. » Cette fois, en raccrochant, il glissa le portable dans sa poche.

« Tout va bien ? demanda Musa.

– Oui, dit-il. Tout va bien. » Il leva sa bière pour trinquer.

Et en effet, il semblait de meilleure humeur. Son téléphone resta dans sa poche, il se dérida, et rapprocha sa chaise de celle de Khoudi pour lui murmurer de petites blagues à l'oreille. Lorsque le DJ lança la soireé, il l'emmena sur la piste, et à la fin du premier morceau il l'attira contre lui et l'embrassa, longuement et fougueusement.

À cet instant, elle fut prise d'un désir soudain et urgent que le matin arrive. Elle était trop impatiente de revoir sa petite famille.

*Propriété du roi, propriété du roi, tout est en ordre*, entendait-elle dans sa tête.

Et la réponse arriva : *Propriété du roi, propriété du roi, tout est en ordre.*

# 10

*Propriété du roi, propriété du roi, tout est en ordre.* Le refrain lui trottait dans la tête à l'approche de l'avion, mais elle ignorait si les autres seraient là. Elle avait l'impression de s'être absentée si longtemps qu'elle avait perdu l'habitude de leur rythme.

Ce fut à la fois une déception et un soulagement de remettre ses vêtements informes et son bonnet. Elle redevenait invisible, et rien dans le comportement des hommes qui la croisaient n'indiquait qu'ils remarquaient son existence. L'attention à laquelle elle s'était habituée ces derniers jours lui manquait déjà, mais elle était surtout impatiente de retrouver son propre monde, celui où elle pouvait être elle-même sans faire semblant. Ses pieds la poussaient vers le refuge de la petite famille.

Elle entra dans la clairière. *Propriété du roi, propriété du roi, tout est en ordre.*

Mais tout n'était pas en ordre. Quelque chose n'allait pas du tout.

Elle sentit de la fumée. Leva les yeux et la vit monter dans le ciel devant elle.

Elle courut à travers les buissons aussi vite que possible

et découvrit l'avion en feu. Il se consumait de l'intérieur, la porte était grande ouverte et une fumée noire comme de la suie s'échappait de la carlingue. Depuis combien de temps brûlait-il ? Des heures ? Des jours ?

Elle fit le tour de l'appareil, rongée par la peur et le remords. Aucun bruit n'en sortait hormis le crépitement des flammes qui réduisaient leurs affaires en cendres. Où étaient les autres ? Y avait-il quelqu'un à l'intérieur ? Pourquoi les avait-elle laissés livrés à eux-mêmes ? Que lui était-il passé par la tête pour prendre la fuite et mener une existence qui n'était pas la sienne ?

Elle s'arrêta et se força à réfléchir. Malgré tout ce que la petite famille avait enduré depuis qu'ils vivaient ensemble dans l'avion, rien d'une telle magnitude ne s'était encore jamais produit. Qu'étaient-ils censés faire en pareille circonstance ? Cela lui revint d'un coup : si le chaos ou la violence devaient un jour les séparer, ils avaient pour consigne de se retrouver au Rendez-Vous Un. Si quelqu'un s'emparait de leur maison, ils devaient en revanche se retrouver au Rendez-Vous Deux. Et si leur maison était détruite ? Ils ne s'étaient pas préparés à cette éventualité, mais cela ressemblait plus à Rendez-Vous Deux. C'est là qu'elle devait aller.

Khoudi s'élança à travers les buissons, empruntant un raccourci qu'elle connaissait. C'était plein d'arbustes dont les branches lui giflaient le visage et lui écorchaient les jambes. Ils semblaient lui demander : « Où étais-tu passée ? Où vas-tu ? »

Elle ne ralentit qu'à l'approche de la limite indiquée par un vieux mur de pierre dans lequel étaient incrustés les derniers vestiges d'une pièce d'artillerie tournée vers la mer. Derrière le canon, les ruines d'une vieille bâtisse qui avait elle-même brûlé depuis longtemps. Des fleurs poussaient néanmoins à l'endroit où on les avait plantées, goûtant l'air marin.

*Propriété du roi, propriété du roi, tout est en ordre.*

*Propriété du roi, propriété du roi, tout est en ordre.*

Pas de réponse.

Khoudi s'assit pour réfléchir.

Puis, de derrière le mur, Namsa surgit. Elle se jeta dans les bras de son aînée, toute tremblante.

« Tu vas bien ? lui demanda Khoudi. Où sont les autres ? »

Il s'écoula un long moment avant que la fillette réponde. Elle ignorait où se trouvait le reste de la petite famille. Elle aussi venait à peine de rentrer. La veille, elle avait été arrêtée par la police près du marché et embarquée dans un fourgon plein d'enfants. On les avait conduits hors de la ville par convoi et déposés à quelques heures de là. Les autorités le faisaient souvent quand elles préparaient la visite de dignitaires ou d'autres événements officiels et voulaient donner la meilleure image possible du pays. C'était arrivé plus d'une fois à Khoudi quand elle avait l'âge de Namsa, mais à sa connaissance la fillette y avait jusqu'ici toujours échappé. Celle-ci avait réussi à revenir, en auto-stop et à pied, voyageant en groupe avec d'autres enfants par sécurité.

Elle était arrivée à peine quelques heures plus tôt et, comme Khoudi, était tombée sur la carlingue en feu, sans aucun signe de la présence des autres.

Au moins, elle ne se trouvait pas à l'intérieur au départ de l'incendie, pensa Khoudiemata.

« Et toi ? fit Namsa. Tu t'es bien amusée au moins ? J'espère. Dans la vie, il faut toujours s'amuser tant qu'on peut, parce que le reste du temps il faut se battre. »

Khoudi la regarda avec étonnement.

« C'est toi qui me l'as appris. » Namsa dévisagea son aînée un moment et lui donna un petit coup de coude. « D'ailleurs, parfois c'est dans notre esprit qu'il y a le feu. On est là, mais notre esprit est éparpillé. »

Khoudi prit une grande inspiration. « Oui. C'était bien. Et puis après un peu moins. Je ne veux pas en faire une habitude. » Elle passa les bras autour de la fillette et la serra contre elle. Ça faisait du bien de donner et de recevoir cette franche démonstration d'amour et d'affection.

« Peut-être que tu réfléchis trop, dit doucement Namsa. La vie est là, pour le meilleur et pour le pire. »

Khoudiemata desserra son étreinte. « Depuis quand es-tu si sage, petite ? Tu devrais peut-être te faire arrêter plus souvent. »

Elles entendirent soudain des bruits de pas au milieu des feuilles sèches dans les buissons, suivis des sifflements préalables qu'elles connaissaient si bien. Se levant d'un bond, elles répondirent en chœur.

Ndevui et Kpindi émergèrent ensemble, affolés mais indemnes. Ils étaient partis faire la fête en ville et avaient découvert l'avion en flammes à leur retour au petit matin. Elimane, à leur connaissance, faisait une course pour William Mouchoir. Tout allait bien lorsqu'ils étaient partis la veille. Ils soupçonnaient un incendie d'origine criminelle. Mais qui ?

« C'est peut-être à cause des papiers des impôts ? demanda Ndevui. En tout cas, tu es de retour parmi nous. On est une famille ! » Le garçon lança un regard sincère à Khoudiemata.

« Non. C'est impossible », dit-elle. Il n'y avait de fait aucun moyen de faire le lien entre les documents et leur avion, et d'ailleurs, qui dans ce pays si corrompu ferait d'un vol pareil une affaire personnelle ?

Elle fut profondément soulagée d'avoir des raisons de croire qu'Elimane allait bien. Mais pourquoi n'était-il pas encore là ? C'est lui qui avait choisi leurs lieux de rendez-vous en cas d'urgence, et en quelles circonstances y recourir. Alors où était-il, et quand reviendrait-il ?

Ils attendirent en silence, chacun d'eux s'inquiétant pour Elimane et s'interrogeant sur tout ce que cela impliquait. Où trouveraient-ils leur prochain chez-eux ? Resteraient-ils ensemble ? C'est Elimane qui les avait réunis, et il leur était difficile de s'imaginer sans lui.

Le portable de Khoudi sonna. Elle crut d'abord que c'était lui, et son cœur bondit dans sa poitrine, puis elle se souvint qu'il ne connaissait pas son numéro. Elle regarda l'écran et vit que c'était Frederick Cardew-Boston. Elle décrocha.

« Salut. Il faut vraiment que je te parle. » Sa voix était lourde d'inquiétude, ce qui ne lui ressemblait pas. « On pourrait se retrouver ce soir ? S'il te plaît. » Il était presque suppliant.

« Pas sûre de pouvoir. Ça peut attendre ? » Khoudi regarda les autres.

« Peut-être. Mais il y a une chose que je tiens absolument à te dire.

– Je vais voir ce que je peux faire, je te tiens au courant », fit Khoudiemata. Et elle mit fin à l'appel.

« Les gens du week-end ? » demanda Ndevui, mais elle ne répondit pas. Le week-end, l'hôtel, tout cela ne lui donnait plus seulement l'impression d'appartenir à un autre monde, mais à un autre univers.

Ils attendirent jusqu'à ce que la nuit s'annonce. La brise se leva, les arbres oscillant comme pour dire au revoir au jour, puis retomba dans un murmure. Normalement, ils appréciaient ce genre de soirées silencieuses, mais ce soir elle avait quelque chose d'effrayant.

Et puis ils entendirent des craquements de brindilles qui résonnèrent dans le silence. La petite famille se leva, prête à se battre ou à s'enfuir.

Lentement, Elimane sortit des buissons. Il était en costume, mais semblait épuisé. Pour la première fois, s'aperçut Khoudi, il avait oublié de signaler son approche.

« Je ne sais pas par où commencer, dit-il, debout devant eux. Je regrette vraiment.

– De quoi tu parles ? fit Ndevui. Comment ça, tu regrettes ?

– J'ai baissé ma garde alors que je n'aurais pas dû. » Il poussa un long gémissement. « Ah, même mes livres sont détruits ! »

Ndevui s'approcha de lui, les poings serrés. « On a perdu notre maison, c'est la saison des pluies, et la seule chose à laquelle tu penses, c'est tes livres ?

– Je voulais juste m'assurer que tu étais en sécurité ! » lâcha Elimane en regardant Khoudi droit dans les yeux.

Kpindi était en travers du chemin de Ndevui, mais ne fut pas assez rapide pour retenir la jeune femme. Elle le prit par le col à deux mains, l'étouffant presque. « Raconte ! lui cria-t-elle en pleine figure. Qu'est-ce que tu as fait ? »

Et Elimane leur raconta.

Après être tombé sur Khoudi et ses nouveaux amis au bar, expliqua-t-il, il s'était mis à suivre Frederick Cardew-Boston.

« Je sais ce que pensent les types comme ça, dit-il, sur la défensive, en se frottant le cou. Je sais ce que pense leur famille. Crois-moi. »

Mais à son insu, les gardes du corps du jeune homme l'avaient remarqué, et l'un d'eux avait commencé à le pister.

« Espèce d'idiot ! l'interrompit Khoudi. Je t'ai demandé de t'occuper de moi ? »

Elimane lui fit signe de se taire. Ce n'était pas tout. Les gardes du corps avaient parlé de son petit numéro de détective au père de Frederick Cardew-Boston, qui prenait la sécurité de sa famille très à cœur. (« Tu aurais dû t'en douter ! » fit Khoudi.) Refusant de leur confier cette mission, il avait appelé un de ses hommes de main – un des sbires qu'il employait pour le tout-venant, quand il fallait agir avec discrétion. Et qui était cet homme de main ? Elimane les regarda, vaincu et impuissant. William Mouchoir.

C'était pure coïncidence qu'ils se connaissent déjà, mais ce fut la parfaite couverture. Une fois que William Mouchoir reçut ses ordres, il redoubla de sollicitations auprès d'Elimane. Le flot incessant de missions dont le jeune homme était si fier était en partie bidon. Un grand nombre de ces assignations si mystérieuses en apparence étaient simplement des courses inutiles, fabriquées de toutes pièces pour le faire sortir et le prendre en filature jusqu'à ce que William Mouchoir découvre où il habitait.

A posteriori, cela aurait dû lui mettre la puce à l'oreille. Juste après son retour à l'avion, le jour où il était censé récupérer la boîte imaginaire, il avait reçu un texto de William Mouchoir lui donnant rendez-vous dans un bar du bord de plage pour une nouvelle mission. C'était un classique : un étranger surexcité, un attaché-case, la garantie de passer sans encombre les contrôles de sécurité à l'aéroport. Mais cette fois la cible était seule, et Elimane s'était brièvement demandé en quoi sa présence était nécessaire.

« C'est passé comme une lettre à la poste, avait-il dit après le départ de l'étranger, se préparant à prendre le chemin du retour.

– Reste un peu et discutons, Sam », avait dit William Mouchoir, au grand étonnement d'Elimane. Il ne restait jamais plus longtemps que nécessaire après ce genre de transaction. Elimane avait trouvé ça louche, mais s'était dit que même dans ce genre de relation où il était essentiel de rester sur ses gardes, il finissait toujours par se créer une forme d'intimité.

« Dis-moi, jeune homme, as-tu déjà entendu parler de Bai Bureh, l'homme qui a combattu les Anglais parce qu'il ne voulait pas leur verser d'impôt pour sa hutte ? » Elimane avait été pris de court, une fois de plus. Ils n'avaient jamais parlé d'histoire. Le jeune homme avait hésité avant de répondre, bu une longue gorgée de bière pour gagner du temps.

« De Bai Bureh, je sais seulement ce que j'ai appris à l'école, comme tout le monde, avait-il finalement rétorqué.

– Ah, l'école… C'est là qu'on instille à des esprits intelligents l'idée fausse de l'espoir au lieu de cultiver la ruse et la malice nécessaires à la survie dans ce pays. » Il avait ri doucement, et vidé sa bouteille d'un trait.

Elimane avait senti que quelque chose n'allait pas, mais il était incapable de mettre le doigt dessus. La façon dont s'exprimait William Mouchoir le mettait mal à l'aise. L'air de rien, avec la pointe de sarcasme que ce dernier semblait apprécier chez lui, Elimane avait demandé : « Pourquoi cette question sur Bai Bureh ? Je ne savais pas que vous vous intéressiez à l'histoire.

– Oh, je ne m'intéresse à l'histoire que lorsque ça me permet de gagner de l'argent. » William Mouchoir avait ri. « Sinon, le passé est mort pour moi. Toi, en revanche, tu prends la lecture au sérieux. Je te vois toujours le nez dans un bouquin quand on est en planque, tu as l'air plongé dedans, pas comme moi qui fais semblant de l'être alors qu'en fait j'observe les gens. » Là-dessus, il s'était levé, avait réglé la note et serré la main d'Elimane avant de partir, sans un mot quant à un prochain rendez-vous ou une prochaine mission.

Elimane était allé rejoindre Ndevui, Kpindi et Namsa au marché de nuit, où ils voulaient regarder les gens autant que les *telenovelas* espagnoles auxquelles personne ne comprenait rien. Il était arrivé pendant la diffusion d'une publicité pour ces soins qui blanchissent la peau, ce qui lui avait fait penser à Khoudiemata et à sa haine féroce pour ces produits. Où était-elle, et que faisait-elle ? se demanda-t-il. Lorsque la petite famille était rentrée à l'avion, il était tellement ivre qu'il avait oublié son étrange conversation avec William Mouchoir et s'était tout de suite endormi.

Le lendemain matin, Elimane s'était levé tard, contrairement à ses habitudes. Il dormait encore quand Ndevui était parti courir, puis quand Kpindi et lui avaient dribblé avec leur nouveau ballon de foot – une citrouille encore verte – dans la clairière. Il dormait toujours quand Namsa et les garçons étaient partis au marché, et quand la fillette, sans Elimane pour veiller sur elle, s'était fait embarquer par la police et conduire loin de la ville. Ce n'est que le bruit d'une nuée d'oiseaux prenant brusquement leur envol qui avait fini par le réveiller.

Il était sorti de l'avion pour aller se soulager dans les buissons, et c'est à ce moment-là que c'était arrivé. Il avait entendu du mouvement dans les feuillages, et son instinct l'avait poussé plus avant dans les branches pour se cacher. Les premiers à émerger furent deux gardes du corps qu'il se rappela avoir vus parmi ceux de Frederick Cardew-Boston. Mais que faisaient-ils là ? Suivaient-ils Khoudiemata ? Ça aurait été logique – comme tous les hommes riches, le père était du genre soupçonneux. Sauf que Khoudi était partie depuis jeudi matin. Alors soudain il comprit : c'était lui qu'ils avaient suivi. C'était lui qui les avait conduits dans le monde invisible de cette petite famille qu'il avait bâtie et protégée au prix de tant d'efforts.

William Mouchoir entra à leur suite dans la clairière. « Allez-y, ordonna-t-il. Brûlez tout, qu'ils ne puissent plus jamais habiter là. » Il alluma une cigarette et fuma pendant que ses sbires s'attelaient à la tâche. Ils ne partirent que lorsqu'ils furent certains que le feu avait vraiment pris, développant un appétit qui serait difficile à contenir.

Elimane attendit dans les buissons jusqu'à ce qu'il soit sûr que les intrus étaient loin. Se couvrant le visage avec sa chemise, il tenta de pénétrer dans la carlingue, mais l'épaisse fumée toxique et la chaleur étaient intenables. Il prit ce qu'il restait d'eau dans les seaux en plastique et s'approcha le plus près possible pour la jeter sur le brasier, mais cela ne fit qu'attiser les flammes. Il fut contraint de battre en retraite avant que l'incendie ne le dévore lui aussi.

Sur la route principale, il découvrit les traces de pneus

laissées par le départ précipité des 4×4. Il savait qu'il fallait trouver Khoudiemata pour la prévenir, mais il n'avait aucune idée de l'endroit où elle se trouvait. Il fit le tour des bars de plage et d'autres endroits dont il savait que les belles personnes les fréquentaient. Ce n'est qu'après avoir cherché partout qu'il avait rejoint le Rendez-Vous Deux.

« Ils t'ont probablement cherchée aussi, Khoudiemata, dit Elimane avec amertume. J'ai peut-être commis une erreur en suivant Frederick Cardew-Boston, mais c'est toi qui t'es trouvé un Njamete... »

Les autres se tournèrent vers elle pour avoir une explication, mais elle garda le silence.

« C'est notre liberté qui fait de nous des êtres dangereux, dit Ndevui. On n'est redevables à personne, on a le sens de la débrouille, on interprète notre histoire et les circonstances par nous-mêmes, et non par le biais d'autrui. » Ces mots étonnèrent tout le monde. D'ordinaire, Ndevui ne supportait pas d'entendre ce genre de théories, et encore moins de leur prêter voix.

« Je ne l'aurais pas mieux dit, fit Elimane. Tu as écouté Chadrac le Messie, et maintenant tu goûtes à la force de ton intelligence.

– Il faudra davantage qu'un peu de philosophie pour te dédouaner, les coupa Khoudiemata. Quoi qu'il en soit, c'est ta jalousie qui a entraîné la destruction de notre foyer. Tu n'as pas été capable de me ficher la paix. »

Son portable sonna. Elle regarda l'écran, puis éteignit l'appareil sans répondre.

Ils se tournèrent les uns vers les autres, comme s'ils espéraient des excuses. Mais une fois la vérité révélée, on ne pouvait retirer ce qui avait été dit. Une ligne avait été franchie. Quelque chose touchait à sa fin.

Ndevui se mit à faire les cent pas, pris par la peur de l'abandon, et Kpindi se tourna vers Khoudi. « Grande sœur, tu connais tous les endroits où nous trouver, une fois que tu te seras moins en colère. » Il la prit dans ses bras et elle lui rendit son étreinte, s'émerveillant une fois de plus qu'il soit comme un frère pour elle, se demandant si c'était la dernière fois.

Namsa tira sur la main de la jeune femme, les larmes aux yeux. Khoudi baissa la tête vers elle. « Tu viens avec moi, petite. »

Puis elle regarda Elimane, avec un mélange de pitié et d'amour. Elle et lui, plus que les trois autres, ne pouvaient se permettre de se faire leurs adieux. Ils savaient que s'ils permettaient aux émotions qui dansaient en eux de s'afficher ouvertement au sein du groupe, cela les affaiblirait non seulement dans leurs propres efforts pour survivre, mais aussi dans leur vigilance et leur acharnement à aider les plus jeunes. Elimane se tourna vers elle, et ils reconnurent implicitement tout ce qu'il y avait eu de bien entre eux et tout ce qu'il y avait eu de douloureux. Puis Khoudiemata prit Namsa par la main et elles s'éloignèrent.

Seule la fillette se retourna pour regarder les garçons partir, jusqu'à ce qu'ils disparaissent de leur côté dans les buissons. Khoudi et elle arrivèrent sur la route, l'ossature d'une nouvelle famille.

Comme c'était étrange – à moins que ça ne le fût pas du tout – qu'ils se retrouvent tous à l'entrée de la plage, où un vieux poste d'observation était encore debout, même si sa structure était désormais rongée par le vent salé de la mer et le cinglement des pluies, altérée par le soleil qui brillait chaque jour sur ce lieu oublié où quelqu'un avait peut-être jadis guetté l'arrivée de ce qui avait tout changé. Mais ce matin-là, c'était une scène pour Chadrac le Messie, et quelques dizaines de personnes avaient fait une pause dans leur journée pour qu'il les divertisse.

« Bonjour ! cria-t-il. Bonjour, mes fils et mes filles, mes amis, mes compatriotes de cette terre lourde de mensonges et de tromperie. » L'air était frais et de la vapeur s'échappait de sa bouche tandis qu'il dansait en prononçant ses mots à lui, sa tunique bigarrée virevoltant autour de lui.

« Vous ! Vous tous, et surtout vous qui souffrez chaque jour de porter votre histoire, l'histoire telle qu'elle vous a été enseignée. Si vous appreniez votre véritable histoire, vous pourriez la porter de façon à ce qu'elle vous rende plus forts et votre vie ne serait alors plus un fardeau. »

Sans cesser de parler, il fendit la foule de spectateurs. Et tandis qu'ils le suivaient des yeux, ils s'aperçurent les uns les autres. Ndevui avec ses chaussures de course autour du cou et ses écouteurs, concentré sur la musique qu'il écoutait dans sa tête. Kpindi qui regardait ailleurs, comme s'il n'avait pas vu Khoudi et Namsa dans leurs pagnes traditionnels assortis, un foulard sur la tête, et Elimane assis sur une pierre non loin de là. Celui-ci écrivait fiévreusement dans un cahier neuf, l'air absorbé et serein.

« Un jour, trois femmes et deux hommes, tous des guerriers, vinrent écouter ceux qui avaient traversé les océans soi-disant pour devenir nos amis. Même s'ils ignoraient notre existence, ajouta Chadrac en riant, bientôt imité par une partie de la foule. Mais chaque fois qu'ils rendaient visite à leurs nouveaux amis, ils étaient déçus. Comment pouvait-on appeler ça une amitié ? Alors les trois femmes et les deux hommes prirent de l'argile blanche dans la rivière ainsi que du charbon, et ils se peignirent le corps pour ressembler à des squelettes. Ils burent un remède à base de plantes entraînant la paralysie complète du corps, et grimpèrent dans un bateau savamment sculpté dont on avait fait cadeau à leurs nouveaux amis, une œuvre d'art des "indigènes", comme ils nous appelaient. Le chef des colons accepta fièrement le cadeau et l'exposa dans son salon, où il conduisait les affaires de son prétendu empire. Les guerriers restèrent inertes durant cinq jours, finissant par savoir tout ce qu'il fallait savoir sur la vérité de leurs nouveaux amis. Le cinquième soir, au cours d'un banquet, les squelettes reprirent vie, se levèrent et sortirent en portant le bateau sur leurs épaules, disparaissant dans la nuit.

« Les colons furent abasourdis. Le temps qu'ils retrouvent leurs esprits, il était trop tard pour rattraper les squelettes vivants. Tout le reste de la saison du soleil et plus tard durant toute celle des pluies, les soldats d'un autre pays les cherchèrent, en vain. »

Chadrac se tut un instant et observa son auditoire. « Puissiez-vous tous être les squelettes vivants de la saison de votre choix. » Là-dessus, il sauta en l'air et fit une révérence, puis il reprit son chemin, marmonnant des paroles incompréhensibles.

Khoudi regarda l'heure sur son téléphone. Manga Sewa serait bientôt là. Que lui avait-il dit, déjà ? *Ça vous est déjà arrivé de perdre quelque chose, d'abandonner tout espoir de le retrouver, et finalement d'avoir la plus merveilleuse surprise qui soit ?*

En attendant Manga Sewa et la suite des événements, Khoudiemata sifflota un nouveau petit air en reprenant les mots de Chadrac. *Les squelettes vivants, les squelettes vivants, tout est en ordre.* Et elle se dit que cela sonnait bien.

# Remerciements

Je dois beaucoup à ma famille – ma femme, Priscillia, et nos enfants, Kema, Farah et Kailondo. Votre présence a amplifié et approfondi mon imagination, et nourri mon existence d'une manière plus remarquable et magnifique que je ne l'aurais jamais imaginé. Vous êtes la définition même de la vie et je vous aime énormément. Je suis béni de voir le monde à travers vos yeux chaque jour. Priscillia, merci de toujours croire en mes idées et en ma vision, et d'avoir consciencieusement lu les premières ébauches de ce roman.

J'ai écrit ce livre à Nouakchott, en Mauritanie ; à Saint-Louis, à Dakar et sur l'île de Gorée, au Sénégal ; en Sierra Leone ; au Nigéria, et enfin à Los Angeles. Ces lieux et les rencontres que j'y ai faites m'ont permis d'imaginer les personnages et le décor de cette histoire. Je suis reconnaissant d'avoir eu la possibilité de séjourner dans tous ces endroits à travers le monde et qu'ils fassent partie de moi.

Tout au long de l'écriture de ce livre, j'ai repris contact avec de vieux amis, et je m'en suis aussi fait de nouveaux qui appartiennent désormais à ma famille, à ma tribu en évolution et en expansion permanentes. Merci à Eyal Aronoff et à sa famille d'avoir mis à disposition des miens la maison de bord de mer où j'ai incubé et rédigé certaines parties de ce roman. Ann

Norman, je te suis reconnaissant de m'avoir assisté et de m'avoir apporté les contacts et le soutien nécessaires. Un grand merci à Pam et Bill Bruns, ainsi qu'à Patty et Kenneth Turan, de nous avoir accueillis à West L. A., d'être devenus les fondations dont nous avions besoin pour nous sentir chez nous, et de nous avoir encouragés, Priscillia et moi, dans nos projets artistiques. Surtout, vous nous avez présentés à Devin Williams, qui est devenue comme une sœur. Je suis heureux que nos chemins se soient croisés.

Merci à tous les autres membres de notre famille, proches et plus éloignés. Laura Simms, Fran Silverberg, Ira Silverberg : vous êtes tous avec moi, quel que soit l'endroit où je me trouve dans ce grand voyage de vie et d'écriture.

J'ai la chance et l'honneur d'avoir rejoint la merveilleuse famille de la maison d'édition Riverhead. Ce fut une espèce de coup de foudre ! Merci à ma formidable éditrice, Rebecca Saletan, pour sa vision, sa patience, son travail acharné et sa fidélité constante aux personnages, à l'univers et à l'intégrité de ce roman. Je suis impatient de travailler à ses côtés sur les prochains livres.

Enfin, toute ma reconnaissance à mon agente, Philippa Brophy, chez Sterling Lord Literistic, pour avoir cru en l'univers que je cherche à créer dans mes romans, et à Nell Pierce pour sa réactivité et sa patience.

DU MÊME AUTEUR

*Demain, le soleil*, Les Presses de la Cité, roman, 2015

*Le Chemin parcouru. Mémoires d'un enfant soldat*, Les Presses de la Cité, récit, 2007

# « LES GRANDES TRADUCTIONS »

(extrait du catalogue)

CHRIS ABANI
*Graceland*
traduit de l'anglais (Nigeria) par Michèle Albaret-Maatsch
*Le Corps rebelle d'Abigaïl Tansi*
*Comptine pour l'enfant-soldat*
traduits de l'anglais par Anne Wicke

CHRIS ADRIAN
*Une nuit d'été*
traduit de l'anglais (États-Unis) par Nathalie Bru

DANIEL ALARCÓN
*Lost City Radio*
*La Guerre aux chandelles*
traduits de l'anglais (États-Unis) par Pierre Guglielmina
*Nous tournons en rond dans la nuit*
traduit de l'anglais (États-Unis) par Nathalie Bru

VIOLA ARDONE
*Le Train des enfants*
*Le Choix*
traduit de l'italien par Laura Brignon

MISCHA BERLINSKI
*Le Crime de Martyia Van der Leun*
*Dieu ne tue personne en Haïti*
traduits de l'anglais (États-Unis) par Renaud Morin

ELIAS CANETTI
*Histoire d'une jeunesse, la langue sauvée, 1905-1921*
*Les Années anglaises*
traduits de l'allemand par Bernard Kreiss
*Le Flambeau dans l'oreille, histoire d'une vie, 1921-1931*
traduit de l'allemand par Michel-François Démet
*Jeux de regard, histoire d'une vie, 1931-1937*
traduit de l'allemand par Walter Weideli

*Le Livre contre la mort*
traduit de l'allemand par Bernard Kreiss

VEZA ET ELIAS CANETTI
*Lettres à Georges*
traduit de l'allemand par Claire de Oliveira

ELIAS CANETTI ET MARIE-LOUISE MOTESIZKI
*Amants sans adresse, correspondance 1942-1992*
traduit de l'allemand par Nicole Taubes

DANIEL DEFOE
*Robinson Crusoé*
traduit de l'anglais par Françoise du Sorbier

ANTHONY DOERR
*Toute la lumière que nous ne pouvons voir*
traduit de l'anglais (États-Unis) par Valérie Malfoy

DAPHNÉ DU MAURIER
*Rebecca*
traduit de l'anglais par Anouk Neuhoff

EMUNA ELON
*Une maison sur l'eau*
traduit de l'hébreu par Katherine Werchowski

TOM FRANKLIN
*La Culasse de l'enfer*
traduit de l'anglais (États-Unis) par François Lasquin
et Lise Dufaux
*Smonk*
traduit de l'anglais (États-Unis) par Michel Lederer

DANIEL GALERA
*Minuit vingt*
traduit du portugais (Brésil) par Régis de Sá Moreira

DANA GRIGORCEA
*La Dame au petit chien arabe*
traduit de l'allemand par Dominique Autrand

MONIKA HELFER
*Héritages*
traduit de l'allemand par Dominique Autrand

IAKOVOS KAMBANELLIS
*Mathausen*
traduit du grec par Solange Festal-Livanis

YASUNARI KAWABATA
*Récits de la paume de la main*
traduit du japonais par Anne Bayard-Sakai et Cécile Sakai
*La Beauté, tôt vouée à se défaire*
traduit du japonais par Liana Rossi
*Les Pissenlits*
traduit du japonais par Hélène Morita
*Première neige sur le mont Fuji*
traduit du japonais par Cécile Sakai

YASUNARI KAWABATA ET YUKIO MISHIMA
*Correspondance*
traduit du japonais par Dominique Palmé

GYULA KRÚDY
*L'Affaire Eszter Solymosi*
traduit du hongrois par Catherine Fay

MICHAEL KUMPFMÜLLER
*La Splendeur de la vie*
traduit de l'allemand par Bernard Kreiss

NAM LE
*Le Bateau*
traduit de l'anglais (Australie) par France Camus-Pichon

DORIS LESSING
*Le Carnet d'or*
*Les Enfants de la violence*
traduits de l'anglais par Marianne Véron
*Journal d'une voisine*
traduit de l'anglais par Marianne Fabre
*Si vieillesse pouvait*
traduit de l'anglais par Natalie Zimmermann

PRIMO LEVI
*Le Système périodique*
traduit de l'italien par André Maugé
*Auschwitz, ville tranquille*
traduit de l'italien par Louis Bonalumi, René de Cecatty,
André Maugé et Martine Schruoffeneger

PAUL LYNCH
*Un ciel rouge, le matin*
*La Neige noire*
*Grace*
*Au-delà de la mer*
traduits de l'anglais (Irlande) par Marina Boraso

DAVID MALOUF
*Harland et son domaine*
traduit de l'anglais (Australie) par Antoinette Roubichou-Stretz
*Ce vaste monde*, prix Femina étranger 1991
*L'Étoffe des rêves*
traduits de l'anglais (Australie) par Robert Pépin
*Chaque geste que tu fais*
*Une rançon*
*L'Infinie Patience des oiseaux*
traduits de l'anglais (Australie) par Nadine Gassie

SÁNDOR MÁRAI
*Les Braises*
traduit du hongrois par Marcelle et Georges Régnier
*L'Héritage d'Esther*
*Divorce à Buda*
*Un chien de caractère*
*Mémoires de Hongrie*
*Métamorphoses d'un mariage*
*Le Miracle de San Gennaro*
traduits du hongrois par Georges Kassai et Zéno Bianu
*Libération*
*Le Premier Amour*
*L'Étrangère*
*La Sœur*
*Les Étrangers*
*Les Mouettes*
*Ce que j'ai voulu taire*

*La Nuit du bûcher*
*Dernier Jour à Budapest*
*Journal, t. 1 : Les Années hongroises, 1943-1948*
*Journal, t. 2 : Les Années d'exil, 1949-1967*
traduits du hongrois par Catherine Fay

STUART NADLER
*Le Livre de la vie*
*Un été à Bluepoint*
traduits de l'anglais (États-Unis) par Bernard Cohen
*Les Inséparables*
traduit de l'anglais (États-Unis) par Hélène Fournier

KALANIT OCHAYON
*De la place pour un seul amour*
traduit de l'hébreu par Catherine Werchowski

ROSELLA POSTORINO
*La Goûteuse d'Hitler*
traduit de l'italien par Dominique Vittoz

CHRISTOPH RANSMAYR
*La Montagne volante*
*Le Syndrome de Kitahara*
*Atlas d'un homme inquiet*
traduits de l'allemand par Bernard Kreiss

DONAL RYAN
*Le Cœur qui tourne*
*Une année dans la vie de Johnsey Cunliffe*
traduits de l'anglais (Irlande) par Marina Boraso
*Tout ce que nous allons savoir*
*Par une mer basse et tranquille*
traduits de l'anglais (Irlande) par Marie Hermet

MADELEINE ST JOHN
*Les Petites Robes noires*
traduit de l'anglais (Australie) par Sabine Porte
*Rupture et conséquences*
traduit de l'anglais (Australie) par Anouk Neuhoff

ALEX SCHULMAN
*Les Survivants*
traduit du suédois par Anne Karila

DAVID SZALAY
*Ce qu'est l'homme*
*Turbulences*
traduits de l'anglais par Étienne Gomez

F. X. TOOLE
*Coup pour coup*
traduit de l'anglais (États-Unis) par Bernard Cohen

NICK TOSCHES
*La Main de Dante*
*Le Roi des Juifs*
traduits de l'anglais (États-Unis) par François Lasquin
*Moi et le diable*
*Sous Tibère*
traduits de l'anglais (États-Unis) par Héloïse Esquié

ROHAN WILSON
*Murmurer le nom des disparus*
traduit de l'anglais (Australie) par Étienne Gomez

PAUL YOON
*Autrefois le rivage*
*Chasseurs de neige*
traduits de l'anglais (États-Unis) par Marina Boraso

Retrouvez toute l'actualité des éditions Albin Michel
sur notre site albin-michel.fr
et suivez-nous sur les réseaux sociaux !
Instagram : editionsalbinmichel
Facebook : Éditions Albin Michel
Twitter : AlbinMichel

*Composition : Nord Compo*
*Impression : Imprimerie Floch, février 2023*
*Éditions Albin Michel*
*22, rue Huyghens, 75014 Paris*
*www.albin-michel.fr*
*ISBN : 978-2-226-45958-9*
*N° d'édition : 24370/01 – N° d'impression : 101916*
*Dépôt légal : mars 2023*
*Imprimé en France*